荒原悲歌

（德）歌德 等　著

林立新　杨颖君　黄敬甫　译

SPM
南方传媒　广东人民出版社
·广州·

图书在版编目（CIP）数据

荒原悲歌 /（德）歌德等著；林立新，杨颖君，黄敬甫
译 . —广州：广东人民出版社 ,2024.1

ISBN 978-7-218-17309-2

Ⅰ. ①荒… Ⅱ. ①歌… ②林… ③杨… ④黄… Ⅲ.
①短篇小说—小说集—世界 Ⅳ . ① I14

中国国家版本馆 CIP 数据核字（2023）第 254236 号

HUANGYUAN BEIGE

荒原悲歌

（德）歌德 等 著

林立新 杨颖君 黄敬甫 译

出 版 人：肖风华

责任编辑：周汉飞
责任技编：吴彦斌
装帧设计：WONDERLAND Book design
仙德 QQ:344581934

出版发行：广东人民出版社
地　　址：广东省广州市越秀区大沙头四马路 10 号（邮政编码：510199）
电　　话：（020）85716809（总编室）
传　　真：（020）83289585
网　　址：http://www.gdpph.com
印　　刷：三河市中晟雅豪印务有限公司
开　　本：710mm×1000mm 1/16
印　　张：18.5 **字　　数：**221 千
版　　次：2024 年 1 月第 1 版
印　　次：2024 年 1 月第 1 次印刷
定　　价：88.00 元

如发现印装质量问题，影响阅读，请与出版社（020-85716849）联系调换。
售书热线：（020）87716172

译者序

朋友！你是否感觉——

耳旁怨声不断？

周边戾气弥漫？

自觉不自觉陷入迷惘？

……

何以解忧？唯有经典！

作为我们知识体系的根基，基础教育在一定程度上已被功利化，被扭曲；数字化、网络化带来滔滔的碎片信息，占用人们许多时间，消耗许多精力；中华民族之崛起、民族复兴之伟业处于关键时刻；面对上述诸多现实问题，确实到了需要静下心、坐下来认真阅读经典的时候了。

经典，是我们知识体系的根基，是精神世界的家园，是走向未来的起点。

为此，我们从德语文学中选取了歌德、席勒和茨威格等 9 位德语大师的 18 篇经典作品，以飨读者。

歌德（1749—1832）是德国历史上最伟大的诗人，也是世界文学史上杰出的作家之一。《浮士德》是他的代表作，重要的作品有《少年维特之烦恼》《亲和力》和《威廉·迈斯特》等。他同荷马、但丁和莎士比亚并列为"欧洲文化四大名人"。

歌德很早就接触中国文学，可以说，德国第一个认识中国小说价值的人是歌德，他读过的中国第一本小说是《好逑传》。这本书1761年就有英译本，到1766年才有德译本。19世纪歌德阅读《好逑传》后，赞赏地说："中国人在思想、行为和情感方面几乎和我们一样，只是在他们那里一切都比我们这里更明朗、更纯洁、更合乎道德。"歌德又说："这类作品在中国不计其数，当我们的祖先还生活在森林里的时候，中国就已有这样的作品了。"

歌德还读过《花笺记》和《百美图咏》。这些书对歌德影响很大，因此他写了著名的抒情诗《中德四季辰光吟咏》，表达了对中国传统文化的赞赏之情。

20世纪20年代之后，歌德的作品陆续被介绍到我国来。郭沫若翻译的《少年维特之烦恼》《浮士德》和钱春绮翻译的《歌德抒情诗选》等几十种歌德作品先后在我国出版，深受广大读者喜爱。

席勒（1759—1805）是具有世界影响的德国剧作家。席勒的主要剧本《强盗》《阴谋与爱情》《唐·卡洛斯》《华伦斯坦》《威廉·退尔》和美学论著《论素朴诗与感伤诗》等都是蜚声世界的杰作。席勒和歌德的合作把德国的民族文学提高到世界水平。

席勒接触中国文学是在跟歌德合作的年代（1795—1805）。1796年他读到中国小说《杜兰朵》（有译《图兰朵》），发现了中国小说的文学价值。当时欧洲文学均以戏剧、诗歌引人注目，小说尚未普及。这本小说一传到欧洲，就很受青睐，得到席勒的赞许。他称赞这本小说是"叙事艺术的特别成果"，并打算重译此书。

后来席勒为魏玛剧院改写《杜兰朵》，剧本叫《杜兰朵·中国的公主》。由于席勒杰出的加工，这出戏闻名于德国戏剧舞台。

早在1925年，席勒的剧本《威廉·退尔》已经介绍给我国读者了。

抗战时期，席勒的《威廉·退尔》曾经在我国演出，鼓舞了我国人民的抗日战争。新中国成立后，他的剧本《阴谋与爱情》等也在我国上演，深受观众的欢迎。

霍夫曼（1776—1822）德国作家。他的文学创作受浪漫派的影响，作品具有神秘怪诞的色彩。他善于以离奇荒诞的情节反映现实，对现实社会进行批判，发展了一种别具一格的轻快的讽刺文学。

《谢拉皮翁兄弟》是霍夫曼著名的小说集。《小查克斯》是他的代表作，小说对19世纪德国病态社会进行了深刻揭露和批判。著名的长篇小说《雄猫穆尔的生活观》，揭露了德国社会的市侩习气。

霍夫曼是19世纪杰出的小说家，他对大仲马、巴尔扎克和狄更斯等作家都有很大的影响。

1928年亚东书局出版了霍夫曼的作品《近代欧洲名人情书》。1940年他的作品《史姑娘》在中华书局出版。新中国成立后，他的作品《霍夫曼志异小说选》《雄猫穆尔的生活观》等也被介绍到我国。

叔本华（1788—1860）是一位享誉世界的德国哲学家和散文家，是唯意志论和悲观主义哲学的最重要的代表人物。他30岁完成了代表作《作为意志和表象的世界》。华莱士在《叔本华的一生》中写道"当读者翻开《作为意志和表象的世界》这本书时，最先获得的印象就是他那独特而优美的语言。这里面没有像谜团一般的康德的术语，没有黑格尔诡异的辩证法，没有斯宾诺莎的几何学，一切既清晰又有次序，全部美妙地集中于对主要概念——意志世界、斗争、痛苦——的论述上。"叔本华的散文运用在哲学的写作上，因而使文章别具一格。

1851年，他的《附录和补遗》出版。这一卷涉猎多方面的内容，广泛地讨论了形形色色引人沉思的问题。从30岁他的学说体系的建立直到63岁出版《附录和补遗》，这30多年间，面对哲学教授们串通一气的阻挠，他的著作一直未引起世人的重视。此书的出版好评如潮，叔本华最终名噪全欧，誉满天下。

他70岁生日时，贺函从世界各地飞来，他享受着迟来的盛誉，正如他在《论老人》中所说："我生命的暮色成了我声望的朝霞。"

近代，很多思想家、文学家、艺术家，如尼采、瓦格纳，托马斯·曼等，都受到叔本华哲学的影响。尼采在回顾自己的阅读时，提到最让他震撼的三本书是：叔本华的《作为意志和表象的世界》、司汤达的《红与黑》和陀思妥耶夫斯基的《罪与罚》。

19世纪德国文化界出现了三颗闪烁之星：叔本华、尼采和瓦格纳。

海涅（1797—1856）是歌德之后享誉世界的又一位德国诗人，是19世纪德国最杰出的革命民主主义诗人。海涅的创作经历了欧洲从浪漫主义到批判现实主义的发展过程。他早期的创作受到当时浪漫主义的影响，后来在他的诗中批判现实的成分越来越多，后期的海涅已经是一名优秀的民主主义诗人。海涅创作的诗篇《诗歌集》《德国，一个冬天的童话》和《西里西亚纺织工人》等名扬世界诗坛。他的诗受到马克思和恩格斯的推崇。许多作曲家为《诗歌集》中的诗篇谱曲，例如，舒曼、舒伯特、柴可夫斯基和李斯特等。这些诗篇奠定了海涅在世界文学史上的重要地位。除了诗歌，海涅还创作了许多杰出的散文和小说。

早在1928年，海涅的作品《新春》《哈尔茨山游记》就已经在世界书局和北新书局出版。1950年后，人民文学出版社、商务印书馆等十几家出版社相继出版了海涅的作品《德国，一个冬天的童话》《西里西亚纺织工人》《海涅诗集》《海涅散文选》等。

凯勒（1819—1890），瑞士德语作家。凯勒创作中最有成就的是中短篇小说，著名的有两卷集《塞尔特维拉的人们》《七个传说》和《苏黎世中篇小说集》，他被誉为"中短篇小说的莎士比亚"。透过这些作品，可以看出凯勒深刻而透彻地观察了处于社会变动中各类人物的思想和心理状态。

长篇小说《绿衣亨利》是凯勒最重要的一部作品。这是一部教育小说，乡土气息浓厚，对城市和农村的描绘，对人物性格的塑造，都带有特定的瑞士宗法社会和联邦民主制度社会的色彩。

凯勒在瑞士 19 世纪的德语作家中占有重要地位。他的作品继承了德国古典现实主义传统，具有浓厚的抒情和生活气息，往往包含着深刻的哲理。20 个世纪 30 年代，中华书局就已经出版了凯勒的作品《三个正直的制梳工人》。60 年代后，人民文学出版社先后出版了他的作品《凯勒中篇小说集》和《绿衣亨利》。他的作品深受我国读者的喜爱。

尼采（1844—1900）德国哲学家、诗人。他一生用格律体和自由体写过许多诗歌，语言优美，诗意浓郁。《查拉图斯特拉如是说》既是哲学著作，又是散文诗。全书充满了寓意隐喻。尼采的论战文章和大量格言，思想深邃，文笔犀利，性格突出，独具一格，他被公认为是德国优秀的文体家之一。

尼采的哲学有力地揭露批判了资本主义社会的罪恶、宗教和道德的虚伪。他反对一切旧的传统，是个彻底的偶像破坏者。尼采的思想从 20 世纪初以来在世界上产生了广泛的影响。

在文学上，20 世纪前期的许多德国作家以及欧洲其他国家的作家，都受到尼采思想的影响，例如，托马斯·曼、海塞，法国作家纪德、马尔罗等。尼采思想不仅在文学上，而且在心理学、人类学、语言学等学科的研究中也有影响。

尼采思想在"五四"时期传到中国，它对初期的鲁迅、郭沫若等人产生过影响，促使过他们向旧的封建传统进行挑战。

茨威格（1881—1942）是奥地利著名的作家。他不仅是中短篇小说的杰出大师，也是传记文学的出色典范。茨威格的作品语言优美，情节曲折，引人入胜，结构巧妙。因此使他在全世界赢得广泛的读者。他在文学史的成就首先是传记文学。他一直是从心理的角度再现人物的性格和他们的生活遭遇。其中著名的有《三大师》《巴尔扎克》《玛丽·斯图亚特》和《玛丽·安托内特》等。他的中短篇小说深受弗洛伊德学说的影响，善于通过心理描写揭示人物的内心世界。著名中篇小说有《一个陌生女人的来信》《象棋的故事》等。他一生勤奋写作，他的作品被译成 50 多种文字，销量达几百万册。

卡夫卡（1883—1924）是奥地利小说家，是享誉世界的欧美现代派文学奠基人，是 20 世纪优秀的作家之一。卡夫卡一生著作甚丰，长篇小说有《美国》《城堡》和《审判》，著名中短篇有《变形记》《判决》和《乡村医生》等。卡夫卡作品的故事情节总是虚构的，通常用怪诞的比喻，象征性的寓意来表达他对现实的认识。卡夫卡的作品以独特的方式，揭露批判封建专制的官僚体制和资本主义制度的罪恶。

本书收录的这些德语文学大师的作品都是历经岁月的淘洗，汇聚人类最重要的精神创造和知识积累的名著。这些名著语言优美、眼光深远、思想深刻。很平常的东西，经过名著作者描写之后，便有了意味，让读者在心中形成联想，甚至影响行为。我们读他们的书，等于我们经过他们的眼睛来看万象，经过他们的耳朵来听万籁，仿佛是增加了一种感官。

让我们一起走近大师，走进经典，开启悦读之旅吧！

黄敬甫

2023 年 12 月 20 日

于中山大学康乐园

Contents

目录

Part One

第一部分

经典小说

从冤家到夫妻

[德] 歌德

导 读

这是一部充满哲理和爱情内涵的作品，对于读者来说，不仅仅是一部疗愈之书，更是一部体悟人性和爱情的人生参考书。

从冤家到夫妻

　　两个邻居的孩子，一男一女，年龄相仿，都出身于名门大户。人们怀着美好的愿望，让他们在一起成长，以便日后结为夫妇。双方的父母也高兴地盼望他们将来能结合在一起。但是过不久人们就发现，这个愿望看来难以实现，因为在这两个优秀的孩子中竟产生了一种奇特的反感情绪。也许他们之间太相似了。他们都很好学，都具有明确的愿望和坚定的信心；都受到伙伴的喜爱和尊敬。如果他们待在一起，就成了冤家对头；如果他们在哪儿不期而遇，就会势不两立，相互攻击。他们不为一个目标而竞争，却总是为一个意图而争斗。他们听话、可爱，只是涉及对方时才显得可恨、可憎。

　　这种奇妙的关系已经在童年时代的游戏中初露端倪，随着年岁的增长表现得更加明显。有一回，男孩们玩打仗的游戏，他们分成两支队伍，那个倔强而勇敢的女孩当了一支队伍的首领，跟另一支队伍搏斗，要不是她那个对手英勇善战，最后缴了她的械，把她俘虏过来，那她就会愤怒地以暴力打垮对方。但是她仍然负隅顽抗。他为了保护自己的眼睛，同时又不伤害女对头，就只好解下自己的丝绸围巾，把她的双手反绑起来。

对此她永远不会宽恕他，并暗中想方设法去算计他。双方父母对这种奇怪的情感早有察觉，经过协商，决定拆散这对小仇人，放弃那个美好的愿望。

不久，那个男孩在新的环境中崭露头角。每门功课他都名列前茅。在保护人的帮助下，经过自己的努力，他成了一名军人。不管他走到哪里，都会受到人们的喜爱和尊敬。他完美的天性总是使人感到幸福和愉快。他内心也感到很幸福，但没有清楚地意识到：这种幸福就是摆脱了上天安排给他的那个唯一的对头。

相反，那个女孩的境况却突然改变了。随着她的年龄和学识的增长，尤其是某种内心的感情，使她不再参加孩提时代总是跟男孩子在一起玩的那种激烈的游戏。总的看来，她似乎缺少什么：在她的周围没有任何东西值得她去恨。她至今还没有找到值得她喜爱的人。

有一位年轻人，年龄比她原来的那个邻居对头稍大，有地位，又有财产和名望，受到公众的喜爱，博得很多女子的青睐，但他只对她情有独钟。这样一位既是朋友，又是情人和仆从的人关心她，这还是第一次。许多女子比她年长，比她更有学识、更加神采和高雅，而他却宠爱她，这使她感到称心如意。他不断地对她献殷勤，却没有纠缠不休；她遇到各种不愉快的意外的事情时，他总是向她伸出真诚的手；他虽然向她的父母提出求婚，却平心静气而又满怀希望地等待着，因为她还太年轻。这一切使她对他产生了好感，同时习惯势力以及他们之间被大家公认的关系也促进了这种感情。她常常被称作他的未婚妻，她终于也默认了。不管是她还是别人都没有想过，在她与他交换戒指前还要经历什么考验，他早就被看作她的未婚夫了。

整个事件的发展一直是平稳的，虽然举行了订婚仪式，也没有加快速度。男女双方继续随意往来，高高兴兴地相处，趁着严肃的婚姻生活尚未开始，尽情地享受这春天般的美好时光。

这时，那个邻家之子回家度假，探望父母。他已经受过完美的教育，并得到了一个荣耀的职位。他再一次出现在美丽的邻家姑娘面前，神采是那样自然，气度却不同凡响。最近以来，她沉浸在作未婚妻的愉快之中，而且事事都如意。她相信自己是幸福的，从某种程度上说也是这样。但是，在隔了很长的时间之后，如今又有一种异样的感觉浮上她的心头：那不是恨，她已经不会恨了。说到童年时代的恨，其实只是内心里意识到他的价值所表现出来的一种隐晦的承认。现在她脸上流露出来的是又喜又惊的神色，是欣喜的凝视和满意的承认，她是半推半就、情不自禁地与他接近，这一切双方都有同感。由于他们离别很久，因此闲聊了好一阵。童年时代的那种胡闹引起他们可笑的回忆，他们仿佛觉得，至少通过这次友好而认真的交谈可消除以前因愚弄对方而带来的憎恨，他们仿佛觉得，说出内心里相互赞许的话就会抵消旧时那种深深的误会。

从他那方面来说，言谈举止都是有理智的，令人满意的。他的地位、境况、追求和志气使他能够大度而愉快地接受这位漂亮的待嫁新娘的友情。他只是把这种友情当作一种值得感激的恩赐，并不认为与她会有什么瓜葛，也不会使她的未婚夫产生嫉妒，何况他与她的未婚夫还相处得很好。

而她却一反常态，仿佛如梦初醒。童年时她与邻家之子的争斗其实是情窦初开的表现，那种激烈的争斗只是表面上的反抗，内心里却充满着一种强烈的爱慕之情。在她的记忆中，她对他始终一往情深。她觉得好笑，自己当时手拿武器怀着敌意去搜索他；她一想起他缴了她的械，心里就感到很舒畅；她想起自己束手就擒时，觉得那是最大的幸福。她意识到，她当时伤害他和激怒他只是一种纯洁的手段，以期引起他对自己的注意。她诅咒他俩中途分离，痛恨自己一直处于浑浑噩噩的状态，抱怨那种根深蒂固的习俗给她安排这样一个无足轻重的未婚夫。她已经变了，完完全全地变了，这种变化到底是向前还是向后，这取决于你是怎么看的。

如果你能发现她内心里的这种情感，并且能够同情她，那么你就不会指责她了。因为只要你从旁看看她的未婚夫和那位邻居，就觉得这两人根本不能相比。如果说她对未婚夫有几分信赖，那么那位邻居却赢得她完全的信任；如果说她愿意跟未婚夫经常往来，那么倒希望与那位邻居结为终身伴侣；如果考虑到要为她献身，考虑到她发生特殊的情况，那么她对未婚夫只能抱半信半疑的态度，而对那位邻居则充满信心。对于这类情况，女性具有天生的敏感性，她们有理由，也有机会去培养这种敏感性。

这位美丽的未婚妻在内心里愈是这样想，就愈加没有人对她说有利于她未婚夫的话，比如要保持关系，要尽责任，这件事是必然的，不可改变的，于是她那颗美丽的心就愈加偏向另一边。同时，她一方面被社会、家庭、未婚夫和自己的谎言牢牢地束缚住了；另一方面，那位要求上进的邻家青年向她畅谈了自己的思想、计划和希望，他只把自己看作是她忠实而和蔼的兄长。他告诉她，他即将出远门。这时她仿佛觉得，她童年时那种粗野的脾气又发作了，而且由于年龄的增长，变得更加明显，更加可怕。她只求一死，以此惩罚她从前憎恨的冤家而眼下热恋的情人对她的无情，虽然她无法拥有他，但至少要让他永远想念她，永远感到悔恨。但愿他不会忘记她死时的情景，但愿他永久地责备自己为什么不去认识、研究和珍惜她的思想感情。

这种奇特的疯狂的想法终日萦绕着她，而她却用各种各样的形式去掩饰自己。虽然人们觉得她有点异样，但也没有引起注意，或者没有足够的聪明去洞察她内心真正的奥秘。

这期间，她的亲朋好友都忙于欢度几个节日。几乎每天都涌现出一些意想不到的新鲜事儿，几乎每处美景经过装点一下都用来迎接喜气洋洋的宾客。连我们那位邻家青年在启程离家之前也想聊表寸心，他邀请这对未婚夫妇及其亲友参加水上娱乐活动。他们登上一只华丽的、装饰一新的大船，船上有一个小客厅和几间舱房，人们在水上也能享受到陆地上的舒适。

一行人行驶在宽阔的河面上，船上乐声悠扬。由于天气炎热，客人们都聚在舱内聊天，游戏，欢度时光。年轻的东道主从来都闲不住，他在舵旁坐下，代替老船工掌舵，老船工则在一旁睡着了。这时，这位年轻的舵手需要全神贯注，因为船正向一个危险的水道驶去。在这里河的两岸屹立着两个岛屿，平坦的沙石河岸弯弯曲曲地伸向河床，使河面变得狭窄。这位小心谨慎、目光敏锐的舵手本想唤醒老船工，但他却满怀信心地把船驶向狭窄的水域。这时他那位美丽的女冤家突然出现在甲板上，头上还戴着一个花环。她取下花环，把它扔给舵手。"拿去作纪念吧！"她喊道。"别打扰我！"他接住花环，朝她喊道。"现在我要全力以赴，聚精会神。""我不再打扰你了。"她喊道，"你以后再也见不到我了！"她一边说，一边急急忙忙奔向船头，纵身跳入水中。这时，几个嗓音叫了起来："救命啊，救命！她快要淹死啦！"年轻的舵手大吃一惊，不知所措。嘈杂的喊声惊醒了老船工，他正想去接年轻人给过来的舵，但来不及交接，船已经搁浅了。就在这一刹那，年轻人脱去累赘的衣服，奋不顾身地跳入水中，向那位美丽的女冤家游去。

水对于熟悉水性和善于游泳的人来说是友好的。水载着他，而这位熟练的游泳者也能巧妙地掌握着河水。没过多久，他已追上被水冲走

7

的美丽的姑娘。他抓住她，把她托起来，肩负着她向岸边游去。一个波涛猛烈地打过来，他们又被冲走了，一直冲到离小岛和浅滩很远的地方。河面又变得宽阔了，河水缓缓地流着。直到这时，他才从危急中缓过气来，不再受波涛的任意摆布。他仰起头来，环视周围，使尽力气向一块平地游去，这里灌木丛生，深入河心，环境宜人。他把美丽的姑娘放到干燥的地方；可是她已气息奄奄。他正感到绝望，突然发现一条小径通往灌木丛中。他重新背起姑娘娇艳的身躯，没走多远，看到一处孤零零的住宅，就向前走去。在那儿他遇到了好心人，那是一对年轻的夫妇。上门者的不幸和困境不说自明。他想了一下，提了些要求，很快就办到了。他们生起了一堆明亮的火，床上铺好了羊毛毯子，很快拿来了皮毛等取暖的衣物。当务之急就是抢救这位堕入情网的姑娘。他们极尽所能，要使那半僵而裸露的娇躯复苏过来。终于成功了。她睁开眼睛，看到她的朋友，就伸出她那冰清玉洁的双臂搂住他的脖子。这样持续了很久，然后热泪盈眶而出，她完全清醒过来了。"我又找到你了，"她喊道，"你还要离开我吗？""再也不会了，"他大声地答道，"再也不会离开你了！"这时他不知道该说些什么，该做些什么。"你多保重，"他补充了一句，"好好保重！为了你，也为了我。"

这时她想到了自己，注意到自己眼前的情形。她在自己心爱的人面前，在自己救命恩人的面前不会感到害羞，但是她还是松开了双手，好让他照料一下自己，因为他全身还是湿漉漉的。

那对年轻的夫妇商量之后，就把自己的结婚礼服给那位男青年和姑娘穿。他们的礼服还是崭新的，可以把这对恋人从头到脚，里里外外打扮一新。过了一会儿，这两个历险者不仅换了新装，而且还修饰了一番。他们的模样显得十分可爱，当他们迎面走来时，不禁惊奇地相互注视着，并为各自的装束感到好笑，然后热情奔放地扑进对方的怀里。青春的活力和爱情的力量使他们在转瞬之间完全恢复过来了，只是没有音乐，要不他们就翩翩起舞了。

他们从河中来到陆地，从死到生，从亲朋之间来到荒野之地，从绝望走向光明，从冷漠变成倾慕和相爱，这一切都发生在片刻之间。要理解这件事，脑袋是不够用的，它会爆裂，或者会被弄糊涂的。要承受这样意想不到的事情，人的心脏必须是最健全的。

他们陶醉在柔情蜜意之中。过了不久，他们才想起留在船上的亲人该怎样担惊受怕，同时又想到，等下见到他们，自己心里会怎样的恐惧和担忧。"我们远走高飞吧？或者躲藏起来？"男青年说。"我们要永远在一起！"她说着用双臂紧紧地搂着他的脖子。

那个农民听他说起船搁浅的事，便不再多问，急忙向岸边跑去。幸好那只船已经向这边驶来；船上的人费了九牛二虎之力才脱了险。他们毫无目的地行驶着，希望能找到两个落水的人。农民一边呼喊，一边挥手，引起了船上人的注意，他跑到一处方便停靠的地方，继续呼喊和挥手，船终于掉头向岸边靠拢。当他们上岸时，那是一个多么动人的场面啊！这对恋人的父母首先奔上岸，那位热恋中的未婚夫这时差点昏过去。他们刚听说两个可爱的孩子得救了，他俩就从树丛中走过来，身上穿着奇异的服装。他俩一直往前走，人们没有马上认出他们。"我看到谁啦？"两位母亲异口同声地问。"我看到什么啦？"两位父亲喊道。两个得救的人立即在他们面前跪下。"你们的孩子！"他俩大声喊道。"已经成了一对。请原谅吧！"姑娘喊道。"为我们祝福吧！"男青年喊道。"为我们祝福吧！"他俩齐声喊道。站在四周的人都惊讶无语。"为我们祝福吧！"第三次响起请求的声音，谁会拒绝这样的祝福呢？

斯居戴里小姐

[德] 霍夫曼

导 读

这是一部有深刻内涵的作品，以 17 世纪路易十四时期
的巴黎为背景，讲述了一个古怪艺术家的离奇故事，旨
在传递出作者对于人性、道德和社会现实的思考，被称
为德国文学中"第一部重要的侦探小说"。

斯居戴里小姐

在圣·霍诺雷大街上有一幢小楼房，斯居戴里小姐就住在这里。她因优美的诗篇以及受到路易十四与曼德侬①的宠爱而闻名。

可能是在 1680 年的秋天，有一天夜里，有人在猛烈地敲这幢房子的门，使得整个楼道都发出回响。巴提斯——由于小姐的事务不多，他身兼三职：厨师、男仆和门卫——这天经主人的同意回乡参加妹妹的婚礼去了。因此，只有小姐的侍女玛蒂尼一个人看家。她听到反复的敲门声，想到巴提斯已经走了，屋里只剩下她和小姐，得不到任何人的保护；这时她想起在巴黎发生的种种罪恶行为，如抢劫、盗窃和谋杀等。她确信，这是一帮暴徒，了解到这幢房子里冷冷清清，于是就在外面胡闹，想进屋对主人进行罪恶的行为。想到这儿，她就胆战心惊地待在自己的房里，嘴里在咒骂巴提斯，甚至还责怪他妹妹的婚礼。其间，呼呼的打门声一直不停，她好像听到，这中间还夹杂着一个人的叫喊声："快点开门！天哪，快点开门吧！"玛蒂尼越来越害怕，终于匆

---

① 曼德侬，是法国 17 世纪诗人保罗·斯卡隆的遗孀。路易十四在王后去世后与她秘密结合。

忙地拿起点着蜡烛的烛台，向楼道跑去。这时她完全听清了打门人的声音："天哪，快点开门吧！"玛蒂尼想，真的，哪有强盗会这样说话呢；谁知道，也许是被追捕的人想在主人这里躲一躲，而且主人是乐意做好事的。不过，还是要小心些！于是，她打开窗户朝下面喊道："谁深更半夜在下面胡闹，把大家都吵醒了。"她说话时，尽量压低声音，装作男人的声调。这时，月亮刚好透过乌云，在微弱的月光下，她看到一个身材修长的人，他用浅灰色的大衣，把自己裹起来，宽边的帽子压得低低的。她立刻大声地叫喊，以致下面那个人也能听到："巴提斯，克劳德，皮尔！快起床，快来看看是哪个家伙想闯入我们屋里！"但是，下面那个人却以温和的甚至带着哭诉的声音向着楼上说："啊！玛蒂尼，亲爱的太太，尽管您试图用假嗓音说话，我知道是您。我知道，巴提斯回乡下去了，只有您和您的主人在家。您放心地开门吧，不用害怕。我现在无论如何要跟您家小姐面谈。""您想到哪儿去了，"玛蒂尼说，"深夜里您要跟我家小姐面谈？您难道不知道，她早已睡了。我决不会把她从甜蜜的梦想中唤醒，她这种年纪很需要这头一觉。""我知道，"站在下面的人说，"我知道，您家小姐刚刚把她的小说《克莱莉娅》的手稿搁在一边。她孜孜不倦地创作这部小说，现在还要写几行诗，打算明天给曼德侬侯爵夫人朗读。我恳求您，玛蒂尼太太，您就发发慈悲，给我开一下门吧！您要知道，这关系到一个不幸的人从毁灭中解救出来；您要知道，一个人的名誉、自由和生命就取决于我现在能否与您家小姐面谈。您想想吧，要是您家小姐知道，您将这个不幸的人，这个前来向她求救的人，无情地拒之门外，她就会永远生您的气。""可是，您为什么找这个特别的时间来请求我家小姐同情您呢，明天挑个合适的时间再来吧。"玛蒂尼朝下面说。下面的人回答："如果命运要降临，如果命运像毁灭人的闪电那样袭来，它还用问时辰吗？如果此刻还有得救的可能，为什么还要拖延呢？请您开开门吧，不用害怕一个不幸的人，他孤立无援，被人抛弃，遭人追逐，厄运临头，在这危险关头求您家小姐搭救！"玛蒂尼听出，下面的人在说这番话时因痛苦而呻吟、抽泣；这是个少年的声音，温柔而感人至深。她心里深受感动，不再多加考虑，就把钥匙拿来。

玛蒂尼刚把门打开，那个用大衣把自己裹起来的人就迅猛地挤进来，从她身边跑进了过道，粗暴地喊道："带我去见您家小姐！"玛蒂尼惊慌地把烛台举高，烛光照到少年的脸上，这张脸呈死灰色，扭曲得可怕。这个人解开大衣，胸襟里露出一把匕首发亮的手柄，玛蒂尼几乎吓得倒在地上。那个人以愤怒的目光盯着她，比刚才更加粗暴地喊道："我告诉您，带我去见您的小姐！"玛蒂尼眼看小姐面临危险，她平时爱戴可敬的主人就像爱戴虔诚而亲爱的母亲一样，这时她情绪激昂，鼓起了她自己都难以置信的巨大的勇气。她迅速地把自己开着的房门用力关上，站在门前坚强有力地说："您在这屋里行为疯狂，刚才在门外苦苦哀求，确是判若两人。我现在发觉，我的同情心来得不是时候。您现在不可能面见我家小姐。如果您毫无恶意，也不用害怕白天，明天再来谈您的事吧！现在立刻离开这屋子！"这个人深深地叹了口气，恐怖的目光死死地盯着玛蒂尼，同时伸手抓住匕首。玛蒂尼默默地把自己的灵魂托付给上帝，但是她态度坚决，目光逼人，顽强地守着自己的房门，因为只有这一条路才通到小姐的房间。"我告诉您，让我去见您家小姐！"那个人再次大声叫喊。"您要干什么，随您的便！"玛蒂尼说，"我是不会让路的，您只管把开了头的坏事干到底吧。但是，在格来弗广场，您将和您的难兄难弟一样得到可耻的下场！""哈！"那

13

个人喊叫起来，"玛蒂尼，您说对了！我带了匕首，看起来像个强盗，像个杀人犯，但是我的同伴们并没有被处死，没有被处死！"说着他就抽出匕首，恶狠狠的目光射向吓得要死的玛蒂尼。"耶稣啊！"她叫了一声，准备挨一刀。就在这一瞬间，街上传来刀剑的铿锵声和马蹄的嘚嘚声。"骑警队，骑警队！救命呀！救命呀！"玛蒂尼大声地叫喊。"你这个可恶的女人，你想把我毁了。——这下全完了，全完了！——拿去！拿去！今天把这个东西交给小姐，你想明天也可以。"此人低声地说，并且从玛蒂尼手上夺走烛台，烛光熄灭了，他把一只小箱子塞到她的手里。"为了你的幸福，把这个箱子交给小姐。"说完他立即向门外跑去。玛蒂尼已经倒在地上，费了好大气力才爬起来，在黑暗中摸索着进了自己的房间。她精疲力尽，话都说不出来。躺倒在椅子上。这时她听见插在门锁里的钥匙在响动。门锁上了，有人轻轻地走近她的房间。她像着了魔似的动弹不得，只好等待魔鬼的到来。可是，她见到了什么？当房门打开后，在灯笼的微光下，她一眼就认出，原来是诚实的巴提斯。他脸色苍白，惊惶失措。"天哪！"他喊道，"天哪，告诉我，玛蒂尼太太，到底出了什么事？啊，可怕！真可怕！我不知道怎么回事，昨天晚上有一股强大的力量把我从婚礼上赶走！——我刚走到这条街上，心里想，玛蒂尼太太睡眠很浅，我只要轻轻地敲门，她就会听见，来给我开门。这时大队巡逻警向我走来，有骑兵、步兵，个个全副武装，他们拦住我，不让我走。幸好戴斯格莱在场，他是骑警队少尉，跟我很熟。有人把灯笼举到我的鼻子底下，这时他就说：'哎，巴提斯，都深更半夜了，你从哪儿来呀？你应该待在家里看门才好。这里可不安全，今夜我们还想抓几个呢。'玛蒂尼太太，你简直不相信，这些话都说到我的心坎里去了。我正要跨进门槛，这时有个裹着大衣的人从屋里跑出来，手里握着闪亮的匕首，把我撞倒了，而房门是敞开的，钥匙插在锁里，你说，这究竟是怎么回事？"玛蒂尼的情绪刚刚稳定，就把发生的一切说了一遍。她和巴提斯两个人走进过道，找到了那个陌生人逃跑时扔在地上的烛台。"很明显，"巴提斯说，"有人要来抢劫，甚至想要谋害我们家的小姐。如你所说，那个人知道只有你一个人陪小姐，甚至还知道，小姐没有睡正在写作。肯定有盗贼、流氓分子事先潜入屋内，非常狡猾地把他们搞阴谋诡计所需要的情况侦探清楚。玛蒂尼太太，我想，我们还是把这个小箱子扔到塞纳河最深的地方去吧。谁能断定，不是哪个坏蛋想要我们善良的小姐的命，等她开箱时就没命了，正如托尔奈老侯爵刚打开一封陌生人送来的信就一命归天一样。"这两个忠诚的仆人商量了很久，最后决定第二天早晨把发生的一切情况都告诉小姐，并把这个神秘的箱子也交给她；但是，开箱时一定要注意。两个人仔细考虑了那个可疑的不速之客的种种迹象后认为，这件事可能有特殊的秘密，他们不能擅自处理，应交给主人自己去解决。

巴提斯的忧虑是有充分根据的，就在这时巴黎成了各种罪恶的恐怖活动的场所；就在这时来自地狱的魔鬼最容易达得作案的目的。

格拉泽，一个德国药剂师，是当时最出色的化学家。他像他那个行业的人通常所做的一样，也从事炼金术的试验。他的目的在于，得到点金之石。有个意大利人跟他合作，此人名叫艾克西里。但是这个人只把炼金术当作借口。他只想学会配制、熬煮和提炼毒药的方法，而格拉泽却想通过试验得到天国极乐。艾克西里终于制成一种精致的毒药。这种药没有气味，也没有味道，服用者会立刻死去，或者慢性中毒而死，身上绝对不留任何痕迹，会使医生弄错诊断，以为死者死于自然

15

的原因，没有想到是被毒死的。尽管艾克西里小心谨慎，但还是被怀疑贩卖毒药，因此被投入巴士底狱。不久，在他的牢房里关进了一个上尉，名叫克罗侬。这个人长期以来与布林维里侯爵夫人关系暧昧，这毁坏了她家庭的荣誉。由于侯爵对夫人的违法行为不理不睬，夫人的父亲道布来——巴黎的民防少尉——只好出面干预。他搞到了逮捕上尉的拘捕令，使这罪恶的一对分开。从青年时代起，克罗侬上尉就是个狂热的人，他没有人格，假装虔诚，道德败坏，嫉妒成性，复仇心切。艾克西里恶魔般的秘密深受上尉的欢迎，这种秘密给了他消灭一切敌人的力量。他成了艾克西里勤奋的学生，过了不久就与师傅不分高低。因此，在他离开巴士底狱之后，已能单独操作了。

布林维里是个堕落的女人，在克罗侬影响下变得更加卑鄙。克罗侬慢慢地劝说她，假装服侍老人，和父亲住在一起，然后把他毒死。接着，要她毒死两个兄弟和她的姐妹。毒害父亲是出于复仇，毒死兄弟姐妹是为了丰富的遗产。许多放毒谋杀犯的历史提供了可怕的例证，说明这类犯罪活动会变成强烈的嗜欲。放毒谋杀犯常常毒害一些与其没有利害关系的人，他们毒害人没有别的目的，纯粹是为了取乐，就像化学家为了乐趣而做试验一样。后来，在迪欧饭店很多穷人突然死去，人们怀疑面包是否有毒。这些面包是布林维里每周在这里布施的，以此显示她是虔诚和慈善的典范。但是，有一件事可以肯定，她在鸽肉馅饼里下毒，然后端给她邀请来的客人们吃。结果，那位左埃特骑士和其他一些人成了这顿魔餐的牺牲品。长期以来，克罗侬及其助手考斯泽和布林维里善于用各种看不透的帷幕，来掩饰他们丑恶的罪行。但是，永恒的天意已定，要处死这世上的罪人，因此这些卑鄙小人的阴谋诡计也维持不了多久。——克罗侬配制的毒药（巴黎称之为毒粉）非常精细，调配时要是没有加盖，只要吸上一口就会马上死亡。所以，克罗依在制作时总是戴着一个精密的玻璃面具。有一天，他正把制成的毒粉倒进一只梨状瓶，这时他的面具脱落下来，他吸进了精细的毒药，立刻倒地死去。由于他没有遗产继承人，法院赶紧跑去接管他的遗产。在一个锁着的小箱子里，发现了克罗依用来毒害生灵的全部可怕的秘密。同时也找到了布林维里的信件，它们提供了她犯下的确凿的罪行。这时，她逃往比利时的列日，躲进一间修道院。骑警队官员戴斯格莱奉命去追踪。他装扮成修士，来到她隐藏的修道院。他成功地与这个坏女人进行了一次爱情交易，引诱她到市郊一个偏僻的公园里去秘密约会。但是，她刚到那里，就被戴斯格莱手下的差役包围住了。这时，那位貌似修士的情人突然变成骑警队的官员，并且迫使她登上已停在公园门前的马车。然后，马车在差役们的押送下朝着巴黎直奔而去。考斯泽早已被斩首，布林维里也落得同样的下场，其尸体被焚烧，骨灰撒到野外。

这伙疯狂地用秘密制作的谋杀武器来杀害敌人和朋友的恶魔被消灭之后，巴黎人舒了一口气。可是，过不久又听说，克罗依可怕的制药技术传播开来。毒杀就像一个看不见的阴险的鬼怪，潜入最亲密的圈子，即亲属、情侣和朋友之间，然后准确迅速地使之成为不幸的牺牲品。今天这个人还十分健康，明天可能就病倒起不来，并且没有医术能救他一命。财产、一个有利可图的职位、一个年轻貌美的太太，这些都足够使人受迫害致死。残酷的怀疑打破了最神圣的关系。丈夫在妻子面前吓得发抖，父亲害怕儿子，姐妹畏惧兄弟。在朋友的餐桌上，饭菜美酒都没有动过，本来是轻松愉快的聚会，结果大家却以怀疑的目光去侦探暗藏的谋杀者。人们看到，家长们惊恐万状地跑到偏远的地方去购买食物，然后随便找个肮脏的灶头烧煮，他们担心家里出了可恶的叛徒。不过，有时再小心谨慎也没有用。

为了制止这些不断发生的暴行，国王任命了一个特别法庭，委托它专门调查和处罚这些秘密的犯罪行为。这就是所谓的刑事法院，位于巴士底狱附近，院长名叫雷克尼。过了一段时间，雷克尼虽然尽了努力，还是毫无收获。但是诡计多端的戴斯格莱却保留了发现最神秘的犯罪隐藏所的机会。在圣日耳曼郊区住着一个老妇，名叫福伊西，她在同伙沙格和维戈罗的帮助下，从事占卜和驱邪活动。她这一套把戏甚至能使一些不软弱不轻信的人感到恐惧和惊慌。但是，她的犯罪行为还不止这些。跟克罗依一样，她也是艾克西里的学生。她和克罗依一样，也能制作那种精细的不留痕迹的毒药。她用这种毒药帮助丧尽天良的子弟提早继承了遗产，帮助腐化堕落的女人另找年轻的丈夫。戴斯格莱侵入她的秘密王国，迫使她承认了一切。刑事法院判她火刑，在格来弗广场烧死。人们在她家里找到一张名单，那上面的人曾经都求助过她。于是，这些人一个个被处决，甚至有些名望很高的人也受到怀疑。人们认为，红衣主教邦齐使用了福伊西的毒药，在他担任纳邦内地区大主教时，使那些应由他支付养老金的人在短时间内相继死去。在那张名单上，还有布依隆公爵夫人和索伊松伯爵夫人的名字，她们也被指控与妖婆福伊西有牵连。甚至布德贝勒，他是卢森堡公爵，宫廷的特权贵族和元帅，也难逃劫数。可怕的刑事法院同样追究他的刑事责任。于是，他自己投案进了巴士底狱。因为罗福伊[①]和莱格尼仇恨他，便被关进了一个只有六英尺长的洞里。几个月后查明真相，公爵的罪行不应受到刑罚，他只是让沙格算了一次命。

---

① 罗福伊：1668 年任国防部长。

雷克尼院长盲目的热情势必使他滥用暴力和酷刑。因此，这家法庭完全具有宗教法庭的性质，对人稍有嫌疑就实行严格的监禁，常常凭偶尔事件来证明已判死刑的人确是无辜的。这样一来，雷克尼臭名昭著，被认为是个阴险奸诈的小人，很快就遭到请求他复仇或保护的人的仇恨。有一次，他在审讯布依隆公爵夫人时，问她是否见过魔鬼，她回答道："我觉得，此刻我看见了他。"

在格来弗广场，罪犯和嫌疑犯被处死后血流成河，秘密的毒害事件终于减少了。这时，出现了另一种祸害，新的恐惧在传播。似乎有一个流氓集团企图窃取金银珠宝。刚买到手的珍贵首饰，收藏得好好的，却莫名其妙地丢失了。更为严重的是，要是有人敢于晚上佩戴珠宝首饰，那么在大街上或者在屋内阴暗的过道里就可能被抢劫，有的甚至遭到杀害。幸免于难的人说，当时只觉得头上挨了一拳，就像被雷电击中似的，顿时倒在地上，苏醒过来后，发现值钱的东西已被抢走，躺倒的地方也不是刚才挨揍的地方。几乎每天早上在街上或在屋里都会发现被杀害的人，他们致命的伤口都是一样的。用匕首刺进心脏，根据医生鉴定，行刺动作迅速准确，受伤者无力叫喊就倒地死去。在路易十四富丽堂皇的宫廷里，哪个人不卷进秘密的风流韵事中？夜间轻手轻脚地走到情人身旁时，哪个人不带上丰厚的礼物？这些抢劫犯好像与鬼神结盟，哪个人身上带了这些礼物，他们都知道得清清楚楚。这个不幸的恋人本来想去享受爱情的欢乐，结果往往还没有进屋里，就倒在门槛上或情人的房门前，而她等到的却是一具吓人的血淋淋的尸体。

警察大臣阿根松下令在巴黎逮捕所有嫌疑的人；雷克尼怒气冲冲，试图逼取口供，加强警卫和巡逻，但是他们枉费心机，罪犯的踪迹还是没有查到。遇事小心谨慎，全副武装，并且让人在前面提着灯笼，只有这样才有点用处。可是，也有这样的例子：随行的奴仆被投来的石头吓倒了，这时主人就遭到谋害抢劫。

值得注意的是，调查任何一个可能进行珠宝交易的场所时，都没有发现一件哪怕是最小的被抢劫的珠宝，所以在这些地方也找不到可追寻的踪迹。

戴斯格莱想出了一个绝招，为自己找到几个替身，这些人的步伐、姿态、说话、身材和面孔与他都很相似，甚至他的差役也不知道戴斯格莱本人待在什么地方。这期间，他一个人冒着生命危险躲进阴暗的角落，从远处注视着那些按他的意图戴着贵重首饰的人。但是这些人没有被抢劫。这说明这伙窃贼已知道了他的计划。戴斯格莱陷入绝望之中。

有一天早上，戴斯格莱到雷克尼院长那里去。院长脸色苍白，怒气冲冲地问他："您怎么啦！有什么消息吗？有线索吗？""唉，先生，"戴斯格莱由于气愤结结巴巴地说，"唉，先生！昨天夜里，在卢浮宫附近，有人当着我的面袭击法勒侯爵。"——"天哪，"雷克尼兴奋得欢呼起来，"这回我们可逮住他们了！"——"噢，您听着，"戴斯格莱苦笑着插嘴说，"噢，您先听听事情的经过。当时，我站在卢浮宫旁边，正满腔怒火地观察着那些戏弄我的魔鬼。这时有个人从我身旁走过，没有注意到我，他步子不稳，总是回头张望。在朦胧的月光下，我认出他是法勒侯爵。我本来可以到那儿去等他，我知道他要去什么地方。他刚从我旁边走过十多步，突然有个人像从地里钻出来一样，将他击倒，然后扑上去。这真是个意外的机会，凶手竟然撞到我的手上，我不加思索地大喊一声，想从我站的角落里飞跃出去，将他制服。可是身上的大衣把我缠住了，我摔了一跤。我看着那个人像添了翅膀似的向前飞奔，赶紧爬起来，向他追去。我一边猛追一边吹号，差役们从远处吹哨呼应，街上顿时热火朝天起来，刀剑发出铿锵声，马蹄声从四面八方传来。'到这里来！到这里来！戴斯格莱！戴斯格莱！'我大声叫喊，喊声响彻大街。在明亮的月光下，我一直看见在我前面跑的那个人为了迷惑我，时而往东，时而往西，时而拐弯。当我们跑进尼凯泽大街时，他似乎力气不足，我却加倍努力，我离他最多不过十五步——"您赶上他了，您抓住他了，差役们赶来了！"雷克尼眼睛发亮，一把抓住戴斯格莱的肩膀喊道，好像他抓住的就是逃跑的凶手一样。"只差十五步，"戴斯格莱闷声闷气地接着说，"就在我前面十五步的地方他跳到旁边阴暗的地方去，通过一堵墙，不见了。""通过一堵墙不见了？您疯啦！"雷克尼倒退两步，双手猛拍一下大声叫道。"您就叫我疯子吧，"戴斯格莱说，他用手揉了揉额头，好像是一个被恶劣的思想烦扰的人似的。"您就这么叫我吧，先生！您尽管叫我疯子，称我是一个愚昧的见鬼的人吧！但是，我对您说的全是真实的情况。当时我正站在这堵墙前发呆，差役们气喘吁吁地赶来了，法勒侯爵爬起来后手持长剑也赶来了。我们点燃了火把，在墙上来往查看，都没有发现门窗和洞口的痕迹。这是一堵牢固的石砌围墙，它紧靠着一幢房子，对里面的住户是不用丝毫怀疑的。今天我又认真地全面检查了一遍。看来真是魔鬼在作弄我们了。"在巴黎，戴斯格莱的故事可谓家喻户晓。人们的脑子里充塞着鬼怪魔术、驱鬼除妖以及福伊西、维戈罗和声名狼藉的神父沙格与鬼怪结盟等乌七八糟的东西。倾向超自然和偏信奇迹往往超过一切理性，这好像是在我们永恒的天性中所生就的那样。因此，人们只相信戴斯格莱在烦恼时说的一句话：魔鬼保护那些把灵魂出卖给它的坏人。可以想象戴斯格莱的故事被人添加了多少东西！这个故事还印成书到处出售。书的封面上有这样一张木刻版画：丑陋的魔鬼在惊慌失措的戴斯格莱面前向地里钻。这实在很吓人，就连差役也心惊胆战，夜里他们打着哆嗦在街上转来转去，脖子上挂着护身符，身上洒了圣水。

警察大臣阿根松看到刑事法院的努力已经失败，就恳请国王为制止新的暴行任命一个法庭，予以更大的权力去侦查和惩罚犯罪分子。国王认为授予刑事法院的权力已经太多，并对残忍好杀的雷克尼使大批人遭受处决的暴行感到震惊，因此他果断地拒绝了这个建议。

于是，人们用其他的方法使国王重新考虑这件事。

每天下午国王都在曼德侬的住宅里逗留休息，常常也和他的大臣们在那里工作到深夜。那天有人以"情人遭遇危险"的含义在那里向国王献上一首诗。情人在诗中诉说，要是你出于礼貌向意中人赠送一件珍贵的礼物，那么你随时都得冒着生命的危险。在骑士的决斗中为心上人洒热血是一种荣誉的乐趣；但是，手无寸铁的情人遭到凶手阴险的袭击却是另一回事。路易十四是一切爱情光辉的北极星，但愿他的光芒能驱散黑夜，使隐蔽的秘密昭然若揭。非凡的英雄曾经打垮了他的敌人，但愿他现在能像海格立斯斩断勒那九头蛇[1]，提修斯[2]砍杀怪物米诺多尔一样，继续挥舞他那不可战胜的闪光的利剑，去制服那凶恶的魔鬼，它夺走了所有爱情的乐趣，使人间欢乐变成深沉的痛苦和无限的悲伤。

这是一件严肃的事情，但是诗中不乏出色的描写，比如，情人们是怎样心惊胆战地走进通往恋人的幽谷，这种恐惧心理又是怎样把爱情的欢乐和美好的艳遇扼杀在萌芽之中。同时，诗中又运用了一些巧妙而风趣的词句，诗的结尾高度赞颂了路易十四，这样就会使国王在阅读这首诗时喜形于色。国王阅读完后马上转身面对曼德侬，但是目光没有离

---

[1]　勒那九头蛇，希腊神话中的九头蛇，后为大力士海格立斯所杀。
[2]　提修斯，希腊神话中的雅典王子，斩杀了怪物米诺多尔。

开诗稿，又高声地朗读了一遍，然后露出风雅的微笑，他问道，她怎样看待这些遭受危险的情人们的恳求。曼德侬考虑问题认真严肃，总是带着某种虔诚的色彩。她答道，不值得去特殊保护秘密的禁区小道，但也许值得采取特别的措施去清除这些可怕的罪犯。国王对这种含糊的回答不很满意，就把诗稿折起来，准备去找国务秘书，他正在另一个房间里办公。这时国王往旁边一瞥，看到了斯居戴里小姐。她也在屋里，坐在离曼德侬不远的一张小沙发椅上。于是，他向斯居戴里小姐走去。他嘴角上和两颊上本来已消失了的风雅的笑容又流露了出来。他站在斯居戴里小姐面前，又把诗稿打开，温存地说道："侯爵夫人现在对我们热恋中的先生们所献的殷勤突然不感兴趣了，而且在那些不是禁止通行的道路上极力回避我。可是您呢，我的小姐，您怎么看待这份富有诗意的请愿书呢？"斯居戴里小姐恭敬地从沙发椅上站起来，这位尊严的老妇人的面颊上顿时泛起晚霞般的红晕，她的身子稍微向前倾，目光低垂，说道：

"害怕盗贼的情人，

实在不值得一爱。"

国王对这精炼的词句感到十分惊讶，这两句话使那首长篇空话的请愿诗相形见绌。国王目光闪亮地说道："在神圣的酒神面前，小姐，您说得对！不能盲目地采取打击罪犯而伤害无辜的措施来保护懦夫。让阿根松和雷克尼干他们的事去吧！"

第二天早上，玛蒂尼生动地向斯居戴里小姐描绘了昨天夜里发生的恐怖的事情，并且提心吊胆地把那只神秘的箱子交给她。巴提斯也站在一旁，他脸色苍白，由于恐惧和忧虑几乎说不出话来，一直把捏在手里的睡帽揉来揉去。他们两个神情不安地请求小姐看在神明的份上尽量小心地打开箱子。斯居德里小姐掂了掂这只锁着秘密的箱子，又打量了一番，然后微笑着说："你们两个都见到魔鬼了！我不富裕，又没有财产，不值得人家来谋害，这一点那些歹徒知道得很清楚。正如你们说的，他们对屋子内外都侦察过了，就像你和我一样，对什么都了如指掌。难道是为了要我的命？什么事会使别人要杀害一个七十三岁的老人呢！她从来没有迫害过别人，只是在小说中骂过犯罪分子和扰乱治安的人；她创作小说和平庸的诗歌，这不会引起别人的妒忌；她日后的遗产无非是有时出入宫廷穿的礼服和几十本装帧精美切口烫金的书。玛蒂尼，你把那个不速之客描写得那么可怕，但是我不相信，他会有恶意。好啦！"

接着，小姐按了一下箱子上突出的钢纽，咔嚓一声盖子跳开了，玛蒂尼猛地倒退三步，巴提斯轻轻地"啊"了一声，差点跪在地上。

小姐目瞪口呆了，箱子里一副镶着各式宝石的金手镯和一条金项链在闪闪发光。她把首饰拿出来，对这条项链的精细手艺赞赏不已。玛蒂尼看着这副珍贵的手镯连声说道，就是那位爱虚荣的蒙特斯潘①夫人也不曾拥有这样的首饰。"这是干吗？这是什么意思？"斯居戴里小姐问。这时她发现箱底有一张折得很小的纸条，她很希望从这张纸条里能找到事情的真相。她刚刚看完，纸条就从她颤抖的手里掉落下来。她的眼睛恍惚地看着空中，然后好像半是昏厥似的倒在沙发椅上。玛蒂尼和巴提斯都大吃一惊跳到她的身旁。斯居戴里小姐几乎泣不成声地说："噢，

———————————

① 蒙特斯潘夫人，法王路易十四的情妇。

多么屈辱！噢，多么羞愧！我这般高龄还要遭到这种事情！难道我像一个不加思索的年轻姑娘那样愚蠢而轻率地犯了罪吗？噢，天哪！这半开玩笑的话竟有如此可怕的含义！我从童年时代起就讲仁义道德，而且行为端正，难道能将我这样的人指责为与魔鬼团伙同流合污吗？"

斯居戴里小姐用手巾按住眼睛，痛哭着，抽泣着，弄得玛蒂尼和巴提斯心神不安，惊慌失措，看着善良的主人如此悲痛不知道该怎么安慰她。

玛蒂尼从地上捡起那张不祥的纸条，上面写着：

"害怕盗贼的情人，实在不值得一爱。

十分尊敬的女士，您敏锐的思想拯救了我们，使我们免遭追捕。我们这些人对弱者和懦夫行使了强权，强占了珠宝首饰，以免它们被糟蹋。为了表示我们的谢意，承您的好心收下这些首饰吧。这是我们长期以来能够搞到的最珍贵的首饰，尊贵的女士，本来应该用比这更漂亮的首饰来装扮您！我们请求您，能赐予您的友谊和仁慈的怀念。

一群隐身人。"

"这可能吗？"斯居戴里小姐稍微恢复平静之后说，"这伙厚颜无耻的家伙如此卑鄙地嘲弄我，这可能吗？"明亮的阳光穿过红色的丝绸窗帘，照得宝石——放在桌上开了盖的箱子旁——闪金光。斯居戴里往桌上看了一眼，非常恐慌地用手蒙住脸，叫玛蒂尼赶快把这些沾了受害者鲜血的首饰拿开。玛蒂尼立刻把项链和手镯锁在箱子里，然后说道，最好是把这些首饰交给警察大臣，并且把年轻人突然到来的可怕情景以及递交箱子的情况告诉他。

斯居戴里小姐站起来，一声不吭地在房间里慢慢地走来走去，仿佛在思考下一步该怎么办。然后她叫巴提斯去准备轿子，要玛蒂尼帮她更衣，她想马上去见曼德侬侯爵夫人。

斯居戴里小姐知道，这个时间曼德侬侯爵夫人单独在家，于是就带着首饰箱到她那里去。

侯爵夫人看见斯居戴里小姐——她一向庄重，虽然年老，但还是那么可爱、优雅——脸色苍白趔趄着走进来，不禁吃了一惊。"天哪，您怎么啦？"侯爵夫人迎上去对这位可怜的受惊的小姐说。小姐万分气愤，几乎站立不住，马上坐到侯爵夫人推给她的沙发椅上。她透一口气后又能说话了，便说，她对遭受危险的情人们所写的请愿书开了个欠考虑的玩笑，因此受到了严重的伤害。侯爵夫人逐一了解了事情的全部经过后说道，斯居戴里小姐把这件奇特的事过于看重了，卑鄙之徒的嘲弄绝不可能中伤一个人虔诚而高尚的情感。最后她想看看这些首饰。

斯居戴里小姐把打开的箱子递给她。侯爵夫人看到这珍贵的首饰后，忍不住大声赞赏。她把项链和手镯取出来，然后拿着它们走到窗户旁，在阳光下摆弄着宝石，又把精巧的金器拿到眼前细看，对缠结的链条上每只小钩的精湛的手艺十分欣赏。

突然侯爵夫人转身对斯居戴里小姐说："小姐，您知道吗？这样的项链，这样的手镯，除了卡迪拉克没有人能做得出来。"——卡迪拉克当时是巴黎最灵巧的金铺巨匠，同时也是那时艺术最高明、行为最古怪的人之一。他个头不高，确切地说是个小个子，但是肩膀宽大，身体强壮，肌肉发达。他已上了五十岁，但还像年轻人那样有力，那样敏捷。

他那浓密卷曲的红发，结实闪亮地面庞，证明他是很有力气的。如果不是整个巴黎都知道卡迪拉克是个正直、无私、坦率、毫无恶意和乐于助人的人，如果单凭他深陷的绿眼睛里射出来的奇特的目光，人们就会怀疑他是个阴险毒辣的人。正如说过的那样，卡迪拉克的艺术不仅在巴黎是最高明的，而且也许在他那个时代是第一流的。他非常熟悉宝石的特性，懂得用不同的方式来处理它们，一些本来不显眼的首饰，在他作坊里加工后就大放光彩。他总是渴望接受加工的任务，但是工价十分低廉，与他精巧的手艺简直不成比例。加工的活使他忙个不停，日夜可听到他在作坊里敲敲打打。往往一件首饰快做完了，突然他不喜欢它的样式，怀疑镶嵌宝石的托座是否美观，小环钩是否精致。反正他有充分的理由把整个工件扔进熔锅，重新做过。这样，他就使每一件首饰都成为精美而高超的杰作，使订造者对此惊讶不已。不过，订造者要想从他那里取回做好的首饰却不容易。他总是有借口，一周又一周，一个月又一个月地把人家推走。你想付他双倍工价也没用，他不会比订金多收一个金路易。要是他最终被订货者逼得没办法，不得不交付首饰，那么他就会表现出万般无奈和十分恼怒的样子。假如他要交付的首饰比较重要，比较华丽，也许价值几千金路易，也许珠宝特别珍贵，也许镂金技术特别精细，那么他就会在那里瞎胡闹，诅咒自己，诅咒他的工艺品，诅咒他周围的一切。但是，要是有人在他背后紧追不舍，大声叫喊："卡迪拉克，您不想替我的未婚妻、我的心上人做一条漂亮的项链和一副手镯吗？"等等的话，他就会马上站住，睁开小眼睛看着来人，搓着双手问道："您有什么货？"于是，那个人就拿出一个小盒子，说："这是些宝石，没什么特别的，很普通。要是经过您的手……"卡迪拉克不等他说完，就从他手里夺过小盒，拿出宝石。这些宝石确实并不昂贵，卡迪拉克拿着它们对着阳光看，然后惊喜地说："噢！还说普通？绝对不是！这宝石真是漂亮、美妙，让我替您加工吧！如果您舍得花一把金路易，我还可以镶上几颗小宝石，它们会像灿烂的太阳那样闪金光。"那个人说："师傅，一切都交给您办，您要多少钱我照付。"这时，卡迪拉克不管人家是富裕的市民还是达官显贵，都会热烈地搂住人家的脖子，又亲又吻，并且说，他现在又感到非常幸福，几天后就可以做完。他赶紧跑回家，走进作坊，开始敲打起来，几天后又完成了一件杰作。这时，订货的人来了，非常高兴地付了很低的工钱，想取走已做好的首饰，但是卡迪拉克马上变得烦躁、粗暴、固执起来。"师傅，请您想一想，明天是我的婚礼啊！""您的婚礼关我什么事，两个星期后再来看看。""首饰已经做好了，这儿是工钱，首饰我要拿走。""我告诉您，个别地方还要修改，今天不能给您。""我也告诉您，我愿意付两倍工钱，如果您还不干脆地把首饰给回我，那您很快就会见到阿根松的执勤卫兵来找您。""好吧，那就让撒旦用成百个火钳来折磨您。在这项链上挂上三十斤的重量，让它把您的新娘勒死！"然后，卡迪拉克就把首饰塞进新郎的胸袋里，抓住他的手臂，把他撑出门外。这个人从楼梯上滚下来，卡迪拉克看到这个可怜的年轻人用手巾捂着出血的鼻子，瘸着腿走出屋子，这时他像魔鬼似地朝着窗外放声大笑。另一种现象也难以理解：卡迪拉克热情地接受订货之后，经常会突然间从内心里涌流出无比激动的情感，哀叹着，哭泣着，以惊人的言辞向圣母玛利亚和一切圣者起誓，恳求订货者把他已开始加工的首饰取回去，使他能得以解脱。有些得到国王和人民高度赞赏的人，想用重金从卡迪拉克那里获取一小件艺术品也办不到。他跪在国王脚下，恳请恩准他不为国王制作任何艺术品。同样，他也不接受曼德侬的任何订货。有一次，曼德侬建议他为她做一只饰有艺术象征的小戒指（据说这是拉辛[①]向她要的），他甚至以厌恶恐惧的态度加以拒绝。

因此曼德侬说："我敢打赌，如果我派人去请卡迪拉克，想了解一下这些首饰他是为谁做的，他也不会来。因为他也许担心我要订货，而他绝对不愿意为我做点什么。我听说，他那固执的态度近来似乎改了一些，干活比以前更加勤快，能按时交货，不过交货时还是心情郁闷，满脸不高兴。"斯居戴里小姐关心的是，如有可能应尽快地把这些首饰送回合法的物主手里。她说，可以对这位性格古怪的师傅讲清楚，不是要他来接货，而是请他来鉴别几件首饰。侯爵夫人对此表示赞同，于是就派人去请卡迪拉克。他就像已经上路了似的，过了一会儿就来到了曼德侬家里。

卡迪拉克看到斯居戴里小姐时，显得很尴尬，好像突然遇到什么意料之外的事情，以致忘记了当时应注意的礼节要求，先向斯居戴里小姐深深地恭敬地鞠躬，然后才向侯爵夫人致敬。那些首饰放在铺着深绿色桌布的桌上，闪闪发光。侯爵夫人指着这些首饰急忙问他，这些是不是他做的。卡迪拉克望着侯爵夫人的脸，几乎看都不看这些首饰，就匆忙地把它们放进旁边的小箱子里，并且很激动地把小箱子推到一边。这时，在他那通红的脸上流露出令人厌恶的微笑，他说："侯爵夫人，要是有人哪怕一瞬间认为，这世上还有另一个金匠能做出这样的首饰，这说明他根本不知道卡迪拉克的手艺。这些东西当然是我做的。"侯爵夫人接着问道："那么，请问，这些首饰您是替谁做的呢？""完全是为我自己，"卡迪拉克说。曼德侬感到疑惑不解，斯居戴里心情不安，又满

---

① 拉辛，法国 17 世纪著名的悲剧作家。

怀期待，两个人都十分惊奇地看着他，不知事情会发生什么变化。卡迪拉克又说："侯爵夫人，你们可能会感到奇怪，但是，事情确是这样。纯粹是为了制作一件漂亮的首饰，我搜集到了最好的宝石，由于喜爱这些宝石，加工时比以往任何时候都用心细致。前不久，这些首饰非常奇怪地从我的作坊里不翼而飞了。""谢天谢地！"斯居戴里叫喊起来，由于兴奋两眼闪闪发亮，像年轻的姑娘那样快速而敏捷地从沙发椅上跳起，急忙向卡迪拉克走去，双手搭在他的肩上。她说："拿回去吧，师傅，收回这些被窃贼偷去的首饰吧！"接着她详细地叙述了这些首饰的来历。卡迪拉克低垂着眼帘默默地听着，只是偶尔发出低沉的声音："嗯！——是这样！——唉！——哎呀！"他时而把手甩到背后，时而摸摸自己的下巴和面颊。斯居戴里说完后，卡迪拉克似乎在跟一个刚冒出来的怪念头做斗争，似乎下不了决心。他摸了摸额头，叹了一口气，然后用手抹抹眼睛，可能是想遏制住要流出来的眼泪。终于他接住斯居戴里递过来的小箱子，慢慢地单膝跪下，说："高贵的尊敬的小姐！命运决定把这些首饰送给您。我现在才明白，我在加工这些首饰时考虑到了您，是为您而制作的。请您不要看不起它们，这也许是我长期以来做得最好的首饰，请您收下吧！把它们戴上吧！""唉，唉！"斯居戴里优雅而诙谐地说，"师傅，您想到哪儿去了！我这把年纪还配得上用闪光的宝石来打扮吗？您怎么想起给我送厚礼呢？好了，好了，师傅，要是我像冯坦格侯爵夫人那样漂亮，那样富有，这些首饰我就会抓住不放了。可是，华丽的手镯对我这干瘪的手臂有所帮助吗？闪光的项链对我这起皱的脖颈有所补益吗？"斯居戴里说话时，卡迪拉克已经站了起来，似乎无法自制，两眼放射出狂热的光芒，不停地把小箱子递给斯居戴里小姐，并且说："小姐，您就同情一下我吧，请您收下这些首饰！

您不知道，我内心里多么敬仰您的美德和崇高的功绩！为了表示我的心意，请您收下我这微博的礼物吧！"斯居戴里小姐还一直在犹豫，曼德侬就从卡迪拉克手里接过小箱子，说："天哪，我的小姐，您总是说自己高龄，像我和您这样的人对年龄和衰老已无能为力了。不要像害羞的小姑娘那样，又想要别人递来的甜果子，又不想伸手去拿。不要拒绝这位诚实的师傅了，收下他自愿送给您的礼物吧，这种礼物别人就是花费千金百般恳求也得不到。"

曼德侬说着就把小箱子塞给斯居戴里，卡迪拉克马上跪在斯居戴里面前，一边吻她的裙子和手，一边呻吟着，叹息着，哭泣着，呜咽着，然后跳起来发疯似的急忙跑出去，还把椅子、桌子撞翻了，瓷器和玻璃杯震得当啷作响。

斯居戴里吓得叫起来："天哪，这个人怎么啦？"但是侯爵夫人却以特别愉快的心情，甚至以戏弄的口吻，大笑着说："这下我们懂了，小姐，卡迪拉克师傅在热恋着您呢，他按照传统的风俗习惯备了一份厚礼向您表示爱慕之情，使您为之动心。"曼德侬开着玩笑，同时告诫斯居戴里对这个绝望的情人不要太残酷。斯居戴里也跟着说笑，并且沉浸在各种轻松愉快的想象中。她说，要是事情真的是这样，她就只好认输，这就势必为世人做出一个先例，一个出身贵族家庭的七十三岁的女子做了金匠的新娘。曼德侬请求为新娘编织花冠，教她怎样尽责任当好家庭主妇，一个无忧无虑的小姑娘对此当然不可能知道得很多。

斯居戴里终于站起身来，向侯爵夫人告辞。尽管刚才开了许多玩笑，但是当她拿起首饰盒时，又变得十分严肃。她说："侯爵夫人，我是永远也不会戴这些首饰的。这些首饰曾经毕竟落在那些可怕的歹徒手里，那帮人以魔鬼的无耻行径，甚至与魔鬼结盟，到处掠夺杀人。这些闪光的首饰上可能还沾着血迹，对此我感到恐惧。此外，我得承认，甚至连卡迪拉克的行为都会使我感到毛骨悚然。我无法摆脱一种神秘的预感：在这事件的背后隐藏某种骇人听闻的恐怖的秘密。但是假如我把这件事的每个情节清清楚楚回想一遍，还是无法想象，秘密究竟在哪里？老实能干的卡迪拉克师傅，一个善良虔诚的市民的榜样，怎么会与某件凶案有瓜葛呢？但是，可以肯定，我绝对不敢戴这些首饰。"

侯爵夫人认为，这个顾虑实在是多余的；但是，斯居戴里请她扪心自问，要是她遇到这种情况将怎么办，这时她却严肃而坚定地说："宁愿把这些首饰扔到塞纳河去，也绝对不会戴它。"

斯居戴里把和卡迪拉克师傅争辩的情景写成了优美的诗篇，第二天晚上在曼德侬的住宅向国王朗诵了一遍。她不顾卡迪拉克师傅的形象，消除了神秘预感带来的恐惧心理，绘声绘色地描写了出身老贵族家庭的七十三岁的金匠新娘的动人形象。够了，国王开怀大笑起来，并且认为，德普莱奥①找到了一位大师，因为斯居戴里创作这首诗堪称最诙谐的作品。

几个月后，碰巧有一天斯居戴里乘着蒙坦西尔公爵夫人的装有玻璃窗的马车经过新桥。当时这种雅致的玻璃马车还是刚发明的，当它在街头出现时，好奇的市民就会跑出来观看。因此，在新桥爱凑热闹的人也把公爵夫人的马车团团围住，弄得马儿也跑不了。斯居戴里突然听到一阵咒骂声，看到有一个人用拳打肘撞推开人群往前挤。当这个人走近时，斯居戴里看到这是一个年轻人，脸色苍白，表情悲痛，目光逼人。这个年轻人一边拼命地往前挤，一边目不转睛地注视着斯居戴里小姐。

---

① 德普莱奥，法国古典主义的诗人、作家。

当他挤到马车前时，突然拉开车门，把一个纸团扔到斯居戴里怀里。然后他和来时一样，左冲右撞，在打人和挨打中消失了。当时坐在斯居戴里旁边的玛蒂尼看到这个年轻人出现在车门前吓得大叫一声，像是失了魂似的晕倒在车垫上。斯居戴里拼命地拉着铃绳，叫喊车夫，但是没有用，车夫好像被恶魔驱使一样不停地挥鞭赶马。马儿嘴喷白沫，时而前腿腾跃，时而后退乱踢，终于疾驰出去，轰隆隆地跑过了大桥。斯居戴里给昏厥的玛蒂尼洒了香水，她终于睁开了眼睛，但是浑身还是在颤抖，抽搐着紧紧抓住她的主人，苍白的脸上露出惊慌失措的神色，非常吃力地呻吟道："圣母玛利亚保佑！那个可怕的人想干什么？哎呀，就是那个人，就是他，在那个恐怖之夜给您送箱子的就是他！"斯居戴里安慰她说，没有发生任何可怕的事，只要看看纸条上写些什么，事情就明白了。她打开纸条，上面写着：

"厄运将我推入深渊，只有您才能扭转这个厄运！就像儿子对待母亲那样，我不会不顾您，我以孩子对母亲的真挚的爱，请求您把从我手中得到的那副项链和手镯，找个借口——要求修饰或重做——尽快交给卡迪拉克师傅。这件事关系到您的幸福和生命。如果您到后天还不送去，我就跑到您家里，在您面前自杀！"

"现在明白了，"斯居戴里看完纸条后说，"这个神秘的人物可能也属于可恶的盗贼和谋杀犯团伙，但是似乎对我不怀恶意。如果那天夜里他能够跟我谈谈，谁知道呢，也许我会弄清一些奇特的、模糊的事情，现在我只能从内心里去想象这件事，很渺茫，也许是枉费心机。但是，不管这件事如何发展，我都会按纸条上的要求去做。只要能把这些不祥的首饰送出去就好，我觉得它们简直是恶魔的符咒。按照卡迪拉克的老习惯，这些首饰他是不会轻易脱手的。"

斯居戴里打算第二天带着首饰到金匠那里去。但是，全巴黎杰出的文人好像事先约好一样，那天早上他们都带着诗歌、戏剧、轶事到斯居戴里家里聚会。卡佩尔刚读完一出悲剧的一场，就灵机一动说，他认为可压倒拉辛。这时拉辛进来了，他用一篇某某国王的感人至深的演讲击败了对手。最后，波伊莱奥让他那光辉的诗篇冉冉地升上黑暗而可悲的天空，因为建筑学博士佩劳尔特老是向他唠叨卢浮宫里的柱廊，而他却不想听。

中午，斯居戴里要到蒙坦西尔公爵夫人家去。这样拜访卡迪拉克师傅就要推迟到第二天。

斯居戴里觉得，有一种特殊的不安在折磨着自己。她的眼前总是浮现那个青年的形象，内心里总是唤起一个模糊的记忆，她好像见过这张脸，见过这些特征。噩梦骚扰了微睡。她觉得，她似乎过于大意，不可原谅地疏忽了及时地抓住那只伸向她的手，这是那个正在堕入深渊的不幸者的手；她觉得，似乎要靠她来消除某个灾难性的事件，靠她来制止一桩卑鄙的犯罪行为！——太阳已经升得老高，她起床穿衣，然后带着首饰箱到金匠那里去。

到了卡迪拉克住的尼凯泽大街后，她看到许多人向这条街涌来，聚集在卡迪拉克家的门前，人们在狂呼乱喊，吵吵闹闹，都想冲进屋里去，但是被骑警队——他们已包围了这幢房子——拼命地挡在屋外。在这粗野的喧闹声中响起愤怒的吼声："撕裂他，打死这个可恶的凶手！"最后戴斯格莱带着大队人马赶来了，他们在密密麻麻的人群中开辟了一条通路。突然，房门打开了，一个带着镣铐的人被押送出来，在愤怒的咒骂声中被带走了。斯居戴里被这恐怖的景象和不祥的预感吓坏了。这时她突然听到一声悲惨的尖叫。她拼命地对车夫喊道："向前，继续向前！"车夫机灵地来个急转弯，驱散了人群，把马车停在卡迪拉克的家门口。这时，斯居戴里看到了戴斯格莱和他脚边的一个年青姑娘。她长得很美，披头散发，衣裳半开，脸上流露出惊恐和绝望的神色。她抱着戴斯格莱的腿，恐慌而痛苦地喊道："他没有罪啊！他没有罪！"戴斯格莱及其手下人用力把她扯开，把她从地上拉起来，但是都白费力气。后来，有个粗野的大汉一把抓住这个姑娘的手臂，用暴力把她从戴斯格莱身上拉开，又笨拙地一失手，使她摔倒在台阶上，她不吭不响，就像死了一般躺在路上。斯居戴里再也忍受不住了。"以基督的名义，发生了什么事？这里出了什么事？"她喊道，并迅速打开车门走下来。人们恭敬地给这位庄重的妇人让开一条路。她看到几个富有同情心的妇女把姑娘扶起来，让她坐在台阶上，然后用药水替她擦额头上的伤口。于是斯居戴里向戴斯格莱走去，急促地反复提问。戴斯格莱说："发生了一件可怕的事，今早发现卡迪拉克被人用匕首捅死。他的伙计布鲁松是凶手，刚才已被投入监狱。""这位姑娘呢？"斯居戴里问道。戴斯格莱回答说："她叫玛德隆，是卡迪拉克的女儿。那个卑鄙的家伙就是她的情人。她又哭又闹，不断狂叫布鲁松是无辜的，完全无辜的。说到底她是知情人，我也要派人把她带到康基格里监狱去。"戴斯格莱说着，向姑娘投去阴险恶毒、幸灾乐祸的目光。这目光使斯居戴里感到毛骨悚然。姑娘开始微弱地叹息，但是还无力说话，不会动弹，闭着眼睛躺在那里。人们不知如何是好，是把她抬进屋里还是守着她，等她醒来。斯居戴里凝视着这位无辜的天使，心情激动万分，眼中饱含泪水。斯居戴里觉得，戴斯格莱和他的差役很可怕。这时从楼梯上传来咚咚的响声，卡迪拉克的尸体被抬出来了。斯居戴里立即坚定地喊道："戴斯格莱，我把这姑娘带走，你们办理后事去吧！"人群中响起了低沉的说话声和掌声。妇女们把姑娘抬起来，大家都挤上来，伸出无数双援助的手，姑娘就像飘着似的慢慢地被抬进了马车。这时，周围的人都为尊敬的斯居戴里小姐祝福，是她把这位无辜的姑娘从血腥的法院里抢救出来。

在巴黎最著名的医生泽龙的努力下，昏迷了好几个小时的玛德隆终于苏醒过来了。斯居戴里接过医生的工作，她使姑娘的心灵里燃起了微弱的希望之光，使她放声大哭起来，尽情地发泄内心的痛苦。她怀着悲愤的心情，一边抽泣，一边讲述着发生的事情。

深夜里，她被一阵轻微的敲门声吵醒，她听出是布鲁松的声音。他要她赶快起床，因为父亲快要死了。她大吃一惊从床上跳起来，开了门。布鲁松脸色灰白，扭曲的脸上汗水淋淋，手里提着一盏灯。他摇摇晃晃地向作坊走去，她跟着他走。父亲躺在那儿，目光呆滞，呼吸困难，正遭受着临终前的痛苦。她痛哭着扑在父亲的身上，这时才发现他的衬衣上血迹斑斑。布鲁松轻轻地把她拉开，然后用止痛药膏替父亲洗涤和包扎左胸上的伤口。这时父亲恢复了知觉，停止了哮喘，深情地看着她和布鲁松，然后抓起她的手放在布鲁松的手上，并且紧紧地握住他们的手。布鲁松和她跪在父亲的床前，父亲大叫一声坐起来，但是马上又倒下去，随后发出一声长叹就断了气。他们两个万分悲伤，痛哭流涕。布鲁松对她说，师傅吩咐他一起去办事，路上在他在场时师傅被人杀害，他用了最大的力气才把肥胖的师傅背回家，当时没有料到他受了致命的伤。夜里邻居们听到一些动静和哭哭啼啼的悲切声，天亮后都跑来探望，看到他们两个非常伤心地跪在父亲的尸体旁边。接着响起了一片嘈杂声，骑警队赶来了，他们把布鲁松当成杀害师傅的凶手投进了监狱。这时，玛德隆非常感人地描述了她爱恋的布鲁松是多么的厚道、虔诚和忠实。他尊敬师傅就像尊敬自己的父亲一样，师傅也非常关心爱护他，尽管他很贫穷还选他做女婿，因为他不但做事熟练灵巧，而且为人忠厚老实。玛德隆这一番话完全是发自内心之言。最后她甚至这样说，就是布鲁松当着她的面用匕首刺进父亲的胸部，她也不相信他会做出这种恐怖可怕的罪恶行为，而宁愿相信这是撒旦的魔术。

玛德隆巨大的痛苦深深地打动了斯居戴里的心，她完全倾向于肯定可怜的布鲁松是无罪的。她打听之后认为，玛德隆所说的有关她父亲和布鲁松之间在家庭中相处的情况是可信的。邻居都异口同声地称赞布鲁松是个正派、虔诚、忠实和勤劳的好青年，没有人说他的坏话。提到这件凶杀案，每个人都耸耸肩膀，表示无法理解。

斯居戴里听说，布鲁松在刑事法庭毫不动摇，坦率正直地否定了指控他杀人的罪名，并且断言，他的师傅是在街上遭人袭击，并被打翻在地，当时他也在场，就把师傅背回家，回到家里后很快就断气了。甚至这一点与玛德隆的说法也是一致的。

斯居戴里反复调查这桩恐怖案件的详细情况。她仔细了解，师徒之间是否发生过争吵，布鲁松是否偶尔也会大发脾气。发脾气往往就像一种盲目的疯狂袭击脾气最好的人，使人做出不理智的事情。玛德隆对三个人的亲密关系和安宁幸福的家庭生活谈得越感人，斯居戴里对要被处以死刑的布鲁松的怀疑就越少。在详细调查之后，如果不顾布鲁松是无罪的事实，仍然把他看作是杀人的凶手，那么斯居戴里在可能的范围内也找不到他杀人的动机。因为杀人肯定会毁灭他的幸福。斯居戴里这样想，他很贫穷，但是很机灵，已经赢得大名鼎鼎的师傅的好感，他爱慕师傅的女儿，师傅也赞成他们相爱。他的一生将是幸福、富裕的！不过，天晓得，要是布鲁松受到什么刺激，克制不住心中的愤怒，因此把他的恩师慈父杀害了，然后又装作好像什么事也没有发生一样，但是，这种行为只有魔鬼和奸诈小人才干得出来！于是，斯居戴里坚信布鲁松是无罪的，决定不惜任何代价去解救这个无辜的青年。

斯居戴里觉得，在恳请国王恩典之前，不如先拜访雷克尼院长，使他注意到布鲁松无罪的全部情况，这样在院长的心灵里也许会产生一种对被告有利的信念，这种信念自然也会影响到法院。

雷克尼院长满怀敬意地接待了斯居戴里，这位高贵的妇人对此是受之无愧的，因为连国王也很尊重她。雷克尼安静地听她讲述这次可怕的案件和布鲁松的情况及其品德。在斯居戴里叙述时，雷克尼的脸上流露出平淡而近乎恶意的微笑，可见，断言和保证之类的话以及伴随眼泪的告诫（比如，法官不应成为被告的敌人，也要听取对被告有利的言语等），对他来说并不完全是耳边风。斯居戴里说到后来已经精疲力尽了，她擦干眼泪，默默无语。这时，雷克尼开始说话："我的小姐，您的心地是非常善良的。一个热恋中的年轻姑娘的眼泪感动了您，您相信她说的一切，但是您无法理解犯罪的动机。法官就不一样，他们已习惯于揭开无耻的伪善者的假面具。我的职务也许不是向每个来访者解释刑事诉讼的过程。小姐！我要履行我的责任，很少关心外界的评论。任何罪犯在刑事法院面前都会发抖，因为它的惩罚只有火与血。但是，在您面前，我尊敬的小姐，我不希望您把我当成严酷无情的怪物。因此，请允许我扼要地向您介绍一下这个年轻犯人的谋杀罪，感谢上帝，这回他是自食其果。您敏锐的思想会使您抛开单纯的同情心，同情心使您受人敬重，但是于我却不相宜。——好吧！——早晨发现卡迪拉克被人用匕首捅死。当时在场的只有他的伙计布鲁松和他的女儿，没有其他人。此外，在布鲁松的房间里找到一把匕首，那上面的血还是鲜红的，而且匕首与伤口刚好吻合。布鲁松说，'卡迪拉克是在夜里遇刺倒下，当时我在场。'——'有人要抢劫他？'——'我不知道。'——'你跟师傅一起走，为什么不反抗？为什么不抓住凶手？为什么不叫喊？'——'师傅走在我前面，相距十五到二十步，我跟着他走。'——'为什么要离那么远？'——'师傅要求这样。'——'为什么卡迪拉克师傅这么晚了还要上街呢？'——'这我不知道。'——'平时晚上九点后他从不出门，是吗？'——这时布鲁松顿住了，他感到震惊，叹了一口气，眼泪夺眶而出。他郑重其事地保证说，卡迪拉克那天夜里确实出门去了，并且被人暗杀。但是，这里也许值得注意，我的小姐。经过证实可以肯定，卡迪拉克那天夜里没有出门，而布鲁松则断言，他和师傅一起出去了，这是无耻的谎言。这幢房子的门锁又大又沉，开关的时候会发出刺耳的响声，然后门一动，门轴就咯吱咯吱地响起来。做了几次试验都证明，甚至住在这幢房子顶层的人家都可以听到这些响声。住在一楼靠房门的是年老的帕德鲁师傅和他的女佣人——差不多已八十岁，但人很清醒，精神很好。这两个人那天晚上打听到，卡迪拉克像惯常那样九点正下楼来，锁门时发出很响的声音，接着就闩上门，后来又上楼去，大声地做晚祷，然后走进卧室，可以听见关房门的声响。帕德鲁师傅像有些老人一样患失眠症，那天晚上他也没有合眼。大约九点半钟，他的女佣人经过楼道到厨房去。她在厨房里开了灯，坐在帕德鲁师傅的桌旁，拿起一本古书读起来。帕德鲁注意地听她读，时而坐到靠背椅上，时而又站起来，轻轻地，缓慢地在房间里走来走去，以便快些困倦，好去睡觉。直到深夜四周一片寂静。突然他们听到急促地脚步声和很响的跌落声，就像一件沉重的东西落地一样，接着是低声的呻吟。两个人都感到十分恐惧和惴惴不安。他们经历了刚才说的这个恐怖的事件。——天亮了，黑夜里发生的事情也真相大白了。""但是，"斯居戴里插话说，"我向您详细叙述了这个事件的许多情况，看在一切圣人的份上，您能否从中找到杀人的动机呢？""嗯，"雷克尼说，"卡迪拉克并不贫穷，他拥有许多贵重的宝石。"斯居戴里接着说："难道不是他的女儿继承所有的财产吗？您忘了，布鲁松还是他未来的女婿呢。"雷克尼答道："他也许还得分赃，或许还是替别人去谋杀。""分赃？替别人去谋杀？"斯居戴里惊恐万状地问。法院院长答道："我的小姐，您可知道，要不是布鲁松的行为与至今为止还危害巴黎的秘密团伙有关，他早已在格莱弗广场被处死了。布鲁松显然是属于这个罪恶团伙的。这伙人蔑视法庭的警觉、操劳和调查，他们胡作非为，却逍遥法外。通过布鲁松所有问题可水落石出，也必须澄清全部疑案。卡迪拉克的伤口与所有在街上，在家里被杀害和被抢劫的人的伤口非常相似。但是，最关键的是，自从布鲁松被捕后，所有谋杀和抢劫的行为都停止了。大街上夜晚和白天一样安全。这就足以证明，布鲁松可能是这个谋杀团伙的头目。要是他还不想认罪，完全有办法逼他违背自己的意志而说出真话。""那么玛德隆呢，"斯居戴里喊道。"谁能担保她不串通一气。她哪里管她的父亲，她的热泪只洒向那个杀人犯。""您说什么，"斯居戴里喊叫起来，"这是不可能的，这个姑娘会谋害父亲！""啊！"雷克尼说，"请您想想布林维里吧！过不久我也许不得不把受您保护的人从您家里带走，并投入康基格里监狱里，到时还请您多多原谅。"对这种无稽的怀疑斯居戴里感到毛骨悚然。她觉得，在这个可怕的男人面前似乎世上就不存在忠诚和道德，在他神秘的思维里似乎只在探究谋杀和血债。她站起来，"你们应该讲点人道！"她心情不安呼吸急促地仅说了一句话。院长彬彬有礼地送她到楼梯口，她正想下楼去，自己不知怎么回事，突然冒出一个奇怪的念头，于是很快转过头来问院长："能允许我去看看那个不幸的布鲁松吗？"院长充满疑虑地望着她，然后脸上露出他特有的令人讨厌的微笑。"当然，"他说，"我尊敬的小姐，您当然要亲自检验一下布鲁松是有罪还是无罪的，您相信自己的感觉和内心的声音，胜过相信在我们眼前发生的事情。如果您不害怕阴森森的牢房，不憎恶各种堕落分子的嘴脸，那么，两个钟头后康基格里监狱的大门将向您敞开。有人会向您介绍您所同情的那个布鲁松。"

实际上斯居戴里不相信这个年轻人的罪行。不过，所有的说法对他都不利，世界上任何一个法官在处理这种关键的事实时都和雷克尼一样。但是，玛德隆以生动的例子向斯居戴里描述的幸福家庭的情景驱散了种种恶意的嫌疑。因此她宁愿相信一个令人不解的秘密，也不相信她内心里感到愤慨的定论。

她想让布鲁松把那个可怕之夜所发生的一切事情再叙述一遍，并尽量探索法官们也许没有注意到的秘密，因为他们觉得再深究下去也没有什么价值。

到了康基格里监狱后，人们把斯居戴里带到一间宽敞明亮的房间里。过不久，她听到镣铐嘎啦嘎啦的声音。布鲁松被带来了。但是他一踏进门槛，斯居戴里就昏倒了。当她苏醒过来后，布鲁松已不见了。她强烈要求送她上车，她要立即离开这个罪恶的地方。啊！她一眼就认出，布鲁松就是那个年轻人，是他在新桥把纸团扔到她的马车里去，也是他把首饰箱送给她。现在一切怀疑都消除了，雷克尼可怕的推理得到了证实。布鲁松就是那个恐怖的杀人团伙的成员，毫无疑问，师傅也是他杀的！可是玛德隆呢？斯居戴里从来没有像现在这样痛苦过，她被自己内心的感觉欺骗了，她从来不相信人间存在魔鬼的势力，如今它却威胁到她的生命，现在她怀疑一切真理。她可怕的怀疑，玛德隆也参加了这个杀人团伙，并且参与了这次恐怖的谋杀行动。有时会出现这样的情形，在人的思想中展现一幅画，于是到处去找颜料给画面着色，最后各种颜色都找齐了，画面经过加色更为逼真。斯居戴里的情形也是这样，她考虑了玛德隆的细微表现后，认为这个案件中的每个情节和人们的怀疑很接近。过去有些事情被她视为是玛德隆无辜和纯洁的表现，现在却被看作是用心险恶和善于假装的标志。那些撕心的哭声和辛酸的眼泪大多来自对死亡的恐惧，也许害怕看到情人被处死，也许害怕自己死在刽子手刀下。斯居戴里决定，立即把这条蛇摔掉，绝不姑息养奸，然后她就下了车。玛德隆走进斯居戴里的房间，跪在她的脚下。她那双明净的眼睛——哪怕是天使的眼睛也不及它真诚——仰望着斯居戴里，双手叠合在跳动着的胸脯上，哀求并恳请她帮助和安慰。斯居戴里尽力忍耐着，尽量使自己说话的声音显得严肃、平静：“走吧，走吧，关于杀人犯的事您尽可放心，他的罪行必将受到法律的严惩。但愿圣母玛利亚保佑，血债没有沉重地压在你自己的身上。”“啊，现在全完了！”玛德隆尖叫一声就晕倒在地。斯居戴里让玛蒂尼去照顾这个姑娘，自己走到另一个房间里去。

斯居戴里的心都被撕碎了，她要远离一切尘世之物，不想再活在这个极为虚伪的世界上。她在控诉命运，多年来在尖锐的讽刺中命运让她坚信道德和忠诚，而今天，在她年老的时候，照亮她人生之路的美好信念被毁灭了。

当玛蒂尼带走玛德隆时，斯居戴里听到，玛德隆在哀叹和哭诉：

"啊！甚至她，甚至她也被这伙残酷的人蒙骗了。我真是命苦，布鲁松多么可怜，多么不幸啊！"这声音一直侵入斯居戴里的心灵，埋藏在她内心里的一个秘密的预感又冒了出来：她相信布鲁松是无罪的。在这种矛盾心理的折磨下，斯居戴里情不自禁地喊道："地狱里的魔鬼把我牵连进一件可怕的事情中去，这将会要我的命！"这时巴提斯进来了，他脸色苍白，慌慌张张地说，戴斯格莱在门外。自从福伊西那桩令人厌恶的诉讼之后，戴斯格莱出现在哪里就说明那里发生了可怕的案件，所以巴提斯才感到惊慌。斯居戴里小姐微笑着问他："巴提斯，你怎么了？是不是斯居戴里的名字也在福伊西的名单上？""啊，天哪！"巴提斯浑身颤抖地回答说，"您可别这样说，但是戴斯格莱，这个可怕的戴斯格莱，他行为神秘，迫不及待，好像根本无法等待一样，要立刻见到您！"斯居戴里说："好吧，巴提斯，你马上带他进来，这个人你们都怕他，但至少不会让我感到不安。"戴斯格莱走进客厅后说："我的小姐，雷克尼院长派我到您这儿来，他有个请求，如果他不了解你的品德和勇气，他就不会希望这个请求能得到满足；如果您不亲自参加审理这宗凶杀案——这个案件使我们刑事法院全体人员喘不过气来——，他也许就不会把破案的最后一招交到您的手里。布鲁松自从见到您后，几乎像是疯了似的。他好像愿意认罪，但现在又向天主和一切圣者发誓，保证对卡迪拉克的被害他是无罪的。要是他罪有应得，他宁愿死。我的小姐，值得注意的是，他最后一句话明显地暗示，还有其他罪行压在他的心里。但是，我们费尽气力都没有效，他就是不肯多说，甚至用严刑威胁也不起作用。他请求我们设法让他和您商谈一次，只有和您一个人，他才愿意承认一切。我的小姐，请您屈尊，听听布鲁松的交代吧！""什么！"斯居戴里愤怒地叫喊，"要我作血腥法庭的工具，要我滥用这个不幸人的信任，将他送上绞刑架？不，戴斯格莱！就算布鲁松是个可恶的杀人犯，我也绝不可能对他耍阴谋诡计。我也不想知道他的秘密，就让他的秘密像一个神圣的忏悔那样隐藏在我的心里吧！""也许，"戴斯格莱露出一丝笑容说，"我的小姐，您听了布鲁松的供认之后，会改变您的想法。您不是请求我们的院长要讲人道吗？他现在就是从人道的角度来考虑。所以对布鲁松的愚蠢要求作了让步，在对他用刑之前，最后再试一次，他本来早就该受刑了。"斯居戴里不禁吃了一惊。"您瞧，"戴斯格莱接着说，"尊敬的小姐，我们绝不会要您再次到阴森的牢房去，这会使您感到可怕和厌恶。我们找个宁静的夜晚，悄悄地把布鲁松送到您家，让他像个自由人那样来见您。也许要设警卫，但我们绝不偷听，让他在没有压力的情况下向您承认全部事实。您对这个卑鄙小人也不用害怕，我可以用生命来保护您。布鲁松谈到您时总是流露出十分崇敬的表情。他发誓说，只是由于厄运的阻拦，他才无法早些见到您，以致陷入死亡中。至于布鲁松向您交代的东西，您愿意说多少就说多少，难道我们还会强迫您多说？"

斯居戴里低下眼帘深思着。她觉得，有一个更高的旨意要求她去揭开一个可怕的秘密，她似乎必须服从这个旨意，似乎已被一根奇妙的绳索套住而无法解脱。突然她果断而庄严地说："上帝会赐予我理智和坚毅，把布鲁松带来吧，我要见他。"

就像布鲁松上次送首饰箱子来时那样，半夜里有人敲斯居戴里家的门。巴提斯预先已知道今夜有人来访，于是便开了门。斯居戴里从轻轻脚步声和喃喃低语声中察觉到，带布鲁松来的警卫已经在屋子的走廊里布上岗哨。这时，她不禁感到一阵恐怖的寒气通过全身。

房间的门终于轻轻地打开了。戴斯格莱走进来，布鲁松跟在他的后面，没有戴镣铐，穿着也整洁。戴斯格莱恭敬地向斯居戴里鞠了一个躬，说："尊贵的小姐，这是布鲁松！"说完就出去了。

布鲁松在斯居戴里面前跪下，抱拳向她祈求，泪水滚滚流出。

斯居戴里脸色苍白，默默地看着他。这张年轻的脸，由于悲伤和痛苦变了样，尽管如此依然流露出纯真的至诚的表情。斯居戴里的目光愈是久久地停留在布鲁松的脸上，她的脑子愈是活跃地回忆起一个亲切而熟悉的人影，只是无法清晰地想起他是谁。这时，所有的恐惧都已消失，她忘记了跪在她面前的是杀害卡迪拉克的凶手，她用自己特有的那种平静而优雅的语气说："好吧，布鲁松，您要对我说什么？"他还一直跪着，这时他表情痛苦地长叹一口气说："啊，我尊贵的，十分敬重的小姐，难道您一点也记不起我来？"于是斯居戴里更加仔细地打量着他，然后说，从他的特征中她发现，他与一个她喜欢的人很相似，正因为这样，她才消除了对一个杀人犯的憎恨，才能够平静地听他讲述。这番话深深地伤害了布鲁松，然后他的深沉的声音说："难道您完全忘记了安娜？布鲁松是她的儿子，小时候常常爬在您的膝盖上玩耍，现在正站在您的面前。""啊，天哪！"斯居戴里双手捂着脸，叫喊一声，便倒在沙发椅上。斯居戴里自有原因才这样惊慌。安娜是个贫穷市民的女儿，从小被斯居戴里小姐收养，小姐就像母亲对待可爱的孩子一样，诚心诚意，认真仔细地教育她。她长大成人后，认识了一个英俊纯洁的青年，他名叫克劳德·布鲁松。后来，这个青年向安娜求婚。他是个技巧熟练的钟表匠，在巴黎能够自力更生，安娜也十分爱慕他，因此斯居戴里就毫无顾虑地同意把养女嫁给他。两个年轻人成了家，过着恬静幸福的生活。他们漂亮的男孩出生了，长得和温柔的母亲一模一样。有了孩子后，爱情的纽带连结得更加紧密了。

斯居戴里十分宠爱这个小男孩，常常几个小时，甚至整天把他从母亲那里抱过来，爱抚他，逗乐他。因此孩子很习惯跟她在一起，就像跟着母亲一样。三年过去了，由于同行的忌妒，安娜丈夫的生意日益清淡，最后几乎难以糊口。同时他也很想念美丽的家乡日内瓦，于是他们便举家迁居了。尽管斯居戴里极力挽留，还答应予以必要的支持，但也没拦住他们。安娜迁走后还给养母写过几封信，后来就没有音讯了。斯居戴里还以为，他们在日内瓦过着幸福的生活，以致忘却了以往度过的日子。

他们全家离开巴黎迁往日内瓦后，一晃过了二十三年。

"啊，真可怕！"斯居戴里稍微平静之后说道："太可怕了！你就是布鲁松？是我的安娜的儿子！而现在……"布鲁松镇静而理智地回答："是的，您绝对想象不到，您曾经像圣母般爱抚过的男孩——您把他抱在怀里一口一口地喂他，您还给他起了几个甜美的名字——，如今已长大成人，突然出现在您的面前，但却被人指控为卑鄙的杀人犯！我不是无可责备的，刑事法院有权把罪行归咎于我；但是，如果我死在刽子手的刀下，我的灵魂还是纯洁的，我没有一滴血债，不幸的卡迪拉克不是我杀的，他的死也不是由于我的过错！"布鲁松说到这里浑身颤抖，并且摇晃起来。斯居戴里默不作声地指着布鲁松身旁的一张小椅子，他慢慢地坐下。

布鲁松接着说："我有足够的时间准备这次交谈，我把这次与您交谈看作是上帝赐予我的最后恩惠。同样，我也有足够的时间使自己变得镇静和理智，以便向您叙述我那罕见的可怕命运的经历。求您仁慈地冷静地倾听我的诉说，就是听到您意料之外的令人震惊的秘密，甚至是恐怖的事情，您也要保持镇静。要是我那可怜的父亲当年不离开巴黎就好了！我想起在日内瓦的日子，我的父母亲总是闷闷不乐，他们的眼泪润湿了我的眼睛，他们的哭诉（我并不理解他们哭诉的东西）使我流泪。后来我渐渐清楚地意识到，我的父母是生活在极端贫穷和痛苦之中。父亲所有的希望都落了空。他为深深的忧虑所压倒，他临死前把我送给一个金匠当学徒。母亲经常提起您，她真想向您诉说一切，但是贫穷使她失去了勇气。贫困和不必要的羞耻心理（这种心理常常伤害人的心情）使母亲下不了决心。父亲死后几个月，母亲也去世了。"可怜的安娜，可怜的安娜！"斯居戴里喊道，内心里充满着悲痛。"感谢和赞美上帝永恒的力量，母亲去世了，她不用目睹亲爱的儿子打上犯罪的印记，倒在刽子手的屠刀下。"布鲁松大声地说，愤怒而可怕的目光注视着上方。外面传来嘈杂声，有人走来走去。"哈哈，"布鲁松哭笑着说，"戴斯格莱唤醒了他的伙伴，好像我会从这里逃出去似的。好吧，我接着说，我的师傅对我有点严酷，不认为我做的活是最好的，并且最终会远远地超过他。当时发生了这样一件事，有个陌生人来到我们的作坊，要购买几件首饰。当他看到我加工的一条漂亮的项链时，一边亲切地拍拍我的肩膀，一边打量着那条项链，说：'哎呀！年轻的朋友，这条项链做得好极了！我不知道，除了卡迪拉克还有谁能超过您，他当然是世界上最好的金匠。您应该到他那里去，他会很高兴地接纳您到他的作坊去，因为他的手艺很高超，只有您才能当他的助手，您只有从他那里还能学到东西。'陌生人的话深深地打动了我的心。我已无法平静地在日内瓦待下去了，要走的念头强烈地吸引着我。我终于离开了师傅，来到了巴黎。卡迪拉克接待了我，但是态度冷漠，甚至粗暴。我不退让，要他给我活做，哪怕很小的活也无所谓。后来他让我加工一只小戒指。当我把做好的戒指交给他时，他用闪亮的眼睛注视着我，仿佛要看到我内心里去。

然后他说：'你是个诚实能干的小伙子，你可以搬到我这里来，在作坊里帮忙，我会付给你很好的工钱，你会满意的。'卡迪拉克说话是算数的。我在他那里干了好几周，没有见过玛德隆。要是我没有弄错的话，她当时是到卡迪拉克在乡下的一个姨妈那里去了。后来她回来了。啊，上帝永恒的力量啊！当我见到她如同天使般的容貌时，我简直呆住了。难道有人像我这样爱得那么深吗？可是现在！啊，玛德隆！"

布鲁松悲痛得说不下去。他用双手捂住脸激烈地啜泣着。他最终忍住了剧烈的痛苦继续说道：

"玛德隆总是用亲切的目光望着我。她经常到作坊里来。我惊喜地发现她爱我。虽然父亲严格地监视我们，但是几次暗中握手就使我们的心连在一起。卡迪拉克似乎什么也没有察觉。我想，我首先要得到他的厚爱，才能满师，然后向玛德隆求婚。有一天早晨，我正要干活时，卡迪拉克走到我的面前，他那阴沉的目光充满着愤怒和蔑视。他说：'我不需要你的帮忙，现在你马上就离开这里，我永远不想见到你。我也用不着告诉你，为什么不能容忍你在这里干下去。对于你这个穷鬼来说，你渴望的甜果子挂得太高了。'我正想说话，他有力的手一把抓住我，就往门外扔，我摔倒了，头部和胳膊都受了重伤。我疼痛万分，愤怒地离开了他的家。后来我在圣马丁市郊尽头的地方找到一个心地善良的熟人，他让我住在他的阁楼里。我心慌意乱，坐卧不安。夜里我悄悄地绕着卡迪拉克的屋子转来转去，我以为，玛德隆会觉察到我的叹息和倾诉，也许会从窗户探出身子偷偷地同我说几句话。我的脑子里设想着各种大胆的计划，我希望能够说服她一起来完成这些计划。卡迪拉克的屋子位于尼凯泽大街，屋里屹立着一堵高墙，墙中有几个壁龛，里面站着古老、残破的石像。有个夜晚我紧靠着一个石像站着，抬头望着卡迪拉克家的窗户，这些窗户都是朝着靠墙的院子。突然间，我看见卡迪拉克的作坊亮着灯。这时已是深夜，这个时间他通常从不起床，他习惯九点整上床休息。由于不安的预感，我的心扑扑地加剧跳动。我想，也许有什么事使我有机会进屋去。但是灯光马上又熄灭了。我贴紧石像，并且挤进壁龛里，这时我感到一股反作用力，仿佛石像活了，我吓得马上跑开。在朦胧的月光下，我看见石像在慢慢地转动，接着一个黑影从它的后面溜了出来，然后悄悄地向街上走去。我又走到那尊石像旁边。看到他和刚才一样靠墙立着。这时，仿佛有一个内心的力量在催促我，使我不由自主地蹑手蹑脚地去跟踪这个黑影。走到一尊圣母像旁边时，他环顾了一下周围，圣像前明亮的灯光照到他的脸上。他是卡迪拉克！一种莫名其妙的惊慌，一种神秘莫测的恐惧向我袭来。我像着了魔似的跟随着这个魔鬼般的梦游人。我认为师傅是梦游人，当时月亮不是正圆，据说月圆时鬼魂会出来引诱梦中人。后来卡迪拉克溜进了旁边的阴影里。这时他轻咳一声，从这熟悉得声音中我察觉到他进了一户人家的屋子。'这意味着什么？他要干什么？'我十分惊讶地在问自己，并且紧挨着屋墙。过了一会儿，有个人边唱边哼地走过来，此人头戴闪亮的羽冠，脚蹬咯咯响的马靴。卡迪拉克从藏身的地方朝这个人扑去，就像老虎抓住它的猎物一样。这时，那个人还来不及喊出声来就倒在地上了。我吓得惊叫一声跑过去，卡迪拉克正压在地上那个人的身上。'卡迪拉克师傅，您干什么呢？'我大声喊道。'你这该死的东西！'卡迪拉克吼道，同时飞快地从我身边跑走，一下子就消失得无影无踪了。我惊慌失措，几乎走不动。后来我向那个被打倒在地的人走去，跪在他的身旁，我想，他可能还有救，但是他已经没有气息了。我吓得要死，几乎没有觉察到骑警队已包围了我。'又有一个人被魔鬼刺倒了！喂，小伙子，你在这里干什么呢？你是一个团伙的成员吧？滚开，滚开！'他们吵吵嚷嚷，并一把抓住我。我正想说，我绝不会做这种卑鄙的事情，你们应该放我走。还没等我把话说出来，有人照我的脸，并笑着喊道：'他是布鲁松，金匠的徒弟，在忠厚老实的卡迪拉克师傅那里干活！是啊，他还会在街上杀人！我觉得真像，真像一个杀人犯；还在尸体旁边猫哭耗子，等着被擒呢！小伙子，究竟怎么回事？不要顾虑，大胆地说出来吧！'于是我就说：'在我前面很近的地方，有个人突然袭击他，将他刺倒在地，我马上大声叫喊，那个人飞快地跑掉了。我想看一下，这个人是否还有救。'——'没救了，我的孩子，'有个抬尸的人说，'他已经死了，跟以前一样都是用匕首刺穿了心脏。'另一个人说：'真见鬼，我们又像前天一样来迟了一步。'然后他们抬着尸体走了。

"我说不出我当时的心情是怎么样。我只觉得，这是一场噩梦，我要赶快从梦中醒过来，然后我会对疯狂的幻觉感到惊奇。卡迪拉克，我的玛德隆的父亲，竟然是个卑鄙的杀人犯！我瘫倒在一幢房子的石阶上。天色渐渐破晓，在我前面的路上有一顶军官的帽子，上面插着许多羽毛作装饰品。就在我坐的这个地方，卡迪拉克犯下了血腥的罪行。这下我清醒过来了。太可怕了，我赶紧拔腿跑开。

"我思绪混乱，昏昏沉沉地坐在我的阁楼里。这时门突然开了，卡迪拉克走了进来。'天哪！您要干什么？'我对他喊道。他毫不在乎地向我走来，安详而和蔼地对我微笑，这使我从内心里更加厌恶他。他拉过一张破旧的小板凳，对着我坐下，而我却难以从我坐的草垫上站起来。他开始说：'布鲁松，可怜的小伙子，近来好吗？上次我把你驱赶出去，这样做有点粗暴。你走后，我各方面都感到缺少了什么。现在我接到一件活，要是没有你的帮忙，我就无法完成。你再回到我的作坊里干活，你看怎么样？你不答应？是的，我知道，我伤害了你。我不想隐瞒你，由于你跟我的玛德隆谈情说爱，所以我对你很恼火。后来我反复考虑了这件事，觉得你机灵，勤奋，又忠厚老实，我也很难期望找到比你更加好的女婿。你跟我走吧，你自己要争取，看看怎样才能得到玛德隆做妻子。'

"卡迪拉克的话刺痛了我的心，面对他的狡黠我气得浑身发抖，连话都说不出来。'你迟疑不决，'他严厉地说，那冒火的目光简直要把我射穿。'你在犹豫，也许你今天还不能跟我走，你有其他的事要做吧！也许你想找戴斯格莱，或者找阿根松和雷克尼。小伙子，你小心点，你想弄来利爪抓别人，不要反而抓了自己，把自己撕成碎片。'这时我心中的怒气一下子发泄出来，我喊道：'但愿那些明知自己丑行的人，能觉察到您刚才提到这些人的姓名意味着什么。我不用去找他们，我跟他们没有关系。'卡迪拉克接着说：'严格来说，布鲁松，你在我那里干活是一种荣誉。我是当代名师，忠厚老实，遵纪守法，处处受人尊敬。因此，对我进行任何恶毒的造谣中伤都只能落到诽谤者自己的头上。有关玛德隆的事，我可以坦率地告诉你，我对你让步，你完全要感谢她。她强烈地爱着你，我无法相信，这个柔弱的女孩子爱你那么深。上次你刚走，她就跪倒在我的脚下，抱住我的膝盖痛哭流涕，说没有你她就无法活下去。我想，她只是说说而已，小姑娘谈情说爱总是这样，一见到小白脸亲切地望着她，她就情迷心窍，寻死觅活。可是，说真的，我的玛德隆消瘦了，病倒了。我总是想劝她放弃这个想法，但是她却成百次地叫喊你的名字。假如我不想让她感到绝望，不知该怎么办？昨天晚上我对她说，我答应她的要求，今天就接你回去。一夜之间，她就像玫瑰花盛开。现在她正等着你，渴望使她心神不定。'但愿上天永恒的意志能原谅我，我自己也不知道，怎么突然来到了卡迪拉克家里，玛德隆大声地欢叫起来：'布鲁松，我的布鲁松，我的情人，我的丈夫！'她向我奔来，用双臂搂着我，紧紧地把我抱在她的胸前。在这种心醉神迷之中，我向圣母玛利亚和一切圣者发誓，我永远不离开她。"

布鲁松在回忆这段关键的时刻时，深受震动，停止了叙述。斯居戴里一直以为，卡迪拉克有道德，守本分，现在听说他是个罪恶累累的家伙，便大为惊讶地说："这太可怕了！卡迪拉克竟然是杀人犯团伙的，这帮人长期以来把我们美好的巴黎城弄成强盗窝！""您说什么，我的小姐，"布鲁松说，"一个团伙？从来就没有什么团伙。卡迪拉克以卑鄙地行径并单枪匹马在全城寻觅他的猎物，并且如愿以偿。卡迪拉克单独进行罪恶活动，这样对他比较安全，因为其他人很难察觉到凶手的痕迹。好吧，让我继续往下说。在叙述的过程中，您会慢慢明白，卡迪拉克这个所有人中最卑鄙又是最不幸的人的秘密。我在他那里的处境是可以想象的。我已经迈出了第一步，就无法倒退了。有时我觉得，我好像是卡迪拉克的帮凶，只有玛德隆的爱才能使我忘记折磨我的内心的痛苦。只有和她在一起我才能消除种种悲伤。如果我和这个老家伙在作坊里干活，我甚至都不望他一眼，我站在他旁边感到恐惧，几乎连话也说不出来。这个人太可怕了，说是道德高尚、忠厚温存的父亲，模范的市民，而夜里却悄悄地干起杀人的勾当。玛德隆是个虔诚、纯洁的姑娘，十分崇拜和爱戴她的父亲。我想，要是复仇之箭射中了这个伪装的罪人，玛德隆发现自己被这个恶魔的欺诈手段所蒙骗，就会感到无比的绝望。想到这里，我的心就像被刀子刺穿了似的。因此我只好保持缄默，不得不让凶手逍遥法外。尽管我从骑警队的谈话中也能获悉一些情况，但是卡迪拉克的许多罪行，作案的动机和方式对我来说还是一个谜。过不久，这个谜终于解开了。平常干活时卡迪拉克心情开朗，有说有笑，而我一直对他很厌烦。有一天他变得十分严肃，沉浸在沉思默想中。他本来正在制作首饰，突然把它扔到一边，宝石珍珠散落开来，滚了一地，他猛地站起来说：'布鲁松，我们之间不能再这样下去了，这种关系我无法忍受。戴斯格莱和他的差役们如此狡猾，都无法发现的东西，你却得来毫不费功夫。你看到了我在夜里的行动，这是煞星促使我这样做，这是不可抗拒的。你的煞星驱使你跟踪我，你隐藏在浓厚的夜幕中，脚步轻快，一声不响，像小猫一样窜来窜去；我平时能听清街外轻微的响声和蚊虫的嗡嗡声，深夜里像老虎一样能洞察一切动静，但是我却没有发现你。你的煞星把你带到我这里，做我的伙伴。像你现在这样的处境，就别想揭发我了。所以，可以让你知道一切。'——'我永远不会做你的伙伴！你这虚伪的恶棍！'我心里想这么说，但是卡迪拉克这番话使我内心里感到震惊，于是话到了喉咙便卡住了，只是发出一阵咕哝声。卡迪拉克又坐到他的工作椅上，擦干了额头上的汗水。他仿佛由于回忆往事感慨万千而竭力使自己保持镇静。后来他又开腔了：'聪明的男人常常谈到女人在怀孕中有可能得到一些奇特的印象，谈到这些生动的无意得来的印象会对婴儿产生奇妙的影响。别人向我讲述了一件有关我母亲的奇异的事。当她怀我一个月时，她和其他妇女到特里亚农宫去观看一场盛大的宫廷晚会。观众中有个身着西班牙服装的骑士，颈上挂着一条闪光的项链。我母亲盯着这条项链，目不转睛。她整个心都贪婪地系在这条项链上。她觉得这些宝石是天上的珍宝。几年前我的母亲还没有结婚，当时这个骑士在追求她，但是被她不客气地拒绝了。这回我母亲又认出了他，可是现在她觉得，他戴着光彩夺目的宝石，周身珠光宝气，仿佛成了上等人，成了美男子。这位骑士发现了我母亲那渴望的火热的目光。他相信这次会比上次走运。他想方设法接近她，并且把她从她的熟人中引诱过来，带她到一个寂静的地方。然后他热烈地拥抱她，而她则抓住那条漂亮的项链，但是就在这时他突然倒下去，并把她一起拉倒在地。也许是由于突然中风，或者其他的原因，总之他死了。死者的胳膊抽搐几下就渐渐变得坚硬起来，我母亲使尽气力，还是无法从他的胳膊里挣脱出来。死者呆滞而深陷的眼睛仍然凝视着她，她和死者一起在地上滚来滚去。她刺耳的呼喊声传到远处，终于被过路的人听到了，他们匆忙跑来，帮她从这个可怕的恋人的胳膊里救出来。这次惊恐使我母亲生了一场重病。别人都以为她要流产了，但是她很快恢复了健康，分娩十分顺利，完全出乎人们的预料。但是那可怕时刻的惊恐却落到我的身上。我的煞星升起来了，它放射出光芒，那光芒点燃了我心中奇特的而又带有毁灭性的激情。在我幼年时，我就特别喜爱闪闪发光的宝石和金光灿灿的首饰。人们以为这是小孩子惯有的爱好。其实不是，小时候我就偷金子和珠宝，只要能弄到手就偷。我像个训练有素的行家一样，能够凭直觉鉴别出首饰的真伪。只有真品才能吸引我，假如或者镀金的，我一点也不感兴趣。我这种天性的贪欲只有在父亲严厉的惩罚下才能得到克制。我从事金匠职业，仅仅是为了能够与金子和宝石打交道。我热情地工作，不久就成为这个行业的第一号人物。我这种天性的欲望受到长时间的压抑之后，开始以巨大的力量喷发出来，并且迅速发展，势不可挡。当我做完一件首饰，把货交出去以后，我就会感到心神不宁，郁郁寡欢，因此觉也睡不好，健康变差了。甚至失去了生活的勇气。客户就像魔鬼一样戴着我为他做的首饰日夜出现在我的眼前，这时有个声音在我耳边响起：'那是你的首饰，是你的，把它拿走，这些宝石对死人有什么用！'从此我就去钻研偷窃技术。我有时到富豪家里去，我会迅速抓住时机，我手指灵巧，没有一把锁能逃过我的手。过不久，我做的首饰又回到我的手上。但是，尽管如此，还是无法消除我心中的不安。我又听到了那个神秘的声音，它在嘲弄我：'哈哈，死人戴着你做的首饰！'我自己也不知道，我怎么会对客户怀有一种无法形容的仇恨。我的内心里甚至产生了谋杀他们的欲望，对此我自己都感到震惊。这时我购买了这幢房子。我与屋主达成协议后，我们为此感到高兴，就坐在这间房间里痛饮了一瓶酒。这时夜已深，我正要告辞，卖主对我说：'卡迪拉克师傅，您听着，在您离开前，我要告诉您这幢房子的一个秘密。'接着他就打开一个嵌在墙里的柜子，然后推开柜子的后板，走进一间小室，弯下腰，拉开一道活门。我们从一道狭窄陡峭的楼梯爬下去，到了一个小门。他把小门打开，我们就来到了院子。然后这位老先生，也就是卖主，就走到墙边，推开一根稍微翘起的铁闩，有一截墙马上就会转动起来，并出现一个开口，可容一个人舒适地溜出去，然后就来到了大街上。布鲁松，你可以看看这个杰作。以前这里是修道院，这个暗道可能是修士让建的，这样便于他们秘密地溜出溜进。这截墙其实是块木头，只是在外面抹上灰浆，再涂上颜料；外侧是根画柱，也是木头做的，看上去和石头一样，这截木墙跟画柱一起可在隐蔽的门轴里转动起来。——我看了这个装置后心里就产生了一些模模糊糊的想法，觉得这个装置好像是为我那些行动作准备似的，当时我心里对那些行动还不很明确。我记起刚才还有一个宫廷里的先生从我这儿取回一件贵重的首饰，我知道他是为一个歌剧舞女订做的。死神开始折磨我了，魔鬼牵着我的脚步，撒旦对我低语。我搬进了这所房子。我浑身湿透，汗水充满血腥，我在床上辗转难眠！我在想象中看到那个人带着我做的首饰悄悄地溜到舞女那儿去。我愤怒地从床上跳起来，披上大衣，从秘密的楼梯上走下去，通过木墙来到尼凯泽大街。他来了，我朝他猛扑上去，他大声惊叫，但是我从后面紧紧抓住他，一刀刺进他的心脏。首饰是我的了！做完这件事，我感到平静了，心里有一种从来没有过的满足感。于是，撒旦销声了，魔鬼也匿迹了。这时我才明白，我的煞星要我干什么，我就必须服从，不然就要灭亡。——布鲁松，你现在理解我的全部作为了吧！你不要以为，我做了这些不得不做的事情，就说明我缺乏人的天性中所含有的同情和怜悯之心。你要知道，交付一件首饰对我来说是多么艰难啊！对那些我不想让他们死的人，我根本就不给他们做首饰。如果我知道，明天我的鬼魂会被鲜血驱走，今天我就会狠狠地给占有我的首饰的人一拳，把他打倒在地，使首饰又回到我的手中。'卡迪拉克说完后，就带我进他的密室，让我看他的珠宝库。国王拥有的珠宝也没有他丰富。每一件首饰上都挂着一张小纸条，上面清楚地注明，是为谁做的，什么时候通过盗窃、抢劫或者谋杀得到的。这时卡迪拉克深沉而郑重地说：'布鲁松，等你结婚那天，你要在受难的耶稣像前庄严地宣誓，当我死后，你就立即将这些财物销毁，用什么方法毁掉，我以后会告诉你。我不想任何人，特别是玛德隆和你，占有这些用鲜血换来的财物。'我如同被关在罪恶的迷宫中一样，我被爱情和憎恶、幸福和恐惧撕得粉碎；我就像被罚入地狱的人一样，仁慈的天使微笑着向我招手，可是撒旦却以灼热的利爪紧紧地抓住我，上天的幸福在虔诚的天使充满慈爱的微笑中反映出来，但是这一微笑却给我带来巨大的痛苦。我想逃跑，甚至想过自杀！但是玛德隆怎么办？尊贵的小姐，谴责我吧，谴责我吧！我太软弱了，不能用强力抑制我的狂热，而狂热把我跟犯罪束缚在一起。难道我现在不是以耻辱之死来赎罪吗？——有一天卡迪拉克回到家，心情十分舒畅，他亲吻了玛德隆，又用友好的目光看看我，就像平时过重大的节日一样，吃饭时喝了一瓶名贵的酒，又哼又唱非常愉快。玛德隆有事走开，我也要到作坊去。卡迪拉克说：'孩子，坐下，今天就不要干活了，让我们为巴黎那个最高贵、最杰出的妇人再干一杯。'我和他碰杯之后，他将满满的一杯酒一饮而尽，说：'布鲁松，你说一说，你是否喜欢这两句诗：

害怕盗贼的情人，

实在不值得一爱。'

"接着，他讲述了您和国王在曼得侬家里谈话的情况，又说他一向尊敬您超过任何人，您品德高尚、才华横溢，使煞星黯然失色，您就是戴上他做得最漂亮的首饰，他心中的鬼魂也不会蠢蠢欲动，他内心也不会产生谋杀的念头。'布鲁松，你听着，'卡迪拉克说：'有件事我已经想好了。很久前要我为英国的亨莉特公主制作一条项链和一副手镯，并且要我提供宝石。这两件活是我的杰作，但是一想到心爱的首饰要离开我，我的心就像被撕裂了一样。你知道，这位公主后来被谋害不幸身亡。因此我保留了这些首饰，现在我想以被追捕的团伙的名义，把这两件首饰送给斯居戴里小姐，以表示我对她的尊敬和感谢。此外，斯居戴里收到她已经胜利的信号，这对戴斯格莱和他的差役们是个莫大的讽刺。——你把首饰给她送去吧。'小姐，当卡迪拉克提到您的名字时，我眼前的浓雾仿佛被驱散，接着浮现出一幕幕我幸福的童年时代的五彩缤纷、光辉灿烂的景象；我内心里得到了奇妙的安慰，升起了希望之光，驱走了阴森的幽灵。卡迪拉克感觉到他的这番话对我产生了影响，并且按照他特有的方式做了说明，他说：'你似乎对我的计划感到满意。我也许应该承认，内心深处有个声音命令我这样做，这个声音与吃人的野兽的声音对我的要求不同。有时我的心情很古怪，内心里有一种恐惧，也就是对某种可怕事情的恐惧，这种恐惧是从遥远的阴间刮过来的，强烈地侵袭着我。有时我甚至忧虑，煞星驱使我干的事情会归罪于我无辜的灵魂。有了这种担心我就下定决心，在圣·欧斯塔赫教堂为圣母做一个美丽的钻石王冠。可是每当我准备做这件事时，这种无名的恐惧却强烈地袭击着我，所以我只好放弃这个计划。现在我给斯居戴里小姐送上我做得最漂亮的首饰，我感到就像自己诚恳地为道德和虔诚献上了一份祭礼，并且得到了灵验的求情。'我的小姐，卡迪拉克非常熟悉您的生活方式，他把首饰装在一个干净的小箱子里，告诉我什么时候以什么方式送给您。我内心里感到十分高兴，因为天主为了拯救我通过罪恶的卡迪拉克给我指明了一条逃出地狱的道路。在地狱里，我这个被唾弃的罪人备受煎熬。我这样想，我准备不按卡迪拉克的意愿去做，我想一直跑到您的跟前，以安娜·布鲁松的儿子的名义，以您抚养的孩子的名义，跪在您的脚下向您披露一切。揭露这个秘密会伤害可怜而无辜的玛德隆，但是您会同情她巨大的不幸，以您崇高敏锐的思想一定会找到一个稳妥的保密办法，而不用去揭开卡迪拉克的卑鄙罪行。请不要问我办法在哪里，我不知道。但是您会拯救玛德隆和我，对此在我内心里是坚信不疑的，如同深信圣母的无限慈悲一样。小姐，您知道，那天夜里我的计划失败了。但是我并不失望，我要争取下一次取得成功。当时，卡迪拉克的心情突然恶劣起来。他忧郁地转来转去，目光呆滞，口中喃喃自语，双手作格斗状，好像在击退敌手似的，看上去仿佛有个可怕的念头在折磨着他。整个上午他都是这样。最后他终于在工作台旁边坐下，突然他又烦闷地跳起来，望着窗户严肃而忧郁地说：'我倒愿意是英国的亨莉特公主佩戴我做的首饰！'这句话使我大吃一惊。我知道，他混乱的思想又被残暴的杀人魔鬼控制住了，撒旦的声音又在他的耳边回响。我看到，这卑鄙的魔鬼正威胁着您的生命。如果那些首饰又回到卡迪拉克的手中，您就能得救。时间一分一秒地过去，您面临的危险也在增加。那时我在新桥大桥上遇到您，我挤到您的马车前面，把一个纸团扔给您，恳求您马上把得到的首饰送还给卡迪拉克。但是您没有来。第二天卡迪拉克总是念念不忘他的那些珍贵的首饰，还说夜里见到了这些宝贝，我一听感到十分恐惧，简直陷入绝望之中。我知道，他的话是针对您那些首饰的。不用说，他正在策划一次谋杀行动，而且肯定在当天夜里进行。我一定要救您，哪怕要了卡迪拉克的命也在所不惜。卡迪拉克做完晚祷后，跟平时一样就把房门锁上。我从窗口爬下去，到了院子，再从墙上的暗洞钻出去，来到了街上，然后躲在不远的阴影中。过不久，卡迪拉克出来了，他悄悄地穿过街道。我在他后面跟踪。他朝着圣·霍诺雷大街走去，我的心跳得更加剧烈了。突然，卡迪拉克在我眼前消失了。我决定在您的门前守着。就像上次我无意中看到卡迪拉克杀人一样，这次有个军官哼着小调从我身旁走过，但他没有察觉到我。正在这时一个黑影向我扑来，这是卡迪拉克。我要阻止这次谋杀，我大喊一声迅速地跑过去。——不是军官，而是卡迪拉克倒下了，他受了致命的伤，喘着气倒在地下。那个军官扔掉匕首，拔剑出鞘，以为我是杀人犯的同伙，准备与我格斗。但是，当他察觉我只是埋头检查卡迪拉克的伤势，而不注意他时，就快速地跑走。卡迪拉克还活着。我把那个军官扔掉的匕首捡起来插在腰间，接着将卡迪拉克背在肩上，吃力地往前走，然后通过暗道，来到了作坊。随后的事您都知道了。您看，我尊敬的小姐，我唯一的罪过在于，我没有向法院告发玛德隆的父亲，使他结束罪恶的行为。我自己没有一滴血债。任何严刑拷问都无法逼我说出卡迪拉克的秘密。永恒的天意不让善良的玛德隆知道父亲犯下了丑恶的罪行。我不愿违背天意现在还把过去的全部苦难和她生活的不幸沉重地压在她的身上；我不愿现在还让世人的仇恨把已掩埋的尸体从地里挖掘起来；我不愿现在还让刽子手在死者的肢体上打上耻辱的印记。不！还是让我的心上人为我这个无辜而即将被处死的人痛哭吧！时间会减轻她的痛苦。但是，要是她知道心爱的父亲犯下了令人恐惧的魔鬼般的罪行，就会给她带来无法克制的悲伤！"

布鲁松沉默了，突然眼泪夺眶而出，跪在斯居戴里面前恳求道："您相信我是无辜的，您一定相信！您可怜可怜我吧，告诉我，玛德隆现在怎么样？"斯居戴里叫来玛蒂尼，过了一会儿玛德隆飞快跑来，热烈地拥抱着布鲁松。"你在这儿，现在可好了，我知道这位品德高尚的小姐会救你的！"玛德隆叫喊道。这时布鲁松也忘却了自己可悲的命运，忘却了自己正面临的威胁，他感到了自由，感到了幸福。两个人非常激动地彼此诉说，为了对方忍受了怎样的痛苦，他们一再拥抱，这次重逢使他们心花怒放，兴奋得流下了眼泪。

晨光透过窗户射进屋里。戴斯格莱轻轻地敲着房门，暗示时间已到，要带走布鲁松，太晚了恐怕会引起轰动。于是这对情侣只好分手。

自从布鲁松踏进门里，斯居戴里的心中就产生了一些朦胧的想象，此时这些想象已变成可怕的活生生的事实了。她看到，她亲爱的安娜的儿子无辜地被牵连到一桩耻辱的死刑案中，看来他难逃一死。她为这位青年的英雄气概感到自豪，他宁可自己含冤而死，也不愿揭开这个秘密，而置他的玛德隆于死地。在可能的范围内，她找不到办法把这个可怜的青年从残酷的法院里救出来。但是，她下定决心，以不怕牺牲的精神来制止这场正在进行的大冤案。她绞尽脑汁想出各种近乎冒险的方案和计划，但是很快又一一推翻了。任何微弱的希望之光都消失了，她几乎感到绝望。但是玛德隆却满怀虔诚而天真的信念，容光焕发地谈起她的心上人，说他不久将无罪获释，将像对待妻子那样拥抱她，此情此景斯居戴里深受感动，并且重新振作起来。

斯居戴里为了尽快行动起来，就给雷克尼写了一封长信。她在信中说，布鲁松以可信的事实告诉她，他对卡迪拉克的死完全是无罪的，他之所以勇敢地决定将一个秘密带到坟墓里去，是因为考虑到，揭开这个秘密会毁灭一个无辜而善良的姑娘。这个决定阻止他向法院坦白交代事情的真相。供认事实本来可以消除对他杀害卡迪拉克和属于杀人团伙的严重嫌疑。斯居戴里用尽热情洋溢的语言和善辩的辞令来软化雷克尼的铁石心肠。几个小时后，雷克尼作出答复。他说，布鲁松在高尚、庄重的恩人面前把事情说清楚了，他衷心地感到高兴。至于布鲁松勇敢地决定把与案件有关的秘密带进坟墓的问题，他感到遗憾。刑事法院不会赞赏这种英雄气概，正准备用强有力的办法使他低头。他希望三天后能得到这个奇特的秘密，并使可能发生的奇事大白于天下。

斯居戴里深知，雷克尼会用什么办法使布鲁松弯腰低头。现在肯定要对这个不幸的人严刑拷打了。在万分恐惧之中，斯居戴里终于想起，只有聘请法律顾问，才能拖延时间。丹迪吕是当时巴黎最著名的律师。他不仅知识渊博，智力超群，而且性格正直，品德高尚。斯居戴里拜访了他，并尽量把许多事情都告诉他，只是没有泄露布鲁松的秘密。她相信，丹迪吕会热情地支持这个不幸的青年，但是她的希望落空了。丹迪吕平静地听她说完，然后微笑着用波阿罗的话回答说："有时真理可能不像是真的。"接着，他向斯居戴里指出，听了她说的理由，最主要的疑点还是在布鲁松身上，因此雷克尼对他的处理绝对谈不上是残酷和仓促，确切地说，他的做法应该是符合法律的，而且他只有这样做，才不会触犯法官的职责。丹迪吕他自己也不敢用巧妙的辩护使布鲁松免于受刑。只有布鲁松自己才能救自己，要么老实交待问题，要么至少详细地讲清卡迪拉克被害的情况，这样也许有机会对案件重新进行调查。"这样我只好拜见国王，请求他恩典。"斯居戴里激动万分，哽咽着说。丹迪吕听后叫喊道："天哪，不能这样做，我的小姐！留着这最后一招吧，要是这一步棋输了，您就输定了。国王对这类罪犯绝对不会赦免的，不然深受威胁的民众就会指责他。布鲁松如果能揭开秘密或者找到其他的办法，法院可能会消除对他的怀疑。这个时候去请求国王恩典，他不会询问审判的详细情况，而是根据自己内心的信服程度作出判断。"斯居戴里只好赞同这个经验丰富的丹迪吕的意见。

斯居戴里沉浸在深深的忧虑之中，她苦思冥想不知道怎样才能拯救这个不幸的布鲁松。夜深了，她还坐在房间里沉思。这时玛蒂尼走进来，报告御林军上校米奥森伯爵来到，他迫切希望面见小姐。

米奥森向斯居戴里行了个军礼，说："请原谅，我的小姐，我深更半夜来访是很不适时的。军人说话直截了当，我说两句话就会得到您的谅解。——布鲁松让我来见您。"斯居戴里马上兴奋起来，现在又能得到什么新的消息了，她大声喊道："布鲁松？这个最不幸的人？您跟他有什么关系？"米奥森微笑着回答："我早就料到了，只要我提起您的被保护人的名字，您就会对我另眼相看。现在所有的人都相信布鲁松有罪。我知道，您对此持有不同的看法。但是，正如人们所说，您的看法仅仅是以被告人的誓言作为依据的。除了我，没有人能坚信布鲁松对卡迪拉克的死是无罪的。"斯居戴里欣喜万分，两眼放射出光芒，她大声地喊道："请说吧，啊，请快说吧！""是我，"米奥森强调说，"是我在离您家不远的圣·霍诺雷大街上把老金匠刺倒在地的。""天哪！是您，是您！"斯居戴里叫道。米奥森接着说："我的小姐，我向您发誓，我为自己的行为感到骄傲。您知道，卡迪拉克这个恶棍真是卑鄙至极，他夜里残杀无辜，抢劫财物，却长期逍遥法外。我自己也不知道，是怎样怀疑起这个大坏蛋的。有一次他心神不宁地把我订做的首饰送来，并详细了解我是为谁订做的，还用非常狡猾的手段向我的男仆打听，我通常什么时候去探望某某小姐。此外，我早就注意到，被这个最卑鄙的抢劫犯杀害的人，他们的伤口都是一样的。我确认，凶手练过行刺，他必须一刀置人于死地，要不然，就得搏斗一场。于是我就采取了谨慎的防御措施，其实办法很简单，我不理解为什么其他人没有早点想到保护自己，免遭凶手的威胁。我在背心里面穿了一件轻便的胸甲。那天夜里卡迪拉克从后面袭击我。他以巨大的力量将我抱住，但是他那准确的一刀从铁胄上滑下来。这时我挣脱了他，把我准备好的匕首刺进他的胸膛。""但是您一直保持沉默，"斯居戴里问，"您没有向法院申诉发生的事情？"米奥森答道："我的小姐，请允许我说明一下，这种申诉不是直接毁掉我，也会使我卷入一场可怕的诉讼中。雷克尼虽然到处侦察犯罪行为，但是，我如果向他控告卡迪拉克企图杀人，他会轻易相信我嘛？卡迪拉克毕竟是个奉公守法、忠实虔诚和品德高尚的楷模。要是正义之剑反而指向我怎么办？""这是不可能的，"斯居戴里说，"您的出身，您的地位。""啊，"米奥森接着说，"请您想想卢森堡元帅，他只是想到让沙格给他算个命，结果怀疑他是放毒谋杀犯，并被投入了巴士底狱。不，向神圣的酒神迪俄尼发誓，我不会抛弃一点自由，不会放弃我身上的一根毫发，不会为疯狂的雷克尼做出任何的牺牲，这个家伙总是喜欢把屠刀架在我们大家的脖子上。""但是，这样您不就把无辜的布鲁松推上断头台了吗？"斯居戴里打断了他的话。米奥森答道："无辜？我的小姐，您认为这个卑鄙的卡迪拉克的同伙是无辜的？他与卡迪拉克同流合污，他不该问斩吗？他不是无辜的，完全有理由将他处死。尊敬的小姐，我把真实的情况告诉您，是有条件的，就是您不要把我送到刑事法院的手中，不过，您可以用适当的方式利用我向您提供的秘密来保护布鲁松。"

斯居戴里内心里感到十分高兴，决定性的事实已经证明她对布鲁松无罪的判断是正确的。米奥森伯爵已经了解卡迪拉克的罪行，她可以毫无顾忌地把一切都告诉他，并请求他一同去拜访丹迪吕律师。他们应该在严守秘密的条件下向丹迪吕披露全部情况，然后他得拿出主意，决定下一步怎么办。

斯居戴里把详情告诉丹迪吕律师之后，他又询问了一些细节。律师特别问了米奥森，他是否能确认遭到卡迪拉克的袭击，是否能认出布鲁松就是那个把死者背走的人。米奥森答道："那天夜里月光明亮，我非常清楚地认出那个人是卡迪拉克。而且，我在雷克尼那里也见到了那把刺进卡迪拉克的匕首，那是我的匕首，刀柄上做工精细，特别醒目。我离那个青年也不过一步之遥，他的面貌我看得清清楚楚，而且他的帽子还掉了下来，我肯定能重新认出他。"

丹迪吕低着头，沉思片刻，然后说道："通过惯常的途径布鲁松绝对不可能逃脱法律的惩罚。他为了玛德隆不愿揭发卡迪拉克谋财害命的罪恶行径。他可以这样做，也许能成功。但是，如果秘密通道和抢劫来的宝物被发现，他还是要作为同谋者被处死的。即使米奥森伯爵把自己遭受卡迪拉克袭击的情况如实告诉法庭，布鲁松和卡迪拉克这种同伙关系仍然存在。拖延时间是唯一的办法，然后再见机行事。米奥森伯爵要去一趟康基格里监狱，见一见布鲁松，认出他就是背走卡迪拉克尸体的那个人，然后赶快去找雷克尼，对他说：'在圣·霍诺雷大街，我看到一个人被刺倒。我站的地方离死者很近，这时突然跳出一个人来。只见他在死者旁边蹲下，发现此人还活着，就背起他走了。我已经认出了这个人，他就是布鲁松。'这一段证词会促使法庭再次审讯布鲁松，并且让他与米奥森伯爵对质。这样，就可以免去严刑拷打，因为法庭要继续调查。然后就得去请求国王了。我的小姐，接下来如何巧妙行事，就看您的聪明才智了。按照我的看法，最好把全部秘密告诉国王。米奥森的证词证实了布鲁松的供词。秘密搜查卡迪拉克的房子也许可取得同样的结果。这一切不能作为法院做出判决的根据，但是能够作为国王做出判断的根据。国王的决定可以凭内心的感情，法官认为要严惩的，内心的感情却决定赦免。"米奥森伯爵完全按丹迪吕律师的建议去办，后来发生的事情证明了丹迪吕的预见。

现在重要的事在于求见国王。这是一件最困难的事情，因为国王憎恶布鲁松，认为他就是那个可怕的抢劫杀人犯，就是他长期以来使巴黎处于恐怖之中。因此，只要一提起这桩臭名昭著的案子，国王就会勃然大怒。曼德侬信守自己的原则，就是决不与国王谈论不愉快的事情，因此她不愿从中斡旋。这样，布鲁松的命运就完全落在斯居戴里一个人的手上了。经过长时间的思考之后，她拿定主意，并立即行动。她穿上黑色的丝绸礼服，戴上卡迪拉克贵重的首饰，披上黑色的长面纱，趁着国王也在场时来到曼德侬家里。令人敬重的斯居戴里小姐一身盛装，使她高贵的形象显得更加庄严。

当她走进来时，习惯在前厅里说笑的闲人对她肃然起敬，大家都羞怯地退到一边，甚至连国王也惊讶地站起来向她迎去。项链和手镯上珍贵的宝石闪烁光芒，照到国王的眼里，他大声地说："哎呀，这是卡迪拉克的首饰！"然后他转身面对曼德侬，带着优雅的微笑补充说："您看，侯爵夫人，我们漂亮的新娘在哀悼她的新郎呢！"斯居戴里就像附和着开玩笑一样，插话说："哎，这一身珠光宝气与悲伤的新娘怎么能相宜呢？不，我与金匠早已脱离了关系，本来我根本就不会想起他，只是因为那可怕的情景不时出现在我的眼前，他被杀后尸体就从我旁边抬走，这是我亲眼目睹的。"国王问道："什么！您看见这个可怜的死鬼了？"

斯居戴里简要地叙述了案件被揭发后，她刚好路过卡迪拉克门口的情景（只是没有提到布鲁松的插曲）。她描述了玛德隆万分痛苦的表情，她对这个天使般的姑娘的深刻印象，以及她怎样在围观者的欢呼声中把这个姑娘从戴斯格莱手中抢救出来的情景。然后她说到雷克尼、戴斯格莱和布鲁松，情节越来越吸引人。

斯居戴里满怀激情所叙述的生动的生活场面使国王听得入了迷，他没有插一句话，只是偶尔惊叹一声，以抒发内心的激动。因此，他没有觉察到，她讲的这个惊人的案件就是他所厌恶的布鲁松案件。国王听完这个罕见的案件后，新潮起伏，思绪万千，突然斯居戴里跪在他的脚下，为布鲁松请求恩典。

"您这是做什么，"国王脱口而出，并扶起她的双手，让她坐在沙发上。"您做什么，我的小姐！您这不寻常的举动使我感到惊奇！这是一个令人恐怖的案件！谁能保证布鲁松离奇的讲述是事实呢？"斯居戴里答道："米奥森的证词，对卡迪拉克住宅的调查以及我内心的信念，啊！还有玛德隆善良的心早已觉察到，在不幸的布鲁松身上也有一颗同样善良的心！"

　　国王正想说什么，听到门口有响声，便转过身去。在另一个房间工作的罗福依忧心忡忡地向屋里探望。国王站起来，走出房间，跟罗福依走了。

　　斯居戴里和曼德依都认为，这次中断很不利，因为刚才那一招有点出其不意，现在国王可能会提防再次中圈套。但是过了几分钟国王就回来了，他双手背在后面，快步在房间里走来走去，然后在斯居戴里面前站住，眼睛望着别处，轻声地说："我想见您的玛德隆！"斯居戴里马上回答："啊，我的陛下，您赐给这个可怜而不幸的孩子多么巨大的幸福！啊，只要您一示意，她就会拜在您的脚下。"她说完急忙就走，虽然穿着长裙有点不利落，但还是尽快向门口走去，然后喊了一声：国王要见玛德隆。她返回后，由于高兴和激动，禁不住哭泣起来。

　　斯居戴里已预料到这次恩典，因此刚才就把玛德隆带来了，让她带着丹迪吕为她写的短简的呈请书，在侯爵夫人女仆的房间里等候。过了片刻，玛德隆就默默地跪在国王的面前。害怕、震惊、崇敬、爱情和痛苦，这一切情感迅速地融进这个可怜的姑娘的热血之中。她的面颊泛起红晕，两眼泪珠晶莹闪亮，不时从丝一般的睫毛上滴到美丽而洁白的胸脯上。国王仿佛被这姑娘天使般美丽的容貌所震惊。他温存地把姑娘扶起来，握着她的手，并做出好像要吻她的手一样。然后他放下她的手，用湿润的眼睛注视着她，可见他内心里十分激动。

　　这时曼德依轻声地对斯居戴里说："这个小姑娘看起来不是跟拉·瓦莉蕾很相像吗？国王沉浸在甜蜜的回忆之中。您这步棋赢了。"曼德依虽然说得很小声，但国王似乎已经听见。他的脸上一阵发红，向曼德依扫了一眼，接着拿起玛德隆递给他的请愿书在看，然后温柔而亲切地说："亲爱的孩子，你认为你的情人是无罪的，我愿意相信你说的，但是我们也要听一下刑事法院的意见！"说完他打了个友好的手势与饱含泪水的姑娘告别了。

斯居戴里吃惊地察觉到，国王对瓦莉蕾的回忆开始还是有利于玛德隆的，但是曼德侬提到这个人的名字时，国王的主意改变了。国王可能感觉到别人用这种温和的方法提醒他：他想为这个漂亮的姑娘而牺牲严峻的法律；或者，他像做梦的人一样正想抱住美丽的梦中人，突然听到一声叫喊，美梦便立即破灭了；也许他想起的并不是瓦莉蕾，而是慈悲的路易丝修女（这是瓦莉蕾在加尔默教派修道院时的用名），她以她的虔诚和忏悔使他受尽折磨。——现在只好静候国王的决定，没有其他的办法了。

这期间，米奥森伯爵在刑事法院的供述已家喻户晓。正如通常那样，民众总是轻易地被人从一个极端驱赶到另一个极端，开始时人们咒骂布鲁松是卑鄙的杀人犯，在他上断头台前恨不得把他撕裂，而如今却认为他是野蛮法律的牺牲品。邻居们也开始回忆起布鲁松高尚的品德、对玛德隆真挚的爱以及全心全意地忠实地服从老金匠的情景。大批民众常常气势汹汹地来到雷克尼的法院前面疾声高呼："把布鲁松放出来，他没有罪！"有些人还向窗户扔石头，雷克尼不得不寻求骑警队保护，以预防愤怒的民众闹事。

过了好几天，斯居戴里仍丝毫不了解布鲁松案件的动静。于是她就郁郁寡欢地去找曼德侬，但是曼德侬却说，国王闭口不谈此事，似乎不宜向他提及。然后她以奇特的微笑问起小瓦莉蕾现在做些什么，这使斯居戴里确信，这位骄傲的侯爵夫人在内心里有一种烦恼，生怕易于激动的国王被人引诱，自己反而失去宠爱。所以，她对曼德侬完全失去了希望。

通过丹迪吕律师的帮助，斯居戴里终于打听到，国王与米奥森伯爵进行了一次秘密的长谈。此外，国王最信任的侍从兼总管邦特姆去过康基格里监狱，与布鲁松谈了话，并且在一个夜晚和好几个人一起长时间地查看了卡迪拉克的住宅。住在楼下的邻居帕德鲁说，那天晚上楼上一整夜发出嘈杂的响声，布鲁松肯定在场，因为他清楚地听出了他的声音。所有这些情况都表明，国王已派人对事件的真实情况做了调查。但是不可理解的是，为什么拖到今天还没有做出决定。也许是雷克尼全力抓住布鲁松不放，这样就会使一切希望破灭。

差不多又过了一个月。有一天曼德侬派人转告斯居戴里，国王希望当天晚上在曼德侬住宅见到她。

斯居戴里的心怦怦直跳，她知道，布鲁松的案件即将见分晓。斯居戴里把国王要见她的事告诉可怜的玛德隆，这姑娘虔诚地向圣母玛利亚和一切圣者祷告，愿他们能够在国王心里唤起一个信念：布鲁松无罪。

但是国王似乎把这件事忘记了，他像往常那样与曼德侬和斯居戴里悠闲地聊天，根本没有提到布鲁松的事。后来邦特姆来了，他走近国王，轻声地说了几句，她们两个一点也听不清。斯居戴里的心在颤动。这时国王站起来，向斯居戴里走去，目光闪亮地对她说："我的小姐，我祝您幸运！受您保护的人布鲁松自由了！"斯居戴里热泪滚滚，说不出话来，只想跪在国王的脚下。国王不让她这样做，并说："好了，好了！我的小姐，您应该做我们的议会律师，来处理我们的案件。向神圣的酒神迪俄尼发誓，您善于辞令，世上没有人可以驳倒您。"接着他又严肃地补充说："的确，只靠道德来保护自己的人，他在诬告、刑事法院和世界上所有法庭的面前未必能赢！"这时斯居戴里说了许多热情洋溢的感激言语。国王打断了她的话，对她说，在她家里滔滔不绝的感谢之词正等待着她，这些言语要比她对国王说的更为火热，因为此刻幸福的布鲁松也许正拥抱着他的玛德隆呢。最后国王这样说："邦特姆要交一个金路易给您，请您以我的名义给这个小姑娘做嫁妆。她可以与布鲁松结婚，他根本不配得到这个幸福，不过婚后他们要离开巴黎。这是我的意愿。"

玛蒂尼奔向斯居戴里，巴提斯跟在她的后面，两个人兴奋得满脸通红，一边欢呼，一边喊道："他回来了，他自由了！啊，这一对可爱的年轻人！"这幸福的一对奔上来跪倒在斯居戴里的脚下。玛德隆大声地说："啊，我知道，您一定会把我的丈夫救出来的！"布鲁松高声喊道："啊，我的慈母，对您的信任永远刻在我的心灵中！"两个人热泪滚滚，亲吻这位令人尊敬的妇人的手。然后这一对年轻人又热烈拥抱，他们认为，此时此刻得到的超世俗的幸福补偿了往日遭受到的巨大的痛苦，发誓今生今世永远不分离。

几天后经过牧师的祝福他们结为夫妇。即使不是国王的愿望，布鲁松也不可能留在巴黎，因为这里的一切使他回想起卡迪拉克犯罪的可怕时刻，而且已有一些人知道这个秘密，一旦有人恶意地揭开它，他们安宁的生活就会永远受到破坏。因此，婚后他马上和年轻的妻子一起带着斯居戴里的祝福迁回日内瓦。布鲁松手艺灵巧，品德又好，加上玛德隆丰盛的嫁妆，因此他们在日内瓦过着幸福美满、无忧无虑的生活。他父亲所期待的幸福生活至死都没有实现，而他已经实现了。

布鲁松迁走一年后，巴黎出了一张公告，是由巴黎大教主肖法龙和议会律师丹迪吕签发的，其内容是：有个表示悔过的罪人，在严守忏悔秘密的条件下，把大量抢劫来的珠宝和首饰转交给教堂。大约在1680年年底前，如果有人在大街上受到袭击而被抢去首饰，可在丹迪吕处登记。要是所描述的被劫首饰的特征与现存的某一件完全吻合，而且又符合法律的要求，那么失者可取回原物。在卡迪拉克的名单上有许多人没有被杀害，只是被一拳打昏了，他们都先后找到了议会律师，颇为惊讶地领回了被盗去的首饰。没有拿走的首饰归圣·欧斯塔赫教堂所有。

人仗衣裳马仗鞍

[瑞士] 凯　勒

导　读

这是凯勒的代表作之一，其深刻的思想和独特的性格使其成为德语文学的经典。其讲述了一个令人匪夷所思的故事，探讨了人性的弱点和道德问题，揭露和批判了资本主义的种种恶习：市绘的虚伪和谎言、投机心理和虚荣心，等等。

人仗衣裳马仗鞍

在十一月里一个阴沉的一天，一个贫困的裁缝沿着大路向哥尔达赫市走去。这是个富裕的小城，离赛尔特维拉只有几个钟头的路程。裁缝的裤袋里只有一个顶针，别的什么也没有。由于天冷他将手插进裤袋里，袋里一个硬币也没有，他的手就不停地转动着顶针，把手指都磨疼了。因为赛尔特维拉某个裁缝师傅破产了，他也失业了，连薪水都没有拿到，只好外出谋生。他还没有吃早餐，只有几片雪花飞进他的嘴里，他更不知道到哪儿去弄一餐午饭。觉得去讨饭很难，甚至完全不可能。他身上穿着仅有的一件星期天穿的黑色衣服，外面还套着一件宽大的、用黑色天鹅绒衬里的深灰色钟形大衣。他穿着这件大衣，加上黑色的长发，小胡子又认真地修饰过，而且皮肤白皙，面部清秀，因此外表显得高贵而浪漫。

对他而言，这种仪表已是十分必要的了，但他并没有心怀恶意或者故意骗人。其实，只要别人不打扰他，让他安静地做自己的事，他就满足了。然而，他宁愿饿死，也不会出卖他那件钟形大衣和那顶波兰式皮帽，他戴上那顶皮帽也很有风度。

因此，他只能在大城市里干活，这种穿戴在城里不会引人注目。他徒步漫游，身上没有带钱，处境十分困难。如果他走到人家门口，别人就会诧异而好奇地看着他，完全想不到他会是要饭的。他的前景黯淡，就像他那件大衣的衬里一样，因为他不善言辞，往往话到嘴边又说不出口，这样他只得忍饥挨饿，作这件大衣的牺牲品。

他哀伤而无力地走上一个斜坡。这时，他遇到一辆崭新的旅游马车。这辆车是由一位体面人家的车夫从巴塞尔赶来的，要送交给他的主人——一个伯爵，住在瑞士东部某地一幢租来的或买下的古老的官邸里。车上装着运行李的各种设备，虽然什么都是空的，但看起来好像装着很重的东西。由于上斜坡，车夫就在马旁边步行。当他上了斜坡，又坐回马车上时，就问裁缝，是否想坐上空车。因为这时已开始下雨，他一眼看出，这个步行的人为生活而挣扎，觉得筋疲力尽，十分可怜。

裁缝十分感激而谦虚地接受了这个建议。然后马车就载着他奔驰而去，不到一个小时，车子就耀武扬威地隆隆驶进哥尔达赫城门。突然，这辆高贵的车子在第一家饭店（号称天平饭店）的门前停下。饭店的仆役猛拉门铃，差点把绳子都拉断了，老板和伙计赶紧跑下来打开门锁。孩子们和邻居已经围着这辆豪华的马车，好奇地看着，究竟会有什么样的东西从这巨壳里跳出来。终于，茫然不知所措的裁缝跳出来了，他身着大衣，面色苍白，仪表端庄，郁郁寡欢地望着地面。围观的人认为，他至少是个神秘的王子或伯爵的儿子。马车和饭店之间的地方很窄，路被观众围得水泄不通。可能是他不够镇静，或者没有胆量穿过人群，然后干脆走掉——他没能这样做，而是毫无主张地让人带进饭店，登上楼梯。他看到自己站在舒适的餐厅里，别人殷勤地替他脱去那件体面的大衣，才发现自己处于新奇的境地。

"先生想进餐吗？"有人问，"饭菜正在做，很快就可以端上来。"

天平饭店的老板不等回答，就跑到厨房里喊道："真见鬼！我们现在除了牛肉和羊腱子，什么也没有！鹧鸪肉面饼又不能切开，这是来吃晚餐的先生们定做的，而且已经答应他们了。事情就这么怪！只有这一天我们没有想到有贵客来，什么也没有准备，结果就来了一个高贵的先生。车夫的衣服纽扣上有纹章，车子像是公爵的。那位年轻的先生高贵得几乎不想开口！"

但是沉着的女厨师说："好了，老板，这有什么好叫苦的？肉面饼只管大胆地端上去，他是肯定吃不完的！至于未吃晚餐的先生们，我们可以一份一份地分给他们，六份还是凑得够的！"

"六份？你也许忘记了，那些先生通常是要吃饱的！"老板说。女厨师坚定地接着说："是要让他们吃饱！赶快叫人去买半打排骨回来，反正我给这位不速之客做菜也需要排骨。做菜剩下来，我把它剁成碎末，和面饼搅在一起。您就让我来办吧！"

但是诚实的老板严肃地说："厨师，我对你说过，在我们城里，在我们饭店里，这种做法是不行的！我们住在这里一向很规矩，声誉也好，怎能这样做呢！"

"天啦，好了，好了！"女厨师最后有点激动地喊起来，"如果不懂得补救，就会把事情搞坏！这里有两只我刚从猎人那里买来的山鹬，可以把它掺进面饼里去！就是讲究的人对鹧鸪肉面饼掺点山鹬肉也不会挑剔的！然后还有斑鳟鱼，那辆引人注目的车子来到时，我就把最大那条扔进滚水里去了。肉汤也已经在小锅里熬着。这样我们就有鱼、牛肉、青菜、排骨、煎羊肉和面饼。请您将钥匙给我，我把腌菜和饭后小吃拿出来！老板，您尽管放心把钥匙交给我，这样我也不用到处找您要，常常把您搞得手忙脚乱！"

"亲爱的厨师，请您不用见怪，我曾经不得不向临终的妻子保证：钥匙永远掌握在自己的手里。因此，我这是按原则办事，不是不相信你。黄瓜、樱桃、梨和杏都在这里，但是旧的茶点不要摆出来，叫莉泽快去糖果店买三盘新鲜的点心，要是有好的圆形大蛋糕，也让她买一个回来！"

"可是，老板！您也不能把所有这些东西都给这位客人，您的用意虽然很好，但这毕竟是亏本生意！"

"不要紧，这关系到名声！再说，这也不至于把命都赔上。一位贵人路过我们的城市，我们要让他说在这里吃了一餐不错的饭菜，虽然他是冬天来，而且是不速之客。可不能让人家说，我们像赛尔特维拉饭店的老板那样，自己把肉吃掉，把剩下的骨头端给客人！好吧，打起精神来，赶快把各方面打理一下！"

人家正在费心地准备饭菜，裁缝却忐忑不安，因为桌上已摆好了闪亮的刀叉。这位饥肠辘辘的人刚才还十分想吃东西，现在眼看饭菜就要端上来了，吓得他想临阵逃却。他终于鼓起勇气，披上大衣，戴上帽子，走出去寻找出逃之路。可是，在这大房子里，他惊慌之中一时找不到楼梯口。四处走动的侍者还以为他想找个地方方便一下，于是就喊道："先生，请允许我领您走！"然后就带着他穿过一条长廊，走到尽头是一道油漆得光亮的门，门上写着美观的字。

于是这个穿大衣的人就理所当然地、像羔羊一般温顺地走进去，并把门关上。在里面他靠在墙上伤心地叹息着，希望再享受到马路上那种珍贵的自由，虽然天气恶劣，但是他现在觉得享有这样的自由是最大的幸福。

因为他在这个关闭的房间里待了一会，于是就陷入第一次自己引起的谎言中，并且走上了崎岖的邪恶之路。

话说老板看见他穿着大衣走出去，就大声地说："这位先生觉得冷！赶快在饭厅生个火！莉泽在哪儿？安娜在哪儿？赶快拿一篮木材放进炉子里，再加点木屑，把火生起来！真见鬼，天平饭店能让人家穿着大衣吃饭吗！"

裁缝又从长廊里走出来，心情显得很沉重，就像祖宅里显灵的祖先似的。老板搓着双手，客客气气地又把他送进那间可诅咒的饭厅里去。到了饭厅，马上请他入座，椅子已排好，好汤发出香味，这种香味他很久没有闻到了，他无法控制自己的意志，只好坐下，马上把沉重的汤匙放进黄金色的肉汤里。他默默地吃着，想把疲惫的精神振作起来，人家恭敬而肃静地伺候着他。

裁缝把汤喝得精光，老板见他爱喝这种汤就客气地劝他再喝一点，说这样恶劣的天气喝多点汤有益处。这时斑鳟鱼端上来了，还用绿叶菜点缀着，老板把很好的一块放到他的面前。但是裁缝忧心忡忡，怕难为情，吃鱼时不敢用闪亮的刀子去切，而是胆怯拘束地用银叉去拨。这时女厨师在门口往里张望，想看看这个贵人。她看见他这样吃鱼，就对站在旁边的人说："赞美耶稣基督！他还知道如何享用名贵的鱼，他不用刀子像宰牛那样来锯这细嫩的鱼。要不是禁止发誓，我想用誓言保证，他是大家庭出身的。他多么漂亮，多么悲伤！一定是爱上一个贫穷的姑娘，家里又反对这门亲事！哎，贵人也有他们的烦恼啊！"

老板看到，客人一直没有喝酒，就客气地说："先生不想喝桌子上的酒，我极力向您推荐波尔多葡萄酒，您是否想要一杯呢？"

这时裁缝犯了第二个错误，他没有说"不"，而是顺从了，于是老板亲自到地窖里，挑选了一瓶好酒，因为他很重视听到人家说，这个地方的东西不错。人家给他斟上酒，他又心情不安地一小口一小口地呷着。老板非常高兴地跑进厨房里，呷嘴喊道："真见鬼，这位客人非常内行，他呷呷地啜饮我的好酒，就像人们把杜卡特金币放在金秤上称一样！"

"赞美耶稣！"女厨师说，"我已经说过，他很内行！"

这餐饭继续在吃，而且吃得很慢，因为可怜的裁缝吃饭喝酒时总是那么拘束，那么犹豫，老板也不急于把饭菜端走，以便让他慢慢享用。尽管如此，直到现在客人所吃的东西并不多。不过，一直受到强烈刺激的饥饿，现在开始战胜了恐惧。这时，鹧鸪肉面饼端上来了，裁缝的情绪也发生了突变，他心里开始产生一种坚定的想法。"现在反正既成事实！"他又呷了一口酒，觉得暖和起来，心里受到了刺激，想到，"如果我不吃饱，而等着忍受耻辱和控诉，那才是傻瓜呢！还是及时享用一下吧！他们端上来的肉面饼，说不定是最后一道菜，吃吧，管它那么多！吃了进去，就是国王也抢不走！"

说到做到；他以极大的勇气切开诱人的肉面饼，不停地吃着，不到五分钟就吃掉一半，这样对于吃晚餐的先生们来说，事情就变得很糟糕。肉、松露、小丸子、底和盖，什么东西他都吞下去，管它什么尊严不尊严，他只担心厄运临头之前，肚子是否填饱。因此，他还在拼命地喝酒，大口地咬面包。总之，他那样匆忙地吃东西，就像风雨来临时，人们急忙用叉把临近草地上的干草送进草房里一样。老板又跑到厨房，喊道："厨师！他把肉面饼吃光了，但是烤肉几乎没动！波尔多葡萄酒他是成半杯成半杯地喝！"

"肯定很合他的口味！"女厨师说，"随他吃吧，他懂得鹧鸪是什么东西！如果他是卑贱的人，一定在拼命地吃烤肉！"

"我也这么说，"老板说，"虽然这样吃不很文雅，但是我曾经为了培训而去旅行时，见到只有军官和教士才这样吃。"

这期间车夫已让人喂好马，自己也在下人的房里大吃了一顿，因为要赶路，不久又让人去套车。这时，天平饭店的员工再也忍不住了，他们趁早直接问富贵人家的车夫，楼上那位先生是谁，叫什么名字。车夫是个滑稽而狡黠的人，回答道："他自己还没有说吗？"

"没有，"饭店员工说。车夫答道："这我相信，他一整天都没说几句话。好吧，他是施特拉平斯基伯爵！他今天要住在这里，也许还要住几天，因为他已叫我赶着车先走。"

车夫开这样恶意的玩笑，是为了对小裁缝进行报复。他认为，这个人对他的帮忙不说一声感谢，而且不辞而别，装出老爷的样子头也不回地走进屋子里去了。他想把这场恶作剧闹大，他没有过问自己的饭钱和马饲料的钱，就登上马车，扬鞭策马出了城。这一切大家觉得都很正常，并且把账都记在厚道的裁缝的账上。

事情真凑巧，这个裁缝出生在西里西亚，的确姓施特拉平斯基。这也确是碰巧，或者是裁缝在车上把旅行证明书拿出来，忘记收起来，让车夫拿去了。后来，老板满脸春风地搓着双手，走到裁缝跟前，问道："施特拉平斯基伯爵老爷，饭后要不要一杯老陀卡日酒或者一杯香槟酒？"并且还告诉他，房间已经准备好了，可怜的施特拉平斯基听后吓得面色苍白，同时又疑惑不解，于是一句话也不回答。

"真有意思！"老板自言自语地说，并跑到地窖里，从特制的木箱里取出一瓶陀卡日酒和一瓶弗兰肯葡萄酒，胳肢窝里还夹着一瓶香槟酒。过了片刻，施特拉平斯基看到，他面前的酒杯像树木林立，喝香槟酒用的高脚酒杯像一棵白杨树般耸立着。这些东西在他面前闪闪发光，叮当作响，散发清香，这一切是那样稀奇。更为稀奇的是，这个贫苦而清秀的人从林立的酒杯中挑出一个时，动作并不笨拙。他看到老板把一点红葡萄酒掺进自己的香槟酒里。他也把几滴陀卡日酒加进自己的香槟酒里。这时，市政府秘书和法院公证人来这里喝咖啡，他们每天喝咖啡时都玩纸牌。过一会儿，赫伯林家的大儿子，普契里·尼费格特家的小儿子，还有一家大纺织厂的会计梅尔歇·博尼先生也都来了。这几位先生不去打牌，而是远远地在波兰伯爵后面围了一个半圈，他们把手插在外套后面的口袋里，眨着眼睛发笑。他们都是有钱人家的弟子，虽然自己一生都待在家里，但是他们的亲戚和同伴居住在世界各地，因此他们自以为通晓世事。

难道他真是一位波兰伯爵吗？当然，他们坐在自己办公室的椅子上就看到了那辆马车。他们也不知道，是老板在宴请伯爵，还是伯爵在宴请老板。但是，老板至今都没有干过蠢事，而且是以头脑精明而著称的。于是，这些好奇的先生绕在这位陌生人周围的圈子变得越来越小了，最后他们像一见如故似的跟他坐在同一张桌子，并立即开始掷骰子，赌一瓶酒，他们不经邀请就洒脱地吃喝起来。

但是他们没有喝很多酒，因为时候还早。相反，现在需要喝一口好咖啡，用好烟来招待这位波兰佬（他们背后这样称呼他），使他永远记得，他在这里待过。

"伯爵老爷，我可以敬您一支地道的雪茄烟吗？这是我兄弟直接从古巴寄给我的！"一个人说。

"波兰的老爷们也喜欢抽好烟吧，这是我伙伴寄来的真正的士麦那香烟。"另一个人说，并把一个红绸小袋推过去。

79

"伯爵老爷,这种大马士革香烟更精美些,"第三个人说,"是我们在那里的商务代理人亲自给我买的。"

第四个人递过去一支粗大的雪茄烟,并且大声地说:"要是您想抽上等的雪茄,就试一试这支吧!这是来自弗吉尼亚农场的产品,是我自己种植,自己制造的,市面上根本买不到!"

施特拉平斯基脸上露出既愉快又苦恼的微笑,他一言不发。一瞬间,他的周围迷漫着一片香雾,在破云而出的阳光照耀下,香雾显出迷人的银灰色。不到一刻钟时间,天空云朵消散,呈现出一派秋日下午的好风光。大家说,要好好享受这样的好时光,因为一年当中这样的好天气也不多。于是他们决定,乘车到行政顾问的庄园去造访快活的行政顾问。他前几天才榨了葡萄,大家想尝尝他新酿的红酒。普契里·尼费格特的儿子派人去把他的猎车赶来。不久,天平饭店门前的石路上响起了他那几匹铁褐色骏马的蹄声。老板自己也让人套车,大家客气地邀请伯爵一起去,以便认识一下这一带。

酒使人急中生智。他很快想到,最好利用这个机会悄悄地离去,继续去漫游;至于一切费用,就由那些愚昧的强加于人的先生们自己来承担吧。所以,他说了几句客套的话,然后就接受了邀请,并和普契里少爷一起登上了猎车。

事情很凑巧,原来裁缝善于骑马,因为他小时候在村里常常给地主干活,后来又在轻骑兵部队服兵役。因此,当他的同伴问他,是否想驾车时,他就马上抓住缰绳和鞭子,熟练地驾驭马儿快速地出了城门,朝着公路飞奔而去。那几位先生见此情景,面面相觑,低语道:"果真是个贵族老爷!"

半个小时候后,车子到了行政顾问的庄园。施特拉平斯基驾着马精彩地跑了个弧形，巧妙地勒住烈马。大家下车，顾问迎上来，领他们进屋。瞬间，桌上摆上半打大腹瓶，里面装满红葡萄酒。大家先尝了尝这新酿的红酒，赞不绝口，然后就快活地开怀痛饮。主人告诉家里人说，来了一位高贵的伯爵，波兰佬，要准备盛宴款待。

他们原先要玩牌而没有玩成，这时大家分成两组补玩；这个地方的男人聚在一起没有不玩牌的，这也许是天生的爱好活动的习惯吧。施特拉平斯基于各种原因只好谢绝参加。于是，大家请他坐在旁边观看，他们觉得让他看看都值得，因为他们在玩牌时会表现出自己的聪明才智和沉着镇定。他只好坐在两组之间，他们想机智地玩牌，同时又能跟客人说说话。于是他就像龙体欠安的王侯那样坐在那里，朝臣们在他面前上演一场精彩的戏剧，淋漓尽致地表现人情世态。他们向他说明打牌中最重要的转折、突然袭击和发生的情况；每当一方把注意力放在出牌上时，另一方就更加热心地跟裁缝说话。他们最好的话题是骏马、打猎和诸如此类的事情。施特拉平斯基也精于此道，他从前在军官身旁和地主那里听过来这类行话，而且他也喜欢听，现在他只需复述出来就行了。他只是粗略地使用这些行话，而且说话时态度谦虚，总是露出郁郁寡欢的微笑，这样反而取得更佳的效果。他们有时两三个人站起来，走到一旁时，就会说："这是个地道的贵族！"

只有生性多疑的会计梅尔歇·博尼高兴地搓着手，心里说道："我看哥尔达赫又要出乱子了，是的，在某种程度上来说，乱子已经出现了。也该是时候了，从上次闹乱子到现在已经两年了！这个人手指上有刺伤的痕迹，真奇怪！他也许是从普拉加①来的，或者是从奥斯特伦

---

①　波兰的地名。——译者注

卡①来的。现在我要小心点，不要干扰事态的发展。"

这时，两组人打完了牌，先生们喝新酿酒也喝够了，现在宁愿喝刚送上来的顾问家里的老酒，以便使自己冷静下来。但是这种冷静包含有激情的性质，为了不至于无所事事，立即建议大家来赌博。洗完牌后，每个人押上一枚布拉班特银币。当轮到施特拉平斯基时，他总不能把顶针押上。"我没有这种银币，"他红着脸说。会计梅尔歇·博尼看到这种情况，就替他押上，对此谁也没有留意，因为大家太舒适了，根本不会怀疑，这世上还有人会缺钱。接着，裁缝赢了，所有赌注都推到他的面前，他感到困惑，没有把钱收起来。博尼替他安排了第二局，别人赢了，第三局也是别人赢了。但是第四局、第五局又是波兰佬赢了，他渐渐地清醒过来，找到了赌博的门路。他保持冷静的态度，赌博有赢有输。有一次，他只剩下一枚银币，他只好押上，又赢了回来。最后当大家都不想再赌的时候，他赢了几个金币，这比他一生中任何时候拥有的钱都多。他看到每个人把自己的钱收起来，于是他也把几个金币放进口袋，但也有点恐慌，担心这一切是一场梦。博尼一直盯着他，现在几乎看清了他的真面目，心想：魔鬼怎配坐一辆四匹马拉的车子。

但是，会计又发现，这个神秘的陌生人对金钱并不贪婪，而且态度谦虚冷静，因此对他也没有恶意，决定顺其自然。

当大家在晚饭前到外面溜达时，施特拉平斯基伯爵却在深思，他认为现在是悄悄离去的最好机会。他已有足够的旅费，准备从邻市把强让他吃午饭的钱还给天平饭店的老板。于是他巧妙地把钟形大衣翻转过来穿，把皮帽拉到眼皮上，在夕阳中，在高高的洋槐树下徘徊。他一边

---

① 波兰的地名。——译者注

走一边在观看美丽的环境，或者说在寻找一条退路。他愁眉不展，嘴上蓄着漂亮而显得有点伤感的小胡子，卷曲的头发黑油油的，眼睛乌黑闪亮，有褶纹的大衣在微风中飘动，更显出他非凡的外表。晚霞和树叶发出的沙沙声更加衬托出他的形象，使得大家聚精会神，亲切友好地从远处眺望着他。走着走着，他离顾问的家越来越远了，他穿过一个树丛，树丛后面有一条小路通过，他发觉同伴看不到他了，正想大步走到田野里去，突然顾问及其女儿内特欣从转弯里向他走来。内特欣是个漂亮的小姐，非常华丽，衣着时髦，穿金戴银。

"伯爵先生，我们在找您呢！"顾问喊道，"一方面，在这里向您介绍一下我的女儿；另一方面，请您赏脸跟我们共进晚餐。其他先生已经在我家里了。"

波兰佬立即脱帽，红着脸恭敬而胆怯地鞠了几个躬。现在事情发生了新的变化，一个小姐登上了这次事件的舞台。但是，他的羞涩和自卑在小姐面前对他毫无损害。相反，她觉得，一个这样高尚而有趣的年轻贵族表现得如此羞涩、自卑和恭敬，实在令人感动，甚至令人陶醉。她心里想，由此可见，越是高贵的人，就越谦逊，越纯洁。哥尔达赫的野少爷们，你们记住这点吧！你们在年轻的姑娘面前几乎都不愿动一下帽子！

于是，她红着脸，非常可爱妩媚地向这位骑士打招呼；她马上跟他说话，她话很多，而且说得又急又快，想在外人面前表现自己的小城市里的贵女子就是这个样子。施特拉平斯基一下子转变过来了，他一直没有下功夫进入别人强加于他的角色，现在说话不禁有些矫揉造作，并且不时夹杂一些波兰话。总之，在这个姑娘身旁，裁缝的心开始像骏马奔腾，于是骑手被驮着走了。

吃饭时，裁缝坐在上席，身旁是主人的女儿；因为她的母亲已经去世。这时裁缝又变得忧郁起来了，他想现在必须跟其他人一起回城去，或者乘着黑夜逃走；他又考虑到，他现在享受到的幸福是短暂的。虽然他心情抑郁，但还是感觉到了这种幸福，因此，他心里说道："哎，你这一生总算当过上等人，在高贵人身旁待过。"

这的确是不平凡的，一只手戴着三四只镯子在身旁闪亮，叮当作响；每回向侧面一瞥，就看到奇特而诱人的发型，妩媚而泛红的面庞以及一双睁大的眼睛。这位年轻的小姐把他的一切行为举止都看成是非凡而高贵的表现，甚至连他笨拙之处也被认为是天真可爱的。她一向对社交上的失礼行为很健谈，往往一谈就是几个钟头。由于大家兴致很高，有些客人就唱起歌来，他们唱的都是30年代流行的歌曲。大家邀请伯爵唱支波兰歌曲。酒力虽然还没有消除他的忧虑，但是已战胜了他的羞涩的心理。他曾经在波兰工作过几周，懂几句波兰话，还能背诵一支波兰民歌，但是对其内容则一无所知，只是像只鹦鹉学舌罢了。于是，他做出高贵的样子，以一种像是由于忧郁而微微颤抖的声音，胆怯而大声地用波兰话唱道：

> 从杰纳那河到魏克塞尔河
>
> 圈养这十万头猪，
>
> 卡廷卡这个脏货
>
> 在污秽里行走，一直脏到脚踝！
>
> 伏尔希尼的绿色牧场上，
>
> 有十万头牛在叫吼，
>
> 卡廷卡呀卡廷卡，
>
> 她以为我爱上了她！

"好极了！好极了！"大家拍手喊道，内特欣激动地说："啊，民歌总是这么动听！"幸好没有人要求把这首歌译出来。聚会的高潮过去后，大家准备离去。动身前裁缝答应说，离开这座城市时会来辞行。于是，他又上了车，大家周到地把他送回哥尔达赫去。回到天平饭店后，大家还喝了一杯五味酒。裁缝已经精疲力尽，想去睡觉。老板亲自带他到房间去；他平时只习惯住简陋的客栈房间，这时也不注意这豪华的房间了。他站在美丽的地毯中间，随身的东西一件也没带。老板突然发现他没有带行李后，就拍着脑袋，跑出房间，摇铃叫侍者和仆役前来，和他们争吵了几句，然后又返回房间，明确地说："是的，伯爵先生，他们忘记把您的行李拿下来！连必需品都没有！"

"连车上的小包都没有吗？"施特拉平斯基担心地问，因为他想起放在车上的一个小包，里面有一条手巾，一把刷子，一把梳子，一盒润发油和一支刮脸用的油膏。

"小包也没有，什么都没有，"诚实的老板吃惊地说，因为他以为小包里有什么贵重的东西。"让人马上给车夫发一封快信，"老板热心地说，"我就去办！"

但是伯爵先生同样吃惊地拦住他，感动地说："算了，不必了！让他们有一段时间不知我的去向。"说完，他对自己编造的话都感到惊讶。

老板惊奇地走到喝五味酒的客人那里去，对他们讲了这种情况，并且推断说，显然，伯爵是政治迫害或者家庭迫害的牺牲品；因为这个时候许多波兰人和其他的流亡者由于暴力行动被驱逐出境；还有一些人被外国监视和笼络。

施特拉平斯基睡了个好觉。他很迟才醒过来，一睁开眼睛就看到，老板漂亮的星期天穿的睡衣放在椅子上，小桌子上摆着各种梳妆用具。

然后就有一些差役等候着呈交篮子和箱子，里面装着精细的内衣、衣服、雪茄烟、书籍、靴子、长袜、烟斗、笛子和小提琴，这些东西都是昨天那些朋友送的，请他暂时先用一下。因为上午他们必须待在公司里，所以派人来通知，他们午饭后来拜访。

这些人并不幼稚可笑，而是具有生意人的精明，说他们是愚蠢，不如说是机灵；只因为他们住的这个地方是个舒适的小城市，有时他们感到无聊，总是希望生活中有所变化，出点事情或事件，他们可以尽情地欢乐一下。驾着四匹马的马车，那个陌生人下车，他吃午饭，车夫说的话，这些都是普通而自然的事情，向来不会随意猜疑的哥尔达赫人对此却小题大做，好像很有根据似的。

施特拉平斯基看到眼前摆着那么多的货物，首先把手伸进裤袋里，以便证实一下，自己是否在梦中还是醒着。如果他的顶针还是孤单地待在那儿，那他就是在梦中。但不是这样，顶针亲密地待在赌钱赢来的硬币之中，跟它们友好相处。于是他就随机应变，离开房间下楼去，走到街上，想游览一下这座使他走运的城市。女厨师站在厨房门口，向他行了一个深深的屈膝礼，并且满心欢喜地目送着他；过道和门口都站着一些仆人，他们向他脱帽致敬；施特拉平斯基文静地提起大衣走出门口，样子显得大方而谦虚。命运使他变得越来越伟大。

施特拉平斯基在参观这座城市，他现在的神色与当初在这里找工作时完全不同。这座城市绝大部分的房屋都是漂亮而坚实的，这些房屋都装饰着石刻的或绘画的标志，而且都有自己的名称。从这些名称中可以清楚地看出各个世纪的风俗习惯。中世纪时代的风俗反映在那些最古老的房屋中，也反映在一些新的建筑物上，这些建筑物取代了古老的房屋，但是还保留了好战的乡长和童话时代的旧名称。

这些古老的名称是：剑、铁盔、甲胄、弩、蓝盾、瑞士英雄、骑士、枪、土耳其人、海怪、金龙、菩提树、朝圣者的手杖、水中女妖、极乐鸟、石榴树、骆驼和独角兽等。启蒙时代和博爱主义时代的习俗清楚地反映在表现道德观念的文字上，这些镀金的文字在门上方闪闪发光，这些金字有：和睦、正派、旧独立、新独立、公民道德甲、公民道德乙、信赖、爱、希望、再见1和2、快乐、内心正直、外表正直、国家兴盛（在一幢明净的小房子里，一个头戴白色绒球帽的和蔼的老太太坐在那里纺纱，面前摆着一个金丝雀鸟笼，里面挂着金莲花草）、宪法（房子下层住着一个制桶工人，正在热心地箍着大桶和小桶，并且不停地很响地敲打着）；有一幢房子的窗户中间的墙上画着一个模糊的骷髅，从楼底延伸到楼顶；这里住着一个初级法院的法官。在一幢名为"容忍"的房子里住着一位债务代书人，他一副挨饿的愁眉苦脸的样子，因为在这座城市里没有人欠别人的债。

最后，在最新的房子上，用动听的名称来表达工厂主、银行家、搬运商以及他们的模仿者的诗意：玫瑰谷、晨谷、太阳山、紫罗兰堡、青春园、快乐山、亨利爱登谷、山茶花和威廉米娜堡等。挂上女性名字的某某谷和某某堡，在内行人看来，都是妇女的产业。

每条街口都耸立着一座古塔，塔上挂着高级的时钟，塔顶涂了颜色，并装有精美镀金的风向标。这些古塔都保存得很好，因为格尔达赫人对过去和现在都感到满意，他们也有理由满意。这些名胜古迹由古老的城墙环抱着，虽然这道城墙已没有什么用途，但却作为装饰品被保存下来，因为墙上长着密密麻麻的长春老藤，这样，这座小城就被一个四季常春的花环围绕起来了。

这一切给施特拉平斯基留下了奇妙的印象，他以为置身于另一个世界里。当他看到房屋上的题字时——这些东西他还从来没有见过——，还以为这些题字是用来说明每个住户的特殊秘密和生活方式，并且以为每幢房子里的情况也真的像题字表达的那样，他觉得似乎进入了道德的乌托邦。于是，他认为，他受到的特殊的招待似乎与此有关，比如他住的天平旅馆，"天平"这个字号意味着，住在这个旅馆里不平等的命运经过天平称以后可得到平衡，有时会把漫游到此的裁缝当作伯爵。

他漫游到了城门外，望着宽阔的田野，最终想起做人要本分，于是决定立即赶路。阳光普照，路面平坦坚实，不干不湿，像是专为他漫游铺设的。旅费他也有了，他愿意去哪里住宿就可以去哪里，可以说什么障碍也没有。

现在他像一个面临抉择的少年一样站在十字路口：好客人家的炊烟从环城的菩提树梢里缕缕升起，塔顶上的金球从树冠里放射出诱人的光辉，幸福、享乐和犯罪，一种神秘的命运在那里向他招手；从田野那边展现出广阔的远方，劳动、贫困和黑暗，这种命运也在那里等着他，但是可以问心无愧，平平静静。想到这里，他决定向田野地走去。这时，有一辆马车奔驰而来。昨天那位小姐戴着蓝色的面纱，坐在漂亮轻便的车子里，她独自驾着一匹好马，向城里奔去。施特拉平斯基惊奇地摘下帽子，谦恭地拿到胸前，姑娘立刻红着脸十分亲切地向他鞠躬致意，然后非常激动地驾着马飞奔而去。

施特拉平斯基的态度不禁发生了根本的变化，他大胆放心地返回城里去。当天他就骑着城里最好的马，带领着一队骑士，朝着环城的林荫路飞奔而去，他神采奕奕，菩提树的落叶像金色的雨点飘落在他的身上。

现在他可谓才智横溢，每天都发生着变化，如同彩虹在穿云而出的阳光的映照下变得五彩缤纷一样。他几个小时或者顷刻间能学会的东西，别人往往几年也学不会，因为他所学的东西已经心中有数，如同颜色蕴藏在雨点里一样。他认真观察东道主的习俗和礼仪，在观察中把这些习俗和礼仪变成新颖的奇特的东西。他极力探听，他们是怎样看他的，对他有什么印象。他又根据自己的审美使这种印象变得更美好，给那些好奇的人带来愉快的消遣，使那些追求刺激的人，特别是妇女，大为赞赏。于是，他很快成为一部传奇小说的英雄，这部小说是他深情地与这座城市的居民一起创作出来的，但是小说的主体还是一个秘密。

但是施特拉平斯基却每晚失眠，这种情况他在困难时期也从来没有过。他睡不好觉是由于良心上过不去，也是由于担心别人发现自己是个穷裁缝，面子上不好看，这一点是要受到谴责的。他天生的要求就是要表现自己的英俊和非凡，哪怕在选择衣服方面也是如此，这使他陷入内心的矛盾之中，使他害怕被人识破。他的良心只表现在，时时决定趁机找个理由离去，然后通过玩彩票等办法赚钱，并从神秘的远方把钱汇来，以便赔偿他给好客的格尔达赫人带来的损失。当时许多城市都是彩票销售点或代办所，他从各地买了许多低额彩票，因此常有信件来往，这又被当作有重要的关系和交往的标志。

他已经多次赢得几个银币，并且马上拿这些钱来购买新的彩票。有一天，一个自称银行家的外地经销彩票者，给他汇来一笔可观的款子，这笔钱足够用来实现他那个赔偿的计划。

他对自己的好运已不再感到惊讶，认为这是理所当然的，感到轻松愉快，特别对那位善良的饭店老板也感到心安了，老板总是盛宴招待他，很受他的喜欢。但是他并没有当机立断，还清债务，马上离开，而是按照原先的计划，打算作一次事务性的短期旅行，然后从某个大城市发来通知，说无情的命运不让他重返格尔达赫市。但是他想还清债务，给人家留下一个美好的记忆，然后更加谨慎和幸运地重新干起裁缝的活，或者另谋一条正当的出路。当然，最好是留在哥尔达赫市当裁缝师傅，现在他也有了资金在这里建个小基业；但是，很清楚，他留在这里只能当伯爵。

他时时受到美丽的内特欣小姐的厚爱和喜欢，人们对此已议论纷纷，他甚至还听到，人们常常叫她伯爵夫人。他怎么能让她得到这样的结局呢？命运使他飞黄腾达，他怎能这样无情地谴责命运在骗人并且使自己丢脸呢？

他从彩票经销者（他称之为银行家）那里得到了一张汇票，并在哥尔达赫一间商店里兑换了现钱。这件事又使人家对他的为人和境况产生了好的看法，因为这些规矩的生意人怎么也想不到他会做彩票买卖。当晚，他穿着一身深黑色的衣服来到了会场，他一到就对欢迎他的人说，他要到外地去旅行。

十分钟内，到会的人都知道了这个消息。施特拉平斯基的目光正在寻找内特欣小姐，她似乎在发愣，在回避他的目光，她的脸一会儿变红，一会儿变白。接着她一个又一个地跟年轻的绅士跳舞，然后她喘着气心神不定地坐下。波兰人终于来到她的面前，邀请她跳舞，她欠了欠身，谢绝了，甚至都不看他一眼。

他非常激动而苦恼地走开了，披上他那件漂亮的大衣，在花园中的一条路上徘徊，他那卷曲的头发在风中飘动。现在他明白了，他只是为了这个人，才在哥尔达赫市逗留那么久；再次走到她的身旁，这个渺茫的希望不知不觉地使他振奋起来，但是他又觉得，这段姻缘是不可能的，没有希望的。

他这样走着，突然听到背后响起快速的脚步声，声音很轻，但很急躁。内特欣小姐从他身旁走过，听她先发出的只言片语来判断，她可能在找自己的车子，虽然她的车停在房子的另一侧，而这里只长着冬甘蓝草和被围起来的玫瑰树丛，它们都默默地待着，像是在酣睡似的。

然后她又返回来了，这时他怀着剧烈跳动的心拦住她，恳求地向她伸出双手，她马上搂住他的脖子，开始伤心地哭起来。他那散发着清香的黑卷发贴在她灼热的脸上，他那大衣如同黑鹰的翅膀包着她修长、骄傲、洁白的身上。这是一副很美的图画，看上去是那样自然，那样逼真。

但是，施特拉平斯基在这次艳遇中失去了理智，得到了幸福，不理智的人常常走运。当晚内特欣驾车回家时就郑重地对父亲说，她非伯爵不嫁。第二天一早伯爵就来了，他像平时一样是那样可爱、羞怯、忧郁，他在内特欣的父亲面前向她求婚。她的父亲说了下面的话：

"这样，这个傻姑娘的命运和愿望就实现了！她还是学生时就常说，以后要嫁给意大利人或者波兰人，嫁给一个大钢琴家或者一个长着卷发的强盗头子，这样我们可就糟啦！本地有许多人家好意上门求婚，都被她拒绝了。最近我硬是把精明能干的梅尔歇·博尼打发走，他日后要做大生意的；因为他留着红胡子，而且从一个银鼻烟盒里吸鼻烟，我女儿还把他狠狠地挖苦了一顿。现在好了，一个波兰伯爵从远方而来！您就娶了这个傻姑娘吧，伯爵老爷！如果她以后在你们波兰感到寒冷，或者有一天感到伤心，痛苦起来，你就把她送到我这儿来！要是她的母亲还活着，看到她娇惯的女儿成了伯爵夫人，心里不知道会有多高兴！"

现在大家开始忙碌起来。几天内就要举办订婚仪式，因为行政顾问说，不能因为婚事耽搁未来女婿的事务和旅行，而要提早办理婚事，以促使事务和旅行的进展。施特拉平斯基订婚时给未婚妻送了礼物，买礼物用去他财产的一半；剩下的一半，他准备用来为未婚妻举办宴会。这一天真是狂欢节，隆冬天气，万里无云，阳光明媚。大路提供了最好的雪车道，这种路面是很少见的，路上的雪层还是坚实的。因此，施特拉平斯基准备举办一次坐雪车游览和舞会。舞会准备在一个人们最喜欢在那里举办庆祝活动的大型的饭店里举行。这间饭店位于高原上，从那里远眺，美景尽收眼底，离这里大约要走两个小时，刚好在哥尔达赫和塞尔特维拉市当中。

这时，梅尔歇·博尼因为业务上的事要到塞尔特维拉市去，他在狂欢节前几天就乘一辆轻快的雪车，吸着最好的雪茄烟出发了。刚好塞尔特维拉人跟哥尔达赫人一样在同一天举办乘雪车游览，也是到同一间饭店去，并且要化妆郊游。

中午，哥尔达赫雪车队在一片铃声、号声、抽鞭声中，经过市内的大街，向城门走去，一路上，连古老的房屋上的标志都惊奇地望着他们，第一辆雪车里坐着施特拉平斯基和他的未婚妻。伯爵穿着一件波兰式的绿色天鹅绒大衣，用丝线镶饰着边缘，用很厚的毛皮滚边衬里。内特欣全身穿着白色的皮大衣，脸上戴着蓝色的面纱，用来防冷风和雪花。行政顾问由于临时有事不能同往。这两个人乘坐的是他的马和雪车，车前挂着一个装饰品——幸福女神像，顾问市内住宅的标志就是幸福女神。

大约有十五六雪车跟在他们后面，每辆车里都坐着一对伴侣，大家打扮一新，喜气洋洋，但是没有一对伴侣像这对新人那样漂亮和华丽。

这些雪车前都挂着车主家的标志，如同海船船头都有装饰像一样，路上的人见到后就喊道："看，勇敢号来了！优秀号来了！改良号好像刚上过油漆，节约号好像刚镀过金！啊，那是雅各井号和贝特大池号！"贝特大池号是辆朴素的一匹马拉雪车，跟在车队的后面，梅尔歇·博尼安静而愉快地坐在车里。他的车前挂着一幅犹太人的画像作为标志，据说这个犹太人为了医病在贝特大池旁等候了30年[①]。在阳光照耀下，车队缓慢前进，不久就到了闪光的山坡上，目的地已经近在眼前了。这时，一阵欢快的乐声从对面飘来。

在一座下过霜的树林边缘出现了一片杂乱的色彩和形象，渐渐地现出了一支雪车队的轮廓，在蔚蓝的天底下，车队从白色的田边驶过，向着中心地带滚滚而去，呈现出一派惊奇冒险的景象。这一对雪车看上去大多都是大型的农家载重雪车，每两辆连接在一起，以便给特别的布景和表演当舞台用。在最前面的雪车上，立着一尊幸福女神的巨像，她像是要飞往太空似的。这是个巨大的稻草人，身上贴满闪光的金箔，披着轻纱制的衣服，在风中飘动着。在第二辆雪车上，乘坐着一只同样巨大的牧山羊，它显得黑暗忧郁，两只角低垂着，好像在追逐幸福女神似的。接着是一个奇特的台架，样子如15英尺高的熨斗，然后是一把大剪刀，拉动一根绳子可使它打开或合上，似乎要把蓝天当作一件丝绸料子来裁剪似的。后面的雪车上都放着一些通常用来隐喻裁缝行业的物品。每辆雪车都是由四匹马拉着，车上这些象征物的脚下都坐着一个塞尔特维拉人，他们衣着华丽，谈笑风生，引吭高歌。

两支车队同时到达饭店门前的广场上，这时人欢马啸，场面热闹拥

---

① 指耶稣治好病了38年的犹太人的故事。——译者注

挤。哥尔达赫人对这奇妙的相遇感到意外和惊讶，而塞尔特维拉人起初都是随和、友好和谦虚的。这支车队最前面那辆有幸福女神像的雪车上题着"人做衣裳"几个大字，后来这支车队全体成员都扮成各民族各时期的裁缝角色。几乎可以说，这是一支具有历史和民族学性质的裁缝节日游行队伍，这支队伍的后面题着："人仗衣裳马仗鞍！"这是与前头那个标语相呼应的。在题着这条标语的最后那辆雪车上，坐着尊严的帝王将相，受人敬仰的教长和住在修道院里的贵族妇女，这些人的威严和庄重都是靠坐在前面雪车里的异教和基督教裁缝师傅一手制造出来的。

这些裁缝师傅巧妙地把混乱的队伍整理好，谦虚地让哥尔达赫人先走进屋里。那一对订婚的新人走在最前面。哥尔达赫人登上宽阔的楼梯，向着装饰一新的大厅走去，这时来自塞尔特维拉的裁缝师傅们才走进已订好的楼下房间。伯爵老爷的宾客们觉得塞尔特维拉人这样做是得体的，因此惊讶的态度变成了愉快的心情，对他们宽阔的心境表示赞许，脸上不禁露出了笑容。只有伯爵心情不佳，虽然心里有一种预感，但不知道在怀疑什么，甚至没有发现这些人是从哪里来的。梅尔歇·博尼小心地把他的贝特大池号雪车停在一旁，然后留神地走到施特拉平斯基身边，大声地宣布有关的事项，以便让施特拉平斯基能够听到，现在游行的地点与原来定的完全不同。

过了一会儿，两支队伍的宾客在各自楼层摆好餐具的桌旁坐下，他们尽情地谈笑着，并且在期待更大的快乐。

哥尔达赫人一对一对地走进舞厅，乐师们已经在调试小提琴，对哥尔达赫人来说，欢乐就要到来了。他们站好一个圈子，排好了队，准备跳舞。这时，塞尔特维拉人的代表来了，他们提议建立亲若比邻的关系，要求拜访哥尔达赫人，并表演一个舞蹈，让他们轻松一下。他们当然不好拒绝这个建议，而且也希望快活的塞尔特维拉人能表演一些出色的节目。于是，根据代表们的安排，哥尔达赫人围成一个半圈，施特拉平斯基和内特欣坐在其中，如同王公贵族的明星，在闪烁光芒。

这时，从塞尔特维拉来的裁缝开始一组一组地走进舞场。每一组用优美的手势演示"人做衣裳"和"人仗衣裳马仗鞍"这两条标语的含义。起先，他们似乎是在勤奋地缝制某件贵重的衣服，侯爵的大衣，教士的法衣等，然后把这件衣服穿在一个贫困的人的身上，穷人穿上后突然变了样，他威严地站起，庄重地按音乐的节奏在那里走着。动物寓言也根据这个意思出现在舞台上。一只大乌鸦出来了，它披着孔雀的羽毛，嘎嘎地叫着跳着；狼来了，它披着一件制好的羊皮；最后出来的是一只驴，它披着一件麻絮制的可怕的狮子皮，如同披上炭烧党人①的大衣，以此把自己打扮成英雄。

这些角色表演后，就退到后面去。于是半个圈子的哥尔达赫人渐渐变成了一个大圈子，中间也空了。这时音乐的调子变得忧郁严肃起来了，同时，最后一个出场的人物也走进圈内，大家都注视着他。这是个年轻人，身材修长，穿着黑色的大衣，头发乌黑漂亮，戴着一顶波兰式的便帽。这个人装扮的模样，正是施特拉平斯基伯爵在 11 月里的那天在公路上漫游，坐上那辆倒霉的马车时的模样。

在场的人都默默地好奇地注视着这个人，他严肃而抑郁地按音乐节奏跳了几步舞，然后走到圈子中间，将大衣铺开在地上，像裁缝似的坐在大衣上，开始打开它的包袱。他拿出一件快要缝制好的伯爵衣服（与施特拉平斯基这时穿的衣服完全一样），匆忙而熟练地在上面缀繸子和

---

① 19 世纪初意大利的一种革命的秘密组织。——译者注

丝线，并有条理地把它熨好，同时用湿的手指去试一试熨斗是否够烫。然后他慢慢地站起来，脱去身上破旧的外衣，穿上这件华丽的衣服，取出镜子，梳一梳头发，理一理衣服，最后就像伯爵一样。这时，音乐的调子突然变得快速活泼起来了，这个人把随身的什物都包在那件旧大衣里，一直抛到大厅的角落里，好像想跟自己的过去永别似的。接着他以骄傲的善于社交的姿态迈着漂亮的舞步走一圈，他一边走，一边谦和地向周围的人鞠躬致意，然后走到那对订婚的新人面前。突然，他注视着惊讶不已的波兰人，像柱子般默默地立在他的面前，同时，音乐像是约定了似的停止演奏，大厅顷刻间沉寂下来。

"哎呀呀！"他向这个倒霉的人伸出胳膊，用远处都能听见的声音喊道，"你看那位西里西亚兄弟，那位水上波兰佬！他在我那儿干活突然跑掉了，由于我的生意出现了小波动，他以为我破产了。现在，您这样快活，在这里欢度狂欢节，我感到很高兴。您在哥尔达赫找到了工作吗？"

说着，他把手伸向面色苍白微笑地坐在那里的伯爵。伯爵随意地握住他的手，仿佛握住一根烧红的铁棍似的。这时，那个人喊道："来吧，朋友们！来看看我们这位温柔的裁缝伙计吧，他看上多像拉斐尔①，我们的侍女，还有牧师的女儿都喜欢他，当然，牧师的女儿大概有些神志不清！"

这时塞尔特维拉人都跑过来，围在施特拉平斯基和他从前的老板身旁。他们诚心地跟施特拉平斯基握手，弄得他在座位上摇摇晃晃，浑身发抖。此刻，又开始演奏音乐了，这是一支活泼生动的进行曲。塞尔特

---

① 拉斐尔（1485-1520），文艺复兴时期意大利画家。——译者注

维拉人从这对新人身旁走过，然后排好队准备离去；他们唱着一首熟练的、令人疯狂大笑的歌走出大厅。博尼很快把这段奇妙的说明在哥尔达赫人中间传布开来，于是他们就四处乱跑，与离场的塞尔特维拉人相互碰撞，一时间场面十分混乱。

恢复秩序后，大厅里几乎空了，只有一些人靠墙站着，在那里窃窃私语，显得很尴尬的样子；几个年轻女子和内特欣保持一定的距离，拿不定主意是否应该走近些。

那对新人一动不动地坐在椅子上，如同埃及皇家夫妇的石雕像一样，感到十分寂静和孤单；他们以为到了一望无边的沙漠地带。

内特欣的面色苍白得像大理石，她慢慢地把脸转向她的未婚夫，惊奇地从侧面望着他。

他缓慢地站起来，迈着沉重的脚步走开，眼睛望着地面，大滴的泪珠从眼里滚落下来。

楼梯上挤满了哥尔达赫人和塞尔特维拉人，施特拉平斯基从他们当中穿过，像死人的幽灵从年市上逃走似的；奇怪的是，他们就这样让他走过去，默默地避开他，没有笑声，也没有在背后说不好听的话。他从正要启程的哥尔达赫雪车和马匹中间走过去，这是塞尔特维拉人才开始在自己的范围内开心地谈论这件事。他心里只想着不再回哥尔达赫去，于是不知不觉地向着通往塞尔特维拉的大路走去，这条路他几个月前来的时候已经走过了。不一会儿，大路穿过一片茂密的树林，他的身影也就消失在林中了。他没有戴帽，他的波兰式帽子和手套都放在舞厅的窗户上。他把冻僵的手放在交叉的双臂下，低着头向前走。走着走着，他的思想慢慢集中起来，有了一些认识。他认识到的第一个感觉，就是受到了极大的侮辱，好像他本来是个真正有身份和威望的人，只是由于运气不好，才落得如此下场。接着，这种感觉变成了另一种意识，他认为自己是受冤枉了；在他光临这座倒霉的城市之前，从来也没有犯过什么错误；就是回忆童年时代也想不起因为撒谎或骗人而受到处罚和责罚的事。现在他成了骗子，是由于自己在不设防的情况下或者说在毫无抵抗的时刻受到世人的侵袭和愚弄。他觉得自己像一个孩子受到一个小淘气的诱惑，偷了圣餐台上的圣餐杯。他现在痛恨自己，蔑视自己，但又为自己感到痛心，为自己不幸走错路而哭泣。

一个王侯占据了土地和人民；一个教士在宣讲他那个教会的章程，而自己却不相信，但照拿牧师的俸禄；一个自负的教师享有高级职称的荣誉和好处，而对他那门科学的精髓毫无所知，对这门科学也只做了极其微小的工作；一个不道德的艺术家，以草率和空洞的作品骗取面包和荣誉，面包和荣誉本来要靠真正的劳动才能得到的；一个骗子继承或盗用了一个大商人的名字，用肆无忌惮的伤天害理的做法，把成千人节省下来的钱和以备急用的储蓄都据为己有；但是这些人并没有为自己感到痛心，而是为自己坐享其成感到高兴，他们每天晚上都是高朋满座，欢聚一堂。

但是我们这位裁缝为自己感到痛心，也就是说，他沉重的思想突然回到了被遗弃的未婚妻的身上，他有愧于这个人，因此俯身痛哭。不幸和耻辱为他照亮了失去的幸福，使他从一个模糊热恋着的迷途者变成一个被驱逐的恋人。他对着寒光闪闪的星空高高地举起双手，踉踉跄跄地走着，一会儿又停下来摇摇头，突然一道红光照在他身旁的雪地上，同时传来了一阵铃声和笑声。这是塞尔特维拉人举着火把乘车回家。跑在最前面的那些马快要靠近他了。他立即振作起来，一步跳到旁边，然后躲在树林里最前头的树干后面。疯狂的车队过去了，铃声和笑声渐渐地消失在黑暗的远方，但他这个逃亡者并没有被发现。他在那儿静静地倾听了一阵，由于寒冷，开头又喝了酒，再加上干了蠢事心里悲伤，就不知不觉地躺下来，在沙沙作响的雪地上睡过去了，这时开始从东方吹来一股冷风。

这时内特欣也从孤零零的座位上站起来。她注意地看着自己所爱的人走了，她又一动不动地坐了一个多钟头，然后站起来，痛哭着，迷惘地向门口走去。这时，两个女友走来陪她，用没有把握的话来安慰她。她请她们把她的大衣、头巾、帽子等东西拿来，然后默默地穿戴起来，并用面纱拼命地擦干泪水。人哭的时候几乎都要擤鼻涕，她也得拿出手帕，狠狠地擤了一下，然后傲慢而愤怒地望了一眼周围。她一抬眼刚好看到梅尔歇·博尼，他正得意而恭顺地微笑着向她走来，对她说，她现在得有一个陪伴和向导送她回父亲的家。他又说，他可以把他的贝特大池号雪车留在这家饭店里，而用幸福女神号雪车把这个尊敬的不幸的小姐安全地送回哥尔达赫去。

她没有答话，而是迈着坚定的步伐向院子走去。停在那里的雪车已经寥寥无几，车已备好，马也喂饱，正不耐烦地等着出发。这时博尼正高兴地掏腰包，准备给喂马的马夫赏钱。内特欣乘着他没注意，迅速坐上雪车，抓住缰绳，举起鞭子，策马向大路跑去。马儿开始时是跳跃式地跑着，不久就变成连续不断的、活跃的飞跑。雪车不是朝着回家的方向，而是沿着塞尔特维拉的大路奔去。当这辆轻快的雪车跑得无影无踪时，博尼才发现这件事，于是赶紧往哥尔达赫方向跑去，并大声叫喊"喂！停住！"不一会儿，他又跑回来，驾着自己的雪车去追那个逃走的（按他的说法是被马拐走的）美人。他一直追到城门口，市里已是沸沸扬扬，无人不谈这件气人的事。

内特欣为什么走那条路，是糊涂还是有意，这是说不准的。有两种情况可供澄清这件事。其一，奇怪的是，施特拉平斯基的皮帽和手套现在放在幸福女神号雪车里内特欣的身旁，原来是放在他们座位后的窗户上；她什么时候，是怎样把这些东西拿来了，谁都不知道，连她自己也不知道；这件事好像是在梦游中完成似的。她现在还不知道，帽子和手套就在她的身旁。其二，她多次大声地自言自语说："我还要和他说两句话，只说两句！"

这两件事看来可以证明，她驾着烈马而去不完全是偶然的。还有一件事也很奇特，当幸福女神号雪车驶进林中，走在明月照射着的路上时，内特欣放慢了马的行速，把缰绳越拉越紧，使得马儿只能小步慢行，她却用悲哀的敏锐的目光注视着路边，对左右两旁哪怕有一丁点显眼的东西都不放过。

同时，她的心灵却深深地陷入不幸的沉思中。什么是幸福和生活！幸福和生活靠什么？我们能因为一个可笑的谎言就变得幸福或者不幸了吗？那我们自己还算什么呢！我们由于愉快的诚心的相爱而获得耻辱和失望，对此我们有什么过错？这些破坏我们的命运，自己也将像肥皂泡一样破灭的愚蠢的幻影，是谁给我们带来的？

这些与其说是想出来的不如说是梦中冒出来的问题压在内特欣的心上。突然，她的目光看到路边有个长长的黑黑的东西，在目光和雪光的映照下，显得格外分明。这就是伸开四肢躺在那里的文采尔，他乌黑的头发和树影混成一体，他修长的身子躺在月光下，显得很清晰。

内特欣不禁停住了马，树林变得一片寂静。她的目光一动不动地盯着那个黑色的东西，终于她的明亮的眼睛辨认出它来了，她小心地系好缰绳，从马车上下来，轻轻地抚摩着马儿，使它们平静下来，然后谨慎地默默地向那个物体走去。

是的，正是他。在夜晚的雪地里，他那件深绿色天鹅绒大衣依然显得漂亮高贵；修长的身子，灵活的四肢，合适的装束，这一切说明，人在冻僵的情况下，处于毁灭的边缘、绝望的境地时还是：人仗衣裳马仗鞍。

这位孤单的美人对着他俯下身来，准确无误地认出他来了，也马上看到他的生命有危险，她担心他可能已冻死了。所以，她不假思索地抓起他的一只手，手是冰冷的，似乎没有感觉了。她不顾一切地摇晃着这个可怜的人，在他的耳边喊着他的洗礼名："文采尔！文采尔！"但没有用，他还是一动都不动，只是微弱地悲哀地呼吸着。她伏在他的身上，用手摸摸他的脸，惊慌地在他惨白的鼻尖上轻叩了几下。这时，她突然想起一个好主意，拿一把雪在他的鼻子上，脸上和手指上用力地擦来擦去，后来这个幸福的不幸者渐渐地恢复过来了，苏醒过来了，并慢慢地站了起来。

他望着周围，看见救命恩人站在面前。她已经把面纱揭开；她睁大眼睛注视着他，他从她洁白的脸上也认出了她。

他在她面前跪下，吻她大衣的边缘，喊道："原谅我吧！原谅我吧！"

"来吧！外乡人！"她用压低的颤动的声音说，"我要跟你说一说，要把你带到一个地方去！"

她示意他坐上雪车，他顺从地登上去了。她不知不觉地把帽子和手套给了他……起初她也是不知不觉地把帽子和手套拿到车上……然后抓起缰绳，策马向前跑去。

离大路不远，在森林那边有一幢农舍，住着一位农妇，她的丈夫不久前去世了。内特欣是她的一个孩子的教母，内特欣的父亲是她的地主。前不久农妇还到他们家来，问候小姐并请教问题。现在她对事情的变化还一无所知。

这时内特欣驾着雪车从大路拐弯，向着农舍奔去，她用力地打了一鞭，把车停在屋前。窗户里还亮着灯，农妇还没有睡觉，手里正忙着什么，孩子们和雇工早已睡了。她开了窗，惊奇地往外看了看。"是我，是我们！"内特欣喊道，"我们走错路了，因为上面那条新开辟的路我还没有走过。太太，给我们煮点咖啡，让我们进去坐一下，然后再赶路！"

农妇马上认出是内特欣，就非常高兴地跑过来，看到还有一个外国伯爵在那里，马上显出既激动又胆怯的样子。在这个农妇眼中，这两个人到来，就是把人间的幸福和光明送到她家里来，使她和孩子都得到小小一份，并沾上一点光，这种不确定的希望使这个善良的农妇兴奋起来，变得灵巧起来，能够更好地服侍这一对年轻的贵人。她马上叫醒一个雇工去喂马，不久她也煮好了咖啡，并送进屋里。屋里光线暗淡，文采尔和内特欣面对面坐着，他们中间的桌上点着一盏微弱的小灯。

文采尔坐着，双手抱着头，不敢抬眼看人。内特欣靠在椅子上，闭着眼睛，美丽的嘴唇也是紧闭着，并流露出痛苦的表情，由此可见，她并没有睡着。

农妇把咖啡放在桌上，内特欣马上站起来，对她耳语道："亲爱的太太，现在你先去睡觉，让我们在这里单独待一刻钟，我们俩吵了一架，今天还要谈一谈，现在是个好机会。"

"我明白了，你们这样做很好！"农妇说着就走了，让他们两个单独留在屋里。

"您喝这杯吧，"内特欣说，她已经又坐下来了，"这对您的健康有益！"文采尔·施特拉平斯基微微地颤动了一下，站了起来，拿起一杯，一饮而尽，他这样做与其说是为了恢复精神，倒不如说是因为是她让他喝的。他现在也看着她，当他们目光相遇时，内特欣审视着他的眼睛，摇了摇头，问道："您是什么人？您想把我怎么样？"

"我不完全是像表面上看起来的那种人！"他伤心地答道，"我是个穷人，但是我要补偿一切，向您赔罪，我也不想活了！"他说这些话的时候是深信不疑的，毫不造作的，内特欣听后，眼睛不禁闪亮起来。不过，她又重复问道："我想了解，您究竟是什么人？从哪儿来？想去哪儿？"

"我现在想把真实情况告诉您，"他说，并告诉她，他是什么人，到哥尔达赫时遇到了什么。他信誓旦旦地表明，他曾经多次想逃走，只是由于她的出现才没有逃成，这一切就像噩梦似的。

内特欣有几次差点笑出来；但是她的事情太严重了，最终还是没有笑出来。她继续问道："您原来想和我一起去哪里？去做什么？""我也不知道，"他答道，"我指望继续遇到奇妙的或幸运的事情；我常常也想自杀，等我……"

文采尔说到这里停住了，他惨白的脸变得通红起来。

"您继续说吧！"内特欣说，她的脸变得苍白，她的心奇怪地怦怦直跳。

这时文采尔睁大眼睛，目光里流露出温柔的神情，他喊道："是的，现在我清楚了，那样下去会怎么样！我将同您一起到广阔的世界去，同您一起幸福地生活几天后，会向您承认我骗了您，然后我就自杀。您就会回到您父亲那儿去，受到他的关心，然后慢慢地把我忘掉。谁也不用知道我的去向，我将消失得无影无踪。这样，我也不必为渴望一种尊严的生活，一颗善良的心和爱情而终身苦恼，"他痛苦地接着说，"我算是过了一阵幸福的生活，要比那些不幸的又不算倒霉的而又不想死的人强多了！哎，您要是让我躺在冰冷的雪地，我就会平静地长眠下去！"

他又沉默下来，忧郁而沉思地望着前面。

内特欣一声不响地看着他，文采尔那番话使她的心怦怦直跳，过了一会儿她的心情显得平静了些，她说：

"您以前做过这类或者相似的蠢事吗？欺骗过没有伤害您的陌生人么？"

"在这个痛苦的夜晚，我也向自己提过这个问题，我想不起，我曾经有骗人的事！我从来也没有做过或经历过像这次这种冒险的事情！我童年时也想做个体面人，或者看上去像个体面人的样子，但是我克制了自己，放弃了似乎是天赐给我的幸福！"

"什么幸福？"内特欣问。

"我母亲婚前在邻近一个女地主家里干活，跟她一起去旅行，到过大城市。因此，她的言行要比我们村里其他妇女文雅，但也很爱虚荣；她总是让自己和我……她唯一的孩子……穿得比我们那里的风俗习惯要漂亮些，讲究些。我的父亲是小学教师，他很早就去世了，因此，我们很穷，没有希望过上母亲常常梦想的那种幸福的生活。相反，她还要进行艰苦的劳动，才能养活我们，因此，她只好放弃那些心爱的东西，比如良好的举止和衣服。我 16 岁那年，刚守寡不久的女地主出乎意料地说，她要带着家产迁到京城去定居。要我母亲让她把我带走，说我在村里打短工或当长工太可惜，她想按照我的爱好让我学点文雅的东西，我可以住在她家里，随便干点轻活。这事似乎是我们能碰上的最美好的事了。因此，一切都商议好并准备好了，后来母亲思考之后，伤心起来了，有一天她突然泪流满脸地请求我不要走，留下来和她一起受苦。她说，她不会活很久，即使她死了，我一定也会有所作为。我难过地把这件事悄悄地告诉了女地主，她就上门来指责我母亲这样做。但是我母亲很激动，她反复大声地说，她不能让别人抢走她的孩子。谁认识她的……"

说到这里，文采尔·施特拉平斯基停住了，不知该怎么说才好。内特欣问："您母亲说到'谁认识她的'，然后又说什么？您为什么不接着说？"

文采尔红着脸说："她说了一句很奇特的话，我没有完全听懂，我一直没有明白它的意思。她说，谁认识她的孩子，谁都不会放弃他，也许是想说，我是个好孩子或者类似的话。总而言之，她很激动，尽管女地主百般劝说，我还是婉言谢绝了她，而留在母亲身边，因此母亲更加疼爱我，并一再请我原谅她误了我的前程。但是当我也要学点挣钱的本事时，我才发现，除了到我们村里的裁缝那里学手艺外，没有其他事情可做。我不想去学裁缝，但是母亲伤心地哭了，我只好去了。这就是我的一段往事。"

内特欣问他，后来为什么又离开母亲，什么时候离开的，文采尔答道：

"我去服兵役时才离开的。我被安排在轻骑兵部队，这是很漂亮的红衣轻骑兵，我也许不是全团最笨的一个，但无论如何是最文静的一个。一年后我终于得到几周的假期，急忙回家探望我善良的母亲；可是她刚刚去世了。在时机到来时，我一个人孤单地到各处漫游，最后在这里遇到了不幸。"

当他诉说这些事情时，内特欣仔细地观察着他，并且微笑起来。这时屋里沉静下来了，她突然好像想起了什么。

"您，"她突然说，但是含有犹豫、讥笑的语气，"一直受到好评，又那么可爱，一定有不少爱情故事或者类似的事情，也许不止对一个可怜的女子做了亏心事……更不用说我了！"

"啊，天哪！"文采尔满脸通红地说，"我来到您这儿之前，甚至连一个女孩子的手指尖都没有碰过，除了……"

"怎么啦？"内特欣说。

"好吧，"他接着说，"那位想把我带走，让我受教育的太太，有个七八岁的姑娘，这孩子有点古怪，性急，可是像糖一般甜蜜，像天仙一样美丽。我常常去伺候她，保护她，她跟我很熟。我定期送她到很远的牧师家去，她要在老牧师那里上课，上完课我再接她回家。要是刚好没有人陪她，经常就得由我带她到野外去玩。我最后一次在晚霞中带着这个孩子穿过田野回家时，她开始谈起很快就要动身的事，她对我说，我得跟去，问我是否想去。我说，我不能去。但是这个孩子激动而迫切地恳求我，像其他孩子习惯做的那样，拉住我的手臂，不让我走，我不加考虑就粗鲁地甩开她。她低着头，羞愧而难过地尽力抑制住快要流出来的眼泪，不禁呜咽地哭起来了。我吃了一惊，想去安慰她，她生气地避开了，并恼火地赶我走。从此，我总是记着这个美丽的小姑娘，心里一直很爱她，虽然我后来从未听到她的消息……"

他突然像吃惊似的顿住了，露出非常激动的样子，面色苍白地呆望着他的女伴。

"怎么，"内特欣的面色也变得苍白，以一种奇怪的语调说，"您为什么盯着我看？"但是文采尔伸出胳臂，用手指指着她，似乎看到了一个精灵，喊道："这种表情我曾经见过。那个女孩生气时也像你现在这个样子，额头和两鬓上漂亮的头发微微竖起，像是在飘动，最后一次在田野上的晚霞中也是这样。"

刚才，内特欣额头上和鬓角上的头发确实在微微飘动，就像是被风轻拂似的。

随时有点喜欢炫耀自己的"自然之母"使用一把"神秘的钥匙"，把这场困难的争执解决了。

内特欣沉默一阵后，开始挺起胸，站起来了，然后绕过桌子，向文采尔走去，搂住他的脖子说："我不想离开你！你是我的，不管世人怎么反对，我要跟你走！"

她在甜蜜的激情中接受了命运的考验，要对他保持忠诚，这时她才从心灵深处庆祝他们真正的订婚。

但是她绝对不会傻到不想稍微驾驭一下自己的命运；相反，她很快大胆地做出新的决定。她对时来运转而沉浸在梦境中的善良的文采尔说："现在我们直接到塞尔特维拉去，让那些想破坏我们的人看看，他们那样做反而使我们真正一致起来，过上美满幸福的生活！"

诚实的文采尔对此没有明白过来。他说，他倒想迁到陌生的远方去，在那里平静地过着神秘浪漫的幸福生活。

但是内特欣喊道："不要再空想了！你是一个贫困的漫游者，但我还是属于你的，不管我家乡那些人怎么傲慢，怎样讥讽，我都要做你的妻子。我们到塞尔特维拉去吧，在那里我们通过劳动和聪明使那些嘲笑我们的人，反而要依靠我们！"

他们言之必行。那位农妇被叫来了，文采尔开始以新的身份办事，给了她报酬，然后他们乘车走了。现在文采尔赶车，内特欣心满意足地靠在他的身旁，好像他是教堂里的一根柱子。因为人的意志就是人的天国，内特欣三天前已经成年了，她可以按照自己的意志办事了。

到了塞尔特维拉，他们把车停在彩虹饭店门前，那些乘坐雪车的人还有一部分在那里喝酒。当这一对人走进饭店时，大家像失火似的乱喊乱叫起来："哈，我们这里出了拐骗的事了！出了一桩风流韵事啦！"

但是文采尔带着未婚妻从他们中间穿过去，没有理睬他们。在内特欣走进客房后，他自己则到野人饭店去，这家饭店比较高级些。这里同样也有一些塞尔特维拉人在吵吵闹闹，他骄傲地从中穿过，走进他所要的房间，不理那些喝得酩酊大醉的人惊讶地在那里议论纷纷。

这时，在哥尔达赫城里人们也在议论"拐骗"这件事。一大早贝特大池号雪车赶到了塞尔特维拉，车上坐着激动的博尼和内特欣的心神不安的父亲。他们匆忙地几乎不停地穿过塞尔特维拉，很快他们就看到幸福女神号雪车好端端地停在饭店门前，他们估计，那几匹骏马就在附近，因此心里舒了一口气。他们估计对了，人家告诉他们内特欣就住在这里，因此，他们让人把马卸下来，然后就走进彩虹饭店。

过了一会儿，内特欣请父亲到她的房间来，单独和她谈谈。人家还说，内特欣已经请了城里最好的律师，今天上午律师就会来。行政顾问心情有点沉重地上楼去看他的女儿，他在想，最好用什么办法把这个令人失望的女儿从歧途中拉回来，他已经做好她会大哭大闹的准备。

但是内特欣心情平静态度温和而坚定地迎向他。她感谢父亲对她的慈爱和好意，接着又明确地说明了几点：第一，发生这件事后，她不想再在哥尔达赫生活了，至少今后几年不行；第二，她希望把母亲那份巨额遗产接收过来，父亲也早已准备将这份遗产作为她的嫁妆；第三，她要与文采尔·施特拉平斯基结婚，这一点是无法改变的；第四，她要和他一起在塞尔特维拉生活，帮助他建个生意兴隆的铺子；第五，也就是最后一点，一切都会好转的，因为她相信，他是个善良的人，会使她得到幸福的。

行政顾问开始劝说内特欣，他提醒说，他早就想把这笔财产尽快交给她，用以建立她的真正的幸福生活，这一点她自己也知道。但是他又说，自从他听到这件可怕的事情后，心里十分不安，他非常忧虑地说明，她要保持的恋爱关系也是不可能的。最后，他拿出一个好办法，可以体面地解决这个严重的纠纷。梅尔歇·博尼先生已做好准备，立即以他的人格作担保，以便结束这场冲突，他要以自己不可侵犯的名字在世人面前捍卫和维护她的名誉。

但是名誉这个词使女儿大为激动。她大声地说，正是名誉不让她和博尼先生结婚，因为她讨厌他；相反，她忠诚于这位贫苦的外乡人，答应嫁给他，并且她也不讨厌他。

父女俩说来说去，毫无结果，最后弄得那个坚定的美人痛哭起来。

文采尔和博尼几乎是同时跑来的，他们在楼梯上相遇了，差点就要闹出事来，好在律师到了。他跟行政顾问很熟，劝他们暂时先平静下来。他从当时听到的几句话里，知道是怎么回事，然后就作出规定，首先文采尔要回野人饭店去，留在那儿不要跑来；博尼先生也要离开，不要干预；内特欣方面在事情解决之前，也要保持中等社会的良好的形象；她父亲要放弃使用强迫手段，因为在法律上女儿享有自由。

这样就出现了几个小时的停战局面，在这段时间里大家各自分开。

律师已经透露，这件事可能会给塞尔特维拉带来一份巨大的产业，于是城里一时轰动起来。塞尔特维拉人的情绪突然转向裁缝和他的未婚妻这边，他们决定用财产和生命来保护这一对恋人，并且保障他们在这个城市里的权利和人身自由。因此，当他们听到谣传要把哥尔达赫的美人抢回去时，就聚集起来，在彩虹饭店和野人饭店门前安排了武装守卫和仪仗队，欣喜若狂地进行一次冒险行动，作为昨天那场冒险的继续。

行政顾问感到吃惊和愤怒，就派他的博尼回哥尔达赫去搬救兵。博尼快马赶回。第二天就有几个人带着一大批警察从哥尔达赫赶来援助行政顾问。看样子，塞尔特维拉要变成新的特洛伊①。双方互相威胁，对峙不下；城防军的鼓手已经拧紧了鼓面，右手拿起鼓槌试击了几下。这时，高级官员、教会和社会各界的头面人物都来到了现场，大家经过全面协商，最后达成这样的结果：因为内特欣态度坚定，文采尔受到塞尔特维拉人的鼓励后没有给吓住，因此，在收齐一切必要的文件后，他们的婚事在希腊人攻打特洛伊城，打了十年才攻下来。公告可以在教堂里正式张贴出来；在办理手续的过程中，要看看是否有人在法律上对这件婚事提出异议，也要看看提出来的是哪些法律理由，及其效果。

由于内特欣已经成年，因此能够提出来反对这门婚事的唯一的法律理由就是，假伯爵施特拉平斯基的可疑的人品问题。

但是，他和内特欣的辩护律师调查到，这个年轻的外乡人在他的家乡以及在至今为止的旅途上都没有坏名声，从各地收到的证据对他的评价都是良好的和善意的。

关于在哥尔达赫出的事，律师证明，文采尔根本从来没有冒充自己是伯爵，而是别人把这个身份强加于他；在现有的全部证件上，他的签字都是用自己的真实姓名文采尔·施特拉平斯基，并没有附加什么头衔，因此他并没有违法，只是享受了一种愚昧的殷勤款待，如果他不

①　古希腊人攻打特洛伊城，打了10年才打下来。——译者注

是坐上那辆车，车夫没有开那个恶意的玩笑，他也不可能享受到这种款待。

于是，这场纠纷以举行婚礼而告终。在举行婚礼时，塞尔特维拉人大放他们所谓的猫头炮，当时正刮着西风，哥尔达赫人清晰地听到了隆隆的炮声，心里感到很恼火。行政顾问把内特欣的全部财产都交给她，她说，要让文采尔成为塞尔特维拉的一个大成衣匠和布店老板，因为在这里人们把布商叫作布店老板，把铁器商人叫作铁器店老板，等等。

塞尔特维拉人的愿望实现了，但是与他们所梦想的方式完全不同。施特拉平斯基做生意谦虚节俭又勤快，而且善于招揽生意。他给人家缝制紫蓝色的或者有白格和蓝格纹的天鹅绒背心，带金纽扣的舞蹈礼服和红色衬里的大衣，于是大家都欠他的债，但是欠的时间不长；因为他们要还清旧债，才能买到他贩来的或制作的更漂亮的新衣服，因此他们相互诉说，他把他们指甲下面的血都压出来了。

他身体发胖了，显得很魁梧，看上去几乎没有耽于梦想的样子。他做生意越来越有经验，越来越精明能干，后来又与言归于好的岳父行政顾问一起做成了投机生意，使他的财产增加了一倍。10 年或 12 年后，他带着夫人内特欣以及她生的 10 个或 12 个孩子迁往哥尔达赫，并成了当地一个有声望的人。但是他在塞多特维拉没有留下一个铜板，或许是他忘恩负义，或许是出于报复。

家庭女教师

[奥地利] 茨威格

导 读

该小说叙述视角独特，以儿童的眼光观察世界，把对
家庭女教师的悲惨遭遇所怀有的深深的痛苦、怜悯、
恐惧和愤怒埋藏于心，传递给读者一种强烈地心灵震
撼的同时，揭露了资产阶级的虚伪、道貌岸然、冷漠
和普通女性在当时受到的歧视与摧残。

家庭女教师

两个孩子现在独自留在自己的房间里。灯已经熄灭了。她们的周围一片黑暗，只有两张床露出淡淡的光。她们的呼吸很轻微，人家还以为她们睡着了。

"喂！"这时有个声音说。这是那个 12 岁的女孩。她轻轻地、有点害怕地对着黑暗发问。"什么事？"姐姐在另一张床上回答。她比妹妹大一岁。

"你还没睡着。太好了。我……我想告诉你一件事……"

那边没有回应。只听见床上沙沙作响。姐姐已经坐了起来，期待地望着那边，可以看到她的眼睛在闪光。

"你知道吗……我早就想告诉你……但是你要先对我说，你不觉得我们的小姐最近有点怪吗？"

姐姐犹豫着，在沉思。"是有点怪，"然后她答道，"但是，怎么回事，我知道得不确切。她现在不那么严厉了。最近我有两天没有做作业，她也没有说什么。她这个样子，我也不知道是怎么回事。我想，她现在不管我们了。她总是坐在一旁，不像以前那样跟我们一起玩。"

"我看她很伤心,只是不想告诉别人。她现在也不弹钢琴了。"

她们又沉默起来。

这时姐姐提醒说:"你刚才想说什么?"

"是的,但是你不能把这件事告诉任何人,连妈妈也不要说,你的小朋友也不能说。"

"不会的!"姐姐有点不耐烦了,"到底是什么事?"

"事情是这样……刚才我们去睡觉时,我突然想起还没有跟小姐说声晚安。我已经脱了鞋,但是我还是走到她的房间里去。你知道吗,我是轻轻地走过去,想吓她一跳。我轻轻地打开门,起先我以为她不在房间里,灯亮着,但是我没有看见到她。我突然吃了一惊,听到有人在哭,然后看到她穿着衣服躺在床上,头埋在枕头里。她在哭泣,把我吓坏了,不过她没有发现我。于是我又小心地关上门。我浑身在哆嗦,只好在门口待上片刻。这时,她的哭声很清晰地传到门外,我赶快跑了。"

她们又沉默下来。然后一个女孩轻声地说:"可怜的小姐!"这句话在房间里颤动着,然后就像一个忧郁的音符一样消失了,屋里又恢复了寂静。

"我想知道,她为什么要哭。"妹妹开口说,"这几天她没有跟谁吵架。妈妈也没有不断地找她的麻烦,我们肯定没有惹她生气,不知道她为什么要哭。"

"我倒是料到了。"姐姐说。

"她为什么哭?告诉我,为什么?"

姐姐还是犹豫了一下,终于说:"我相信,她恋爱了。"

"恋爱了?"妹妹只是感到很惊讶,"恋爱了?爱上谁了?"

"你一点也没有察觉？"

"不会是奥托吧？"

"不会吗？他没有爱上她吗？他上大学在我们这儿住了三年，从来没有陪我们玩过，这几个月突然每天来陪我们，小姐来我们家之前，他对我好吗？对你好吗？现在他整天在我们身旁。我们在人民公园、城市公园或者普拉特尔公园，我们跟小姐所到之处，都会碰巧遇上他。你不觉得奇怪吗？"

妹妹吃了一惊，结巴地说：

"是的……是的，当然我也察觉到了。我只是在想，这是……"

她的声音变了，不再说下去。

"我起先也没有发现，我们这些小姑娘真有点傻。但是我还是及时看出来了，他只是把我们当作幌子。"

现在两个人都不说话。谈话似乎已经结束。

她们在沉思，或者已经睡着了。

这时妹妹在黑暗中再次无可奈何地说："但是她为什么要哭呢？奥托明明很喜欢她。我一直觉得，恋爱肯定是很美好的。"

"我也不知道，"姐姐若有所思地说，"我也以为恋爱一定是很美妙的。"

困倦的女孩再次轻声地、惋惜地叹息："可怜的小姐。"

然后房间里安静了下来。

第二天早上她们不再谈这件事，但是，她们俩都感觉到，双方想的还是同样的事。她们互相从旁边走过去，彼此回避，但是，当她们从侧面打量女教师时，姐妹俩的目光不禁又碰在一起了。吃饭时，她们观察奥托。这个堂兄在她们家里住了几年，现在看上去像个陌生人。她们不跟他说话，总是用低垂的眼睛斜视他，看他是否跟小姐暗示什么。两个人都陷入不安之中。饭后，她们也不去玩，而是烦躁地做些无用的事情，一心只想探明这个秘密。晚上她们中有一个人淡淡地、似乎是随意地问了一句："你又发现了什么吗？""没有。"另一个答道，并转过身去，两个人似乎害怕谈论这件事。这样又过了几天，两个小姑娘默默地观察，反复地探索，她们不安而又无意地感觉到正在接近一个隐隐约约的秘密。

过了几天，在吃饭时妹妹终于发现女教师向奥托使眼色。奥托点头回应。妹妹激动得颤抖起来。她在桌下轻轻地碰了一下姐姐的手。当姐姐把脸转向她时，她以闪亮的目光看着姐姐。姐姐马上明白了，也变得心绪不宁。

大家吃完饭刚刚站起来，女教师就对两个小姑娘说："你们先回房间去，自己玩一会儿。我头疼，想休息半个钟头。"

她们低着头，互相小心地用手碰了一下，好像在提醒对方似的。女教师刚走，妹妹就跳到姐姐跟前："你看吧，现在奥托要到女教师的房间去。"

"那当然！所以她要把我们打发走！"

"我们要到门外偷听！"

"谁会来？"

"妈妈。"

妹妹吃了一惊。"是呀，那……"

"我有办法了，你知道是什么吗？我在门外偷听，你留在走廊上，如果有人来，你就暗示我。这样我们就很安全。"

妹妹显得很不高兴的样子："但是，然后你什么都不告诉我。"

"什么都告诉你！"

"真的什么都告诉我？……全部！"

"当然，我的话是算数的。要是你听到有人来，就咳嗽一声。"

她们在走廊上等，哆嗦着，心里很激动。

她们心跳得厉害，会发生什么事呢？她们紧挨在一起。

她们听到脚步声，赶紧跑开，躲到暗处去。是的，果然是奥托。他按了门把，然后门又关上了。姐姐一个箭步跑过去，耳朵贴着门，屏住气，静听着。妹妹急切往这边看。好奇心在折磨她，使她离开了走廊。她悄悄地走过来，但是姐姐生气地把她赶走。她只好又回到走廊上等候，两分钟，三分钟，她觉得时间非常漫长。她焦急不安，就像热锅上的蚂蚁转来转去，姐姐什么都听到了，她什么都不知道，她由于激动和生气，差点哭起来了。这时那边第三个房间传来关门声。她咳了一声，姐妹俩赶紧离开，跑进自己的房间，她们在房间里站了片刻，气喘吁吁，心脏怦怦直跳。

然后妹妹迫切催促姐姐："好吧……快告诉我！"

姐姐沉思着。终于她非常困惑地、自言自语地说："我真不明白！"

"什么？"

"这事有点怪。"

"什么事……什么事吗？"妹妹喘着气吐出话来。姐姐一个劲地在思索。妹妹靠近她，以便听得清楚些。

"这事有点怪……与我想的完全不同。我以为，奥托走进房间，肯定想拥抱她，跟她拥吻，因为她对他说：'不要这样，我要跟你说点正经事。'我是什么也看不到，因为钥匙孔里插着钥，但是说话的声音听得很清楚。'究竟出了什么事？'奥托问。我可是从来没有听到他这样说话。你知道，他平时说话声大气粗，可这回说话时显得胆怯，我马上感觉到，他心里有点害怕。小姐肯定也看出来了，他在撒谎，因为她只是小声地说：'你也已经知道了。''不，我什么也不知道。''是吗？'她说，说得很悲伤，非常悲伤。'那你为什么突然不理我？一个星期不跟我说一句话，你老是回避我，也不跟孩子们出去了，也不去公园了。我突然成了陌生人了？啊，你早就知道了，为什么你突然躲着我。'奥托不出声，过了一会儿才说：'我现在准备考试，得复习很多功课，没时间做别的事，现在也只能这样。'这时小姐开始哭了，她温柔而动人地流着泪对他说：'奥托，你为什么撒谎？你还是说真话吧，你真不该撒谎。我没什么要求，但是，我们之间得把话讲清楚。你知道，我要对你说什么，从你的眼睛里可以看出来。''说什么呀？'他结巴地说，但是声音很微弱。这时她说……"

姐姐突然全身颤抖起来，激动得无法说下去。妹妹紧紧地挨着她："说了什么……小姐说了什么呀？""这时她说：'我有了你的孩子！'"

妹妹像触电似的惊跳起来："一个孩子！一个孩子！这是不可能的！"

"但是，小姐是这样说的。"

"你肯定听错了。"

"没错，没错！她还重复了一遍。他也像你一样惊跳起来，喊道：'一个孩子！'她很久没有出声，然后说：'现在怎么办？'后来……"

"后来怎么啦？"

"后来你咳了一声，我只好跑开。"

妹妹惊惶地、呆呆地望着前面："一个孩子！这是不可能的！她到底在什么地方有了这个孩子？"

"我不知道。这就是我不明白的地方。"

"可能在家里……在她到我们这儿之前。妈妈为了我们当然不会让她把孩子带来。因此她才这么伤心。"

"你算了吧，那时她还不认识奥托！"她们又沉默下来，一筹莫展，只好在苦苦思索。这事使她们心烦意乱，妹妹又开始说："一个孩子，这是不可能的！她怎么会有孩子呢？她还没有结婚。只有结过婚的人才有孩子，这我知道。"

"她也许结过婚了。"

"你别这么傻！总不会跟奥托结婚吧！"

"为什么？……"

她们一筹莫展，目瞪口呆地相视着。

"可怜的小姐，"姐妹中有人悲伤地说。这句话说了好几遍，总是带着同情的叹息。同时，好奇心总是不断地在涌动。

"是女孩还是男孩？"

"谁会知道呢。"

"你看怎么样……要是我去问一下……非常小心地问她……"

"你疯啦！"

"怎么……她对我们挺好的。"

"你想什么呀！人家不会跟我们说这种事。他们什么都瞒着我们。我们一走进房间，他们就不再说话，然后跟我们胡扯一遍，好像我们是小孩子似的，可我都十三岁了。你为什么想问她呢，人家不会跟我们讲实话的。"

"但是我想知道真情。"

"你以为我不想知道？"

"你不知道吗……我真正不明白的是，奥托怎么会一无所知。一个人有了孩子，总该知道的，就像一个人有父母亲，就该知道的一样。"

"他只是假装不知道，这个流氓。他总是装假。"

"但是这种事他不会装假吧。只有……只有他想愚弄我们时，才会装假……"

这时小姐进来了。姐妹俩马上静下来，装作在复习功课。但是她们从旁边斜视她。她的眼睛好像红了，说话的声音比平时低沉，而且颤动得厉害。孩子们一声不出，突然怀着尊敬的心情，胆怯地望着她。"她有孩子了，"她们一直想着这个问题，"所以她很悲伤。"渐渐地她们自己也悲伤起来。

第二天吃饭时，她们突然听到一个消息。奥托要离开她们的家。他对叔叔说，现在快考试了，要好好复习功课，这里干扰太多。他要在外面租间房子，住一两个月，考完试再搬回来。

两个孩子听到这个消息，激动得不得了。她们猜想，这事与昨天的谈话有着某种秘密的内在联系，她们凭着越来越敏感的本能，感到这是一种胆怯的行为，是一种逃避的行为。当奥托向她们告辞时，她们很不客气地转过身去不理睬他。但是，当奥托站在小姐面前时，她们还是斜眼偷看。小姐的嘴唇在颤动，但她还是平静地、默默地把手伸给他。

这几天姐妹俩变了个样。她们不去玩，也不笑，眼睛失去了生气勃勃、无忧无虑的光彩。她们内心里感到不平静，不踏实，对周围的人感到很不信任。她们不再相信别人对她们说的话，在每一句话里都察觉到谎言和企图。她们整天在观察，在探看，窥视别人的一举一动，注意人家脸上的表情，倾听别人的说话语气。她们像影子一样跟在别人后面，她们在门口偷听别人谈话。她们内心里拼命想摆脱肩上秘密的黑色的罗网，或者至少通过一个网孔望一眼这个现实的世界。她们身上已经没有那种孩子气的信念，没有那种活泼开朗的、无忧无虑的盲目性。然后，她们从沉闷的气氛中预感到要出什么事，生怕会错过这个时机。自从她们知道，周围充满着谎言，她们也就变得顽强，变得有心计，甚至变得狡猾，会说假话。

她们在父母身边装作很幼稚，一转身就变得机智敏捷。她们的性格发生了很大的变化，神经变得过敏，心里烦躁不安。以前她们的眼睛总是含着一种温柔而平静的光芒，现在却是目光闪烁而深沉。她们不断地进行窥探和侦察，但都得不到别人的帮助，因此她们彼此真诚相爱。有时她们觉得自己无知，强烈渴望得到温柔，互相间会突然热烈拥抱，或者会泪珠滚滚。她们的生活似乎是无缘无故地突然出现了一种危机。

她们现在体会到许多屈辱，有一种屈辱她们感受最深。她们默不作声，一言不发，暗中表示要尽可能给可怜的小姐带来更多的欢乐。她们勤勉而认真地做功课，互相帮忙，保持安静，不发怨言，小姐需要什么，她们预先办到。但是小姐根本没有发现这些，这使她们很难过。最近阶段小姐完全变了个样。有时，一个女孩跟她说话，她会吓一跳，好像从熟睡中惊醒。她的目光总是先迟疑一下，然后从远处收回。她常常坐上几个小时，精神恍惚地望着前方。这时姐妹俩会踮起脚尖走来走去，以免妨碍她。她们隐约地、神秘地感到：此时她正在想她在远方的孩子。随着她们身上女性的温情日益觉醒，她们更加热爱她们的小姐，她现在变得这么和善、温柔。她平时走路朝气蓬勃、热情奔放，现在却是从容不迫，她的动作变得小心谨慎了。孩子们从中感觉到一种隐藏的悲伤。她们从来没有见到她哭过，但是她的眼圈常常是通红的。她们注意到，小姐想在她们面前掩饰她内心的痛苦。她们感到很失望，她们没法帮助她。

有一次，小姐转身对着窗户，用手绢擦拭眼睛。妹妹突然鼓起勇气，轻轻地握住她的手，说："小姐，你最近这么伤心，不是我们惹你生气吧，是吗？"

小姐感动地看着她，抚摸着她柔软的头发。"不是，孩子们，不是你们，"她说，"真的不是你们。"说着，她温柔地吻了吻孩子的额头。

她们在倾听，在观察，目光不放过任何可触及的东西。前些天，妹妹走进房间时，突然听到一句话。只听到一句话，因为父母亲马上不说了。但是，现在每句话都会引起她们许多猜想。"我也觉得有点异样，"母亲说，"我要盘问一下她。"妹妹开始以为说她自己，感到很害怕，赶紧去找姐姐出主意，向她求援。但是，吃午饭时她们注意到，父母亲以审视的目光盯着小姐那张漫不经心的、梦幻般的脸，然后互相交换眼神。

饭后，母亲匆匆地对小姐说："过一会儿请您到我的房间来一下，我想跟您谈谈。"小姐微微地低着头。姐妹俩浑身颤抖起来，她们觉得，现在要出什么事了。

小姐一走进母亲的房间，姐妹俩就赶紧冲过去。她们把耳朵贴在门上，目光把周围扫视一遍，偷听和窥探对于她们来说已成为家常便饭的事了。她们根本不觉得这种行为是丑恶的、丢人的，她们只想探听别人瞒着她们的所有秘密。

她们在倾听，但是只能听到嘀嘀咕咕的低语。她们浑身神经质地哆嗦起来，她们担心什么也听不到。

这时，屋里有个声音变得越来越大。这是母亲的声音。这声音听起来很凶，就像在吵架似的。

"您以为所有人都是瞎子，什么都看不到？我可以想象，以您这样的思想和品德，怎么完成您的职责。我把我的孩子，我的女儿委托您教育，天晓得，您是怎样忽视自己的责任……"

小姐好像回答了什么。但是她说得很小声，孩子们没法听清楚。

"借口，这是借口！每个轻浮的女人都会找一个借口。她们轻易委身于一个男人，别的什么也不想，反正上帝会来帮忙。这种人还想当教师，还想教育别人的女儿。真是厚颜无耻。您不会以为，在这样的情况下我还会把您继续留在我家里吧？"

孩子们在门外倾听，一种恐惧向她们袭来。她们听不懂这番话，但是听到母亲愤怒的说话声，听到小姐唯一的回答却是不能抑制的、低声的哭泣，她们感到害怕。泪珠从她们眼里涌出来。但是母亲似乎越来越激动了。

"您就知道哭，这不会使我心动的。我不会同情这种人。您现在怎么办，与我毫无关系。您该去找谁，您自己清楚，这事我本不用问您。我只知道，我不能容忍如此卑劣地玩忽职守的人在我家里多待一天。"

唯一的回答是哭泣，这是绝望的、悲伤的哭泣。这种哭泣使站在门外的孩子像得了寒热病似的浑身颤抖。她们从来也没有听过这样的哭声。她们隐约感到，哭得这么悲伤的人是不会有过错的。这时母亲不出声，等待着。然后，她突然态度生硬地说："好吧，我想对您说的就是这些。今天您收拾一下东西，明天早上来取您的工资。再见！"

孩子们赶紧从门外跑走，逃进自己的房间。这是怎么回事？简直是晴天霹雳。她们大惊失色地站在那儿。不知怎么地她们第一次预感到了生活的真实性，第一次敢于对自己的父母亲流露出一种不满的情绪。

"妈妈这样对她说话，真卑鄙。"姐姐咬着嘴唇说。

姐姐说得这么大胆，把妹妹吓了一跳

"但是，我们根本不知道，她干了什么。"妹妹结巴地诉说。

"肯定没有干坏事。小姐不会干坏事。妈妈不了解她。"

"她哭得那么伤心，使我感到害怕。"

"是啊，真可怕。但是妈妈还对她大声嚷嚷，真卑鄙，我告诉你，这叫卑鄙！"

她气得用脚跺地板，眼里噙着泪水。这时小姐走进来。她看上去十分疲惫。

"孩子们，我今天下午有事。你们自己留在这儿，我可以信赖你们吧，是吗？晚上我再来看你们。"

然后她就走了，也没有发现孩子们激动的神情。

"你有没有看见，她的眼睛都哭红了。我真不明白，妈妈怎么能这样对待她。"

"可怜的小姐！"

充满着同情和泪水再次说出了这句话。她们心烦意乱地站在那儿。这时母亲进来了，问她们愿不愿意跟她一起乘车去兜风。孩子们避而不答。她们害怕妈妈。同时，小姐要走的事一点也不告诉她们，这使她们很气愤。她们宁可单独待在家里。她们像关在小笼子里的两只小燕子跳来跳去，被充满谎言和隐瞒的气氛压得喘不过气来。她们在考虑，是否应该到小姐那里去，问她能否留下来，劝她留下来，并且告诉她，是妈妈冤枉了她。但是她们害怕伤害她。同时她们也感到惭愧，因为她们所知道的一切都是偷听来的。她们只好装成不懂事的样子，就像两三个星期以前那样的幼稚。于是她们就单独待在家里，度过了漫长的一个下午。她们在那儿思索着、哭泣着，耳边总是回响着那些可怕的声音，有时是母亲气势汹汹的、冷酷无情的吼声，有时是小姐绝望的抽泣声。晚上小姐匆匆地走进她们的房间，跟她们说声晚安。孩子们看见她走出去，心里难受极了，浑身颤抖起来，她们真想跟她说点什么。小姐已经走到门口了，但是现在突然转过身来，好像是被她们无声的愿望拉回来似的。她眼里闪着泪花，目光忧郁。她拥抱两个孩子，孩子们忍不住大哭起来，她再次吻了吻她们，然后急忙走了。

孩子们眼泪汪汪地站在那儿。她们感觉到，这是诀别。

"我们再也见不到她了！"一个女孩哭着说，"你看吧，我们明天放学回来，她已经不在这儿了。"

"也许我们以后可以去看她。那时她肯定会让我们看她的孩子。"

"是啊，她是个好人。"

"可怜的小姐！"这一声叹息已经是为她们自己的命运感叹了。

"你想一想，要是没有她，我们怎么办呢？"

"我永远不会喜欢新来的小姐。"

"我也是。"

"没有哪个小姐会对我们这么好。再说……"

她不敢说下去。但是，自从她们知道，她有了孩子，一种无意识的女性的感情使她们对她怀着尊敬的心情。姐妹两个总是想着这件事，现在她们对此不再怀着那种幼稚的好奇心，而是充满着感动和同情。

"喂，"一个女孩说，"听着！"

"说吧。"

"你知道吗，我想在小姐走之前，再给她带来一次高兴。让她知道，我们喜欢她，我们跟妈妈不一样。你愿意吗？"

"那还用问！"

"我想过了，她喜欢丁香花。我想，我们明天早晨上学前，去买几枝回来，然后放到她的房间里去。"

"什么时候放呢？"

"吃午饭时。"

"那时她肯定已经走了。不如这样，我一清早上街去买，谁也发现不了。然后我们把花送到她的房间里去。"

"好，明天我们一大早就起床。"

她们把自己的储蓄罐拿来，把平时攒的钱都倒出来。她一想到还能向小姐表示无声的、真诚的爱，心里又高兴起来了。

一清早她们就起来了。她们微微颤抖的手里拿着美丽的丁香花。她们在敲小姐的门，可是没有人回应。她们以为小姐还在睡觉，就小心地溜进房里去。但是房间里没人，床上的被褥也没有动过。其他东西显得很凌乱。在深色的桌布上放着几封信。两个孩子吓了一大跳。究竟出了什么事？

"我找妈妈去。"姐姐坚决地说。

她脸色阴沉，毫不畏惧，倔强地站在母亲的面前，问道："我们的小姐在哪儿？"

"她在自己的房间吧。"母亲惊讶地说。

"她房间里没人，床上的被褥也没有动过。她昨天晚上肯定走了。为什么不跟我们说一声？"

母亲根本没有注意到这恼火的、带有挑衅性的语气。她气得脸色发白，就走到父亲房间里去，他马上跑进小姐房间。

父亲在那里待了很久。孩子们一直用愤怒的目光盯着母亲。母亲看上去很激动，她的眼睛不怎么敢接触孩子们的目光。

这时父亲从屋里走出来，他脸色灰白，手里拿着一封信。他和母亲一起走进自己的房间，和她小声地说着什么。孩子们站在门外，这回突然不敢再偷听了。她们生怕父亲发火。父亲现在这个样子她们是从来都没有见过的。

这时母亲从房间里走出来，神色惊慌，眼眶红红的。孩子们看到她惊恐的样子，就向她走过去，想问个究竟。但是她却生硬地说："你们现在上学去吧，已经晚了。"

孩子们只好走了。她们坐在其他孩子中间，像做梦似的在那儿待了四五个钟头，老师讲的话一句也没听进去。放学后她们就拼命地往家里跑。

家里一切照常，只有一个可怕的念头在每个人心中萦绕。没有人说话，但是所有人，甚至仆人，目光都很特别。母亲朝孩子们走来，她似乎已经想好了对她们说点什么。她说："孩子们，你们的小姐不来了，她……"

但是母亲不敢说下去。两个孩子的目光闪闪发亮、灼灼逼人直射她的眼睛，因此她不敢对她们撒谎。她转身走了，快步走回自己的房间里去。下午奥托突然来了。家里人叫他来，说有封信是给他的。他的脸色也是灰白的。他神情恍惚地站在那儿，谁也不跟他说话，大家都避开他。这时他看见两个孩子蹲在角落里，想跟她们打个招呼。"别碰我！"一个孩子说，她厌恶得打了个寒噤。另一个女孩在他面前吐唾沫。他感到非常难堪、困惑，在那儿愣了一会儿就溜走了。

没有人跟孩子们说话。她们自己也不交谈。她们脸色苍白，神情迷惘，像关在笼子里的野兽，不停地在几个房间里窜来窜去，不时又碰在一起，你看着我，我看着你，眼睛都是红红的，话也不说一句。现在她们什么都知道了。她们知道，别人对她们说谎，所有的人可能都是坏人，都是卑鄙的。她们不再爱她们的父母亲，不再相信他们。她们知道，她们对谁都不能相信，今后生活的重担将压在她们瘦削的肩膀上。她们好像从快乐舒适的童年时代跌进了一个深渊。她们还无法理解发生在她们身边的可怕的事情，但是她们的思想正好在这事上转不过弯来，把她们憋得要死。她们满脸通红，像发高烧似的，眼睛里流露出一种愤怒的神情。在孤独中她们像挨冻似的在那儿走来走去。她们的神色很可怕，没有人敢跟她们说话，包括她们的父母在内。她们不停地在那里转来转去，这反映她们内心激动。她们两个虽然不说话，但内心却是相通的。一种捉摸不透的沉默，一种不喊不哭、深藏不露的痛苦，使她们与所有的人都疏远，对所有的人都不满。没有人能接近她们，通往她们心灵的路已经堵塞，也许还要堵塞好几年。她们周围的人都觉得，她们是敌人，是不能原谅别人的顽固敌人，因为从昨天起，她们就不再是孩子了。

这天下午她长大了好几岁。到了晚上，当她们单独待在自己昏暗的房间里时，她们的心里才产生了儿童的恐惧感，她们害怕寂寞，害怕死人，对模糊的事物充满预感的恐惧。全家都处在情绪不安的状态，因此忘记给她们的房间生火。它们冷得发抖，一起钻进一个被窝里，用她们瘦小的手臂紧紧地搂在一起，两个弱小的，还没有发育的身体紧贴在一起，好像由于恐惧而寻求帮助似的。她们之间一直还不敢交谈，但是，妹妹终于大声哭起来，姐姐也忍不住伤心地哭了。她们紧紧地搂在一起大哭，温暖的泪水慢慢地、然后快速地流下来，一下子便泪流满面。她们胸贴着胸，哭成一团，直哭得浑身颤抖起来。在黑暗中她们只有悲伤，只有痛哭。现在她们不是为她们的小姐而痛哭，也不是为她们从此失去了父母而痛哭，而是一种突如其来的恐惧震撼着她们。尤其使她们感到害怕的是，在这个陌生的世界里可能发生的一切，今天她们已经初次惊讶地目睹了这个世界。她们现在已经长大了，她们开始畏惧人生。人生就像一座幽暗的树林，难以捉摸地、虎视眈眈地屹立在她们面前，但是她们必须穿过这片树林。她们纷乱的恐惧感变得越来越朦胧，几乎像梦一般，她们悲伤的哭泣声也变得越来越微弱。现在她们的呼吸轻柔地汇在一起，就像刚才的泪水流在一起。就这样她们终于进入了梦乡。

乡村医生

[奥地利] 卡夫卡

导 读

这是卡夫卡的经典之作。在这篇小说中，卡夫卡将他的梦幻式写作发挥到了极致，看完之后，给人的感觉是什么都说了，但又像什么也没说，但揭示了作者所处的腐朽帝国专制社会人与人的对立与社会的冷漠。

乡村医生

我感到十分窘迫：我要赶紧上路，一个重病人在等我，他住在十英里外的一个村庄里。我和他之间是一片宽阔的原野，现在雪下得正紧。我有一辆马车，大轮子，很轻便，非常适用于我们乡间的道路。我穿上皮大衣，手里拿着装器械的提包，站在院子里准备出发。但是，没有马。我自己的马在这严冬里由于过度劳累，昨天夜里死了。我的女佣人想向人家借一匹马，正在村子里四处奔跑。但是，这是毫无希望的，我知道，而且雪越积越厚，越等越走不了，我是白等了。女佣人在门口出现了，独自一人，摇晃着灯笼；当然，这个时候谁会把自己的马借给你跑一趟呢？我在院子里大步地走着，想不出一点办法；我感到烦躁，心不在焉地一脚踢到多年不用的猪圈的破门上。门开了，门在门轴上摆来摆去发出吱吱的响声。一股暖气和马的气味扑面而来。里面灯光暗淡，一盏灯吊在绳子上，晃动着。在一个用木板隔开的窄小的地方蹲着一个人，他露出一张脸，睁着蓝色的眼睛。"要我套马吗？"他问，并且慢慢地爬出来。我不知道说什么，只是弯下腰来，看看猪圈里还有什么。女佣人站在我的旁边。"人往往不知道，在自己家里还有什么东西，"她说，我们两人都笑了。

"喂，老兄，喂，姑娘！"马夫喊道，于是两匹强壮的马收缩其腿，像骆驼般低垂着头，靠着躯干转动的力量，一前一后从门洞里挤出来。它们一出来就站直了，腿很长，身上冒着热气。

"帮帮他，"我说，热心的姑娘急忙跑过去，把套马的用具递给马夫。但是，她刚走近马夫，他就一把抱住她，把脸贴紧她的脸。她尖叫起来，逃回到我的身旁，脸颊上印着两排红红的牙齿印。

"你这个畜生，"我愤怒地喊道，"你想挨鞭子？"但是我马上意识到，他是个陌生人，我不知道他是从哪儿来的，当大家不愿意借马给我时，他却主动帮助我。他好像知道我的想法，因此对我的威胁毫不生气，而是忙着套马，然后才向我转过身来。

"上车吧。"他说。的确，一切都准备好了。我发现这确是好马，我还从来没有坐过这样的好马拉过的车，我愉快地上了车。"我来赶车，你不认识路。"我说。

"当然，"他说，"我不会跟你去，我要留在罗莎这里。""不。"罗莎喊道。她预感到会遇上不可避免的厄运，就跑进屋里。我听见她闩门的声音，听见钥匙在锁孔里转动的声音。我看见她关掉过道里的灯，然后跑到各个房间去关掉所有的灯，这样别人就找不到她了。

"你跟我一起去，"我对马夫说，"或者我不去了，管它是急诊。我不想为了跑这一趟把这姑娘给你作代价。"

"快点跑！"马夫吆喝道，并拍拍手；马车立即向前飞奔，就像木头漂流到洪水里一样。我还听到马夫冲进我的屋子时房门发出的砰砰嘭嘭的声响，然后我只觉得眼前一片昏暗，耳朵嗡嗡作响。但是这种天昏地暗的感觉只有一瞬间，因为我到了目的地，病人的房子仿佛就在我家的院门前面似的。两匹马安静地停住了；雪不下了；四周月光皎洁。病人的父母亲从屋里跑出来，病人的姐姐跟在他们的后面。他们几乎是把我从车上抬下来的，他们言语混乱，我一句也听不清。病人房间里的空气几乎令人窒息，炉火不旺不灭冒着烟。我要打开窗户，但是首先想看看病人。这年轻人很瘦，没有发烧，不感到冷，也不感到热，眼神发呆。他没有穿衬衣，从羽绒被窝里坐起来，搂着我的脖子，低声地对我说："医生，让我死。"我望了望周围，没有人听到他说的话；他的父母默默地站着，身体向前倾，他们在等候我的诊断；他的姐姐为我搬来一张椅子放手提袋。我打开手提袋，寻找医疗器具。病人再次从被窝里向我靠近，提醒我别忘了他的请求。我取出一把小镊子，在烛光下检查一遍，又把它放回进去。"是的，"我有些亵渎神明地想，"在这样的情况下，上帝帮了忙，没有马，就送来骏马，由于事情紧急还多送上一匹，此外，还慷慨的派来一个马夫——"这我才又想起罗莎；怎么办，我怎样才能救她，这儿离她有十英里远，而且那两匹马难以驾驭，我怎样才能从马夫身下把她拉出来呢？现在这两匹马不知怎么地挣脱了缰绳；我也不知道，窗户怎么从外面被撞开了；每一匹马从一扇窗户伸进头来，不管这家人的叫喊，聚精会神地注视着病人。"我得马上回去，"我容忍病人的姐姐为我脱去皮大衣，她以为我热得要昏厥过去了。老头把一杯罗木酒递到我跟前，拍了拍我的肩膀，他献出心爱的东西表明对我的信任。我摇摇头；他狭隘的想法使我感到不舒适；正是出于这个原因我才谢绝饮酒。老太站在床边，示意我过去。我过去了，这时有一匹马朝着屋顶大声嘶叫，我把头贴近病人的胸部，他在我冒汗的胡子下面颤动。这证明了我的判断：这孩子是健康的，只是血液循环有些问题，这是溺爱儿子的母亲给他喝多了咖啡造成的，但是他是健康的，最好把他从床上赶下来。我不是空想的社会改良者，我让他躺着。我是这个地区聘用的医生，我尽了我的职责，甚至有些过了分。我的收入微薄，但我对贫苦的人很慷慨，乐善好施。我还要照顾罗莎，这个男孩想死是对的，我也想死。在这漫长的冬天，我在这里干什么呢！我的马死了，村子里没有一个人肯把他的马借给我。我只好从猪圈里拉出马来；如果不是碰巧有两匹马躲在猪圈里，我还得用猪来拉车。事情就是这样。于是我向这家人点点头。他们对这件事一无所知，他们就是知道了，也不会相信的。开一张处方是很容易的事情，但是人之间要互相理解是很难的。现在我的出诊到此结束了，我又白跑了一趟，对此我已经习以为常。这个地方的人总是夜里按我的门铃，以此来折磨我。但是，这次还得牺牲罗莎，这个姑娘多年来住在我的家里，我几乎没有怎么照看她——这个牺牲实在太大了。这家人肯定不会让我回去救罗莎了，因此我得好好琢磨一下，克制自己不要对这家人发火。但是当我关上提袋，准备去取皮大衣时，这家人都站起来了，父亲闻了闻手里拿着的那杯罗木酒，母亲似乎对我感到失望——是啊，他们还期待什么呢？她咬着嘴唇，泪水盈眶，姐姐摆动着一条满是血污的毛巾。于是我做好准备，在某种情况下承认这个孩子也许有病。我向他走去，他朝着我笑笑，好像我给他送来了滋补的汤——啊，现在这两匹马在嘶鸣，这叫声也许是上帝安排的，用以帮助我检查病人，这时我认为：是的，这孩子有病。在他臀部的右侧，有个巴掌大的伤口。这伤口呈玫瑰花颜色，色调深浅不一，中间深色，四周浅色，密布着微小的颗粒，还有不均匀的凝结的血污，就像是矿山上的露天矿。从远处看是这样。近看情况就更为严重。谁看了这种情况不会唏嘘不已呢？伤口里的蛆虫有我小手指那么粗，也是淡红色的，而且沾有血污，它们的头是白色的，现在它们正使尽浑身解数从伤口深处向外面蠕动。可怜的孩子，你是不可救药的了。我已经找到你严重的伤口；你身上的这朵花正在使你毁灭。这家人看到我在行动，个个都很高兴；姐姐对母亲说，我开始看病了，母亲告诉父亲，父亲告诉来访的客人；这些客人戴着月光走进敞开的门，他们踮起脚走路，并且张开双臂以保持身体平衡。"你要救我？"这孩子轻声地说，并抽泣起来，他因为被伤口里的蠕虫弄得神魂颠倒。这个地方的人就是这样，总是向医生提些做不到的事情。他们失去了旧的信仰；牧师坐在家里一件又一件地撕破法衣；而医生就应该做到药到病除。现在，随他们便吧：我不是主动来的；如果他们要把我用作圣职，我也只好听天由命；我是个年老的乡村医生，我的女佣人也被人家抢走了，我还能希望什么更美好的事情！于是这家人和村里的长辈都来了，他们剥去我的衣服；老师带着一个学生合唱团站在屋子前面，他们用十分简单的曲调唱着这样的歌曲：

> "剥去他的衣服，他就能救死扶伤，
> 倘若他不能妙手回春，就将他处死！
> 他仅仅是个医生，仅仅是个医生。"

然后我的衣服被剥去了，我侧着头，手指捋着胡子，平静地看着这些人。我十分冷静，比在场的所有的人都镇静，他们抱住我的头，抓住我的脚，把我抬到床上，尽管如此，我还是镇定自若。他们把我放在靠墙的一边，也就是靠近孩子的伤口那一边。然后所有的人都离开房间，门关上了；歌声停止了；乌云遮住了月亮；我躺在被窝里感到很暖和；两匹马的头部在窗户前忽隐忽现。

"你知道吗，"我听见有个声音在我耳边响起，"我对你不怎么信任。你不过是被人家摇摇晃晃地从某个地方送来的，不是用自己的脚走来的。你没有帮助我，反而占用了我这张临死前睡的床。我很想把你的眼睛挖出来。"

"你说得对，"我说，"这是一种耻辱。但我是个医生。我该怎么办？请你相信我，我要做什么事也是不容易的。""我会满足于你这几句道歉的话吗？哎，我也许会满足的。我总是对什么都容易感到满足的。我带着一个美丽的伤口来到这个世界上；这是我的全部装饰品。"

"年轻的朋友，"我说，"你的错误在于：你没有全面了解情况。我在远近所有的医院都看过，我可以告诉你，你的伤口算不了什么，只是给斧头砍了两下。许多人几乎还没有听到树林里斧头的声音，更不用谈接近斧头了，就把半个身子给出去了。"

"真的是这样吗，或者趁我发烧时你在骗我？"

"确实是这样，我可以用医生的名誉作担保，你放心地去吧。"他相信了，便静静地安息了。但是现在该想想如何救我自己了。两匹马还老老实实地站在老地方。我迅速地把衣服、皮大衣和手提袋收拾好；我不想把时间花在穿衣服上；要是这两匹马像来时跑得那么快，我简直就可以从这张床上一跃而起跳到我家的床上。一匹马驯服地离开窗口，回到车旁；我把那包好的衣物扔进车里；皮大衣飞得老远，有一只袖子牢牢地挂在一只钩上。一切就绪。于是我也跃上马车。缰绳松松地拖曳着，一匹马几乎没有与另一匹马套在一起，车子像迷路似地在两匹马后面颠簸着，皮大衣挂在后面，就这样在雪地里行驶着。

"驾！"我吆喝着，但是马没有奔跑起来；我们像老牛拉破车一样在茫茫的雪地里慢吞吞地行驶着。在我们后面一直响着孩子们唱的一首新编的、但内容有误的歌曲：

　　　　"高兴吧，病人，

　　　　医生和你睡在一张床上！"

　　这样下去我就永远回不到家了；我的欣欣向荣的事业也就完蛋；一个接替者就会抢我的生意，但是没有用，因为他无法代替我：那可恶的马夫正在我家里胡作非为；罗莎成了他的牺牲品；我不愿再想象了。在这不幸年代的严冬里，我这个年老的人赤裸着身体，坐着人间的车子，驾着非人间的马，东奔西跑。我的皮大衣挂在车子后面，但是我拿不到它，而手脚活动的病人却不愿动手帮个忙。被骗了！被骗了！只要有一次被深夜急诊的铃声骗了——那就永远无法补救了。

Part Two

第二部分

散文随笔

荒原悲歌

[德] 歌 德

导 读

这是歌德为书信体小说《少年维特之烦恼》创作的一组
散文诗，用以渲染悲剧的气氛。它也是一部重要的文学
作品，通过对人类的存在与精神状况进行探索，表达了
作者对生命意义的思考。

荒原悲歌

夜空一片朦胧，星星呵，你在西边闪耀着灿烂的亮光，从云端昂起你那光芒四射的头颅，庄严地迈步走向你的山岗。你在这荒野上看见了什么？狂风已经停息，从远方传来急流的淙淙声，怒号的波涛拍打着远处的山崖，夜里飞行的昆虫嗡嗡地、成群结队地飞过田野。美丽的星光，你到底看到了什么？你微笑着，缓慢地离去，欢快的波涛环绕着你，替你洗濯秀发。再见了，幽静的星光！让莪相心灵中的美丽之光，照耀大地！

在它的照耀下，我看见了已逝的友人，他们聚集在罗拉平原上，就像昔日的时光一样。芬戈来了，像一根温润的雾柱，他的勇士们站在他的四周。瞧！那些吟唱诗人：白发苍苍的乌林！身材魁梧的利诺！歌声优美的阿尔品！还有你，倾吐衷肠的米诺娜！——我的朋友们，想当初我们在塞尔玛那些快乐的日子里，大家欢声歌唱，歌声像春风般飞向山岗，吹拂着弯腰细语的野草，从那时以来，你们怎么全都变了样啊！

这时，艳丽的米诺娜来了，她双目低垂，泪水盈眶，风不时从山岗上吹来，她浓密的头发在风中轻扬。她放声歌唱，歌声多么甜美，此时，勇士们的心情更加忧伤。他们常常看到塞尔加的坟墓，常常看到白衣女可尔玛幽暗的住房。可尔玛孤单地站在山岗上，唱着悦耳的歌曲；塞尔加答应来，但是，此时已是夜色茫茫。听吧，可尔玛独自在山岗上引吭高歌。

可尔玛

夜已来临！我孤单一人，被遗弃在暴风啸鸣的山岗上。狂风在山中怒吼，山洪咆哮着从崖顶飞流直下。没有茅舍为我挡风避雨，我被遗弃在狂风呼啸的山岗上。

月亮呵，从云层里走出来吧！星星呵，在夜空中闪耀吧！请你们赐我一线亮光，领我到我爱人打猎归来休息的地方，他已摘下弓箭放在身旁，他的猎狗在他的周围喘息。可我必须独自坐在杂草丛生的河边的岩石上，急流和狂风不停地怒吼着，我听不见我爱人的一丝声音。

我的塞尔加，为什么他迟疑不来？难道他忘记了自己的诺言？这儿就是岩石、树木和那条奔腾不息的河流！你答应夜幕降临时就来这里相会。啊！我的塞尔加，你是迷路了吗？我愿跟你一起走天涯，离开我那高傲的父亲和兄弟！我两家世代为仇，但是我俩不是仇敌，啊，塞尔加！

风儿啊，你停一停吧！河水啊，你静一静吧！让我的声音传遍山谷，让我的漂泊者听到我的呼唤。塞尔加！我在呼唤你呀！这儿是那树木，是那岩石！塞尔加！我亲爱的！我在这儿等你，你为什么迟迟不来？

　　瞧，月亮升起来了，月光洒满了大地，流水在峡谷中闪闪发光，岩石耸立在灰蒙蒙的山岗上。但是，在山峰上见不到他的身影，他的猎狗也没有预先报告他的来临。我必须独自坐在这儿等候。

　　是谁躺在下边荒野上？是我的爱人还是我的兄弟？啊，我的朋友们，你们说话呀！他们默不作声。我的心多么忧虑！啊，他们都已死了！你们的剑上还沾有厮杀时留下的血迹！啊，我的兄弟，我的兄弟！你为什么要杀死我的塞尔加？啊，我的塞尔加！你为什么要杀死我的兄弟？你们俩都是我的亲人啊！山坡上陈尸成千上万，数你最英俊！在浴血奋战中，他威震四方。亲人啊，你们回答我吧！你们可听到我的声音！唉，他们默默无言！永远默默无言！他们的胸膛像泥土一般冰冷！

　　亡灵啊，从山岗的岩石上，从风雨交加的山峰上，说话吧！我是不会恐惧的！你们到哪儿去安息？我要到山中的哪个洞穴才能找到你们啊！狂风中，我听不见一点细微的声响，暴雨里，我听不到山上一丝微弱的回音。

　　我悲伤地坐着，眼泪汪汪，等待着黎明。死者的朋友们，你们掘个坟墓吧，但是在我到来之前，你们不要将它关闭。我的生命有如梦幻般已经消逝，我怎能留在世上呢？我愿和我的朋友们一起住在惊涛拍岸的河畔。当夜色笼罩山岗，狂风掠过荒野，我的灵魂会在风中游荡，哀悼我死去的朋友。猎人在他的小屋里听到我的哭泣，他既悲伤又惊喜；我是在悼念我的两个亲人，我的声音能不动听吗？

　　啊，温柔艳丽的米诺娜，托尔曼的女儿，这是你在歌唱。我们为可尔玛流泪，我们的心为她悲伤。

　　乌林弹着竖琴走来了，他为阿尔品伴奏。阿尔品的歌声多么悦耳，利诺有火热的心肠。但是他们都已安息在斗室中，他们的歌声正在塞尔玛消失。有一次乌林打猎归来，那时英雄们尚未战死，他听见他们在山岗上竞相歌唱，歌声温和委婉，但却令人悲伤。他们哀悼莫拉尔的阵亡，他是英豪中的第一人。莫拉尔的灵魂如同芬戈的灵魂，莫拉尔的宝剑如同奥斯卡的宝剑。但是他倒下了，他的父亲悲痛欲绝，他的妹妹泪流满面，英雄莫拉尔的妹妹米诺娜泪流满面。在乌林唱歌之前，米诺娜退下了，如同西边的月亮，预见暴风雨即将来临，便将美丽的脸庞往云层里躲避。我和乌林一起弹奏竖琴，一曲悲歌响遍四方。

利诺

风雨已过，天高云淡，中午时分，天空晴朗。反复无常的太阳又照耀在山岗上。山谷中的溪流被映红了，流水淙淙，多么动听！但是我听到了一个更加动人的声音，那是阿尔品的声音，他为死者悲歌一曲。他衰老的头颅低垂，他的双眼哭得红肿。阿尔品，杰出的歌手，你为什么独自站在这寂寞的山岗上？你为什么如泣如诉，你穿过树林的风声，像拍打远岸的涛声？

阿尔品

利诺啊，我为死者痛苦流泪，我为墓中住客悲痛歌唱。你在山上是多么威武，你是荒野男儿中的佼佼者。但是你也会像莫拉尔那样战死，哀悼者也会坐在你的坟头上痛哭。这些山岳将把你遗忘，你的弓将放在大厅，从此不再拉开弦。

莫拉尔啊，你像山岗上的野鹿一样奔驰，你像夜空中火红的流星那样可怕。你的愤怒仿佛狂风呼啸，你的宝剑在战斗中如同掠过荒野上空的闪电，你的声音仿若雨后的浪涛，好像远山中的惊雷。多少人在你手中倒下，你愤怒的烈火吞噬了他们。但是，当你从战场上归来时，你显得那样平和，那样宁静！你的容貌像雨后的太阳，又像静夜的月亮，你的胸膛是那样平静，如同风平浪静的湖面。

如今，你的居室狭隘，阴暗，你的坟墓不过三步长。啊，你曾经是多么伟大！如今，你唯一的纪念物就是四块长满青苔的墓石，还有一株光秃秃的树木。四周深深的野草在风中低语，告知猎人，这儿就是伟人莫拉尔的坟墓。你已没有母亲为你哭泣，也没有少女为你洒一滴爱情泪。生育你的母亲，莫格兰的女儿，早已离开人世。

那位拄着拐棍走来的是谁呢？他已老迈，头发花白，眼睛哭得红肿，他是谁呢？啊，莫拉尔，他是你的父亲，他只有你这个儿子！他听到你在战场上高声呐喊，他听到敌人被打得狼狈逃窜，他听到莫拉尔的威名！唉，为什么他全然不知你身负重伤？哭吧，莫拉尔的父亲！哭吧！但是你的儿子已听不见你的哭声。死者已长眠，枕头上尽是尘埃。他永远听不到你的声音，你的呼喊永远唤不醒他。啊，坟墓中何时才会出现黎明，让酣睡者苏醒？

安息吧，人间最高贵者，你是战场上的征服者！但是，从此战斗中永远见不到你的身影！你宝剑的光辉再也不会在幽暗的林间闪闪发亮。你没有后嗣，但歌声会使你扬名天下，后人会听到你，听到阵亡勇士莫拉尔的英名。

英雄们悲哀痛哭，最伤心的还是莫拉尔的父亲阿明。他想起死去的儿子，风华正茂却英年早逝。颇有声望的加马尔君王卡木尔坐在老英雄身旁，问道："阿明，你为什么哭泣？是什么事情让你如此悲伤？这阵阵乐声和歌声，不是让人清心悦耳吗？它好像从湖面上升腾的薄雾，飘拂到幽静的峡谷，滋润着盛开的花朵。可是太阳出来了，阳光灿烂，这薄雾也就消失了。阿明，你这戈尔玛岛的首领，你为什么如此悲伤？"

"悲哀痛哭！不错，我的悲痛多么深重。卡木尔，你没有失去儿子，也没有失去美貌的女儿；勇士科尔加还活在世上，美女安妮拉还陪伴着你。啊，卡木尔，你的家族枝叶茂盛；但是，我的家族只剩下我阿明一人。啊，陶拉！你的卧榻如此昏暗，你在墓中睡得如此深沉。你什么时候才会醒来，唱着你的歌，展露你那甜美的歌喉？秋风，吹吧！吹遍这黑暗的荒原！林涛，呼啸吧！狂风，在橡树林中怒吼吧！月亮，你若隐若现，请你从破碎的云层里走出来，露出你那苍白的脸！我回想起我儿女遇难的那个恐怖的夜晚，当时，强壮的阿林达尔和可爱的陶拉都丧生了。

陶拉，我的女儿，你多么美丽！你像富拉山上空的明月那样美丽，你像飘洒下来的雪花那样洁白，你像清新的空气那样甜蜜！阿林达尔，你的弓箭强劲，你的长矛快速，你的浓眉像浪涛上的薄雾，你的盾牌像暴风雨中的彩云！

战争中名声显赫的阿默尔，前来向陶拉求婚，她没有长久拒绝。朋友们都期待着佳期的到来。

奥德戈的儿子埃拉特满腔怒火，因为他的弟弟死在阿默尔的剑下。他装扮成一名船夫，驾着一叶轻舟乘风破浪而来。他的头发花白，神态庄重。"美丽的姑娘，"他说，"阿明可爱的女儿，在离岸不远的海上，有一座岩石岛那里长着一棵果树，鲜红的水果闪闪发光。阿默尔在那里等待他的陶拉，他让我来带他的爱人渡过波涛滚滚的大海。"

陶拉跟着埃拉特上了船，她呼喊着阿默尔，但是除了岩石的回音，却没有一个人答应。"阿默尔！我的爱人，我的爱人！你为什么要这样吓唬我？你听听吧，阿特纳的儿子！你听听吧，我是陶拉，是我在呼唤你呀！"

埃拉特这个骗子，奸笑着往陆地逃去。陶拉提高嗓门，呼唤她的父亲和哥哥的名字："阿林达尔！阿明！你们谁也不来救救陶拉吗？"

她的喊声从海上传来。我的儿子阿林达尔急速跃下山岗，勇猛地去追捕凶手。他腰间挂着箭，手里握着弓，五条黑灰色猎犬紧跟左右。他在岸边看到凶残的埃拉特，迅猛将他拿下，把他缚在橡树上，用绳子紧紧地捆住他的腰身，他的呻吟声在海风中飘荡。

阿林达尔驾船出海，要救陶拉上岸。这时，阿默尔怒气冲冲地赶来了，他射出灰翎利箭。只听嗖的一声，箭射进了你的心田，啊，阿林达尔，我的儿子！你代替凶手埃拉特丧命了。船到了岩石岛，阿林达尔已倒下了。啊，陶拉，你的脚边流淌着你哥哥的鲜血，你真是悲痛欲绝！

浪涛击碎了小船。阿默尔跳入大海，去救他的陶拉或者去死。霎时，从山上刮来一阵狂风，掀起了排排巨浪，阿默尔沉入海底，不再浮现。

我独自站在波浪冲击的悬崖上，听到女儿的哀号。她大声呼喊，但是她的父亲无法救她。我彻夜不眠站在岸边，看见她在惨淡的月光里，听见她整夜在呼喊。狂风呼啸，暴雨猛烈地冲刷着山岩。黎明还没有到来，她的喊声已经微弱。她消逝了，就像晚风在草丛中消散。她极其悲痛地死了，留下阿明孤单一人！我的力量已在战争中耗尽，我的骄傲已在姑娘中消失。

当高山上风雨大作，北边海面上波涛汹涌，我坐在喧腾的岸边，遥望那令人恐惧的巨岩。在西沉的月色中，我常常看见我儿女的幽灵，若隐若现，悲伤凄切，和睦同行……

绿蒂泪如泉涌，缓解了她压抑的心情，维特中止了朗读。他抛下诗稿，紧握她的手，悲切痛哭。绿蒂靠在他另一只手上，用手帕捂住自己的眼睛。两个人的心灵都受到强烈的震撼。他们从这些高贵人物的命运中，感悟到自己的不幸，他们有相同的感情，他们的泪水往一处流。维特的嘴唇和眼睛在绿蒂的手臂上强烈地燃烧着。她全身颤抖起来，心里想要离开，但是悲痛和同情像铅块一样压得她动弹不得。她深深地吸了一口气，恢复一下神志，抽泣着以天使般的声音求他继续读下去！维特浑身发抖，心快要碎了，他拾起诗稿，断断续续地读道：

> 春风啊，你为什么将我唤醒？你爱抚地低语："我要以天上的甘霖滋润你！"但是我衰萎的日子已经渐近，暴风雨即将来临，我的枝叶就要凋零！明天有位游客光临，他曾经领略过我的美丽，他的眼睛会在原野上寻寻觅觅，却找不到我的踪影……

罪犯的自白

[席] 席 勒

─────────

导 读

这是罪犯对辩护人和在法庭上的自白，作者通过一个罪犯的视角，描述了犯罪对社会和个人造成的危害和影响，以及罪犯在狱中的反思和自我救赎。

罪犯的自白

　　"我入狱时，是个迷路人，"沃尔夫说，"出狱时成了无赖。在这个世界上我还有一些珍贵的东西，耻辱扭曲了我的自尊心。我被关进监狱时，我和 23 个犯人关在一起，其中两个是杀人犯，其余都是臭名昭著的窃贼和流氓。我说起上帝时，他们就讥讽我，还逼我无耻地诽谤救世主。他们还在我面前唱淫荡的歌曲，我虽然轻浮，但讨厌和害怕听这些歌。我看到他们的所作所为，心里更为反感。他们每天都在做无耻的事情，筹划罪恶的阴谋。开头我尽量躲避这伙人，不听他们的谈话。但是我也需要一个做伴的，冷酷的看守连我的狗也抢走了。劳动艰苦，备受折磨，我的身体每况愈下。我需要帮助，干脆地说，需要同情。为了得到帮助和同情，我出卖了残余的良心。终于，我跟他们同流合污了，最后三个月我甚至超过了我的师傅。

　　"从此，我热爱自由，又渴望报仇。所有的人都伤害了我，因为他们都比我愉快和幸福。我认为我应有的权利被剥夺了，成了法律的牺牲品。当太阳在监狱的山后冉冉上升时，我就咬牙切齿地摩擦镣铐；远处的景色使一个囚犯更加痛苦。风呼啸着自由地吹过监狱的通气孔，燕子停在牢房的铁窗上，清风和飞燕似乎拿它们的自由来嘲弄我，使我感到坐牢实在恐怖。当时我发誓无情而残酷地仇恨全人类，我发誓遵守诺言。

"我恢复自由后，首先想到回家乡。在那里，将来的生活渺茫无望，但是可以满足我报仇的欲望。当教堂的钟楼出现在远处的树林里时，我的心开始剧烈地跳动。我的心情不像第一次回乡时那样的愉快。想起在那儿遭受的灾难和迫害，我突然从噩梦中惊醒，所有的伤口在出血，所有的伤疤在开裂。我加快步伐，因为我一想到我的突然出现会令仇人大吃一惊，我就会十分兴奋。从前我担心自己会堕落，现在我渴望自己堕落下去。

"当我来到市场中心，晚祷的钟声响了。人们成群结队地走向教堂。他们很快认出我来，凡是遇见我的人，都胆怯地躲开了。我一贯喜欢小孩子，当一个男孩蹦蹦跳跳地从我身旁经过时，我不禁给他一枚硬币。男孩凝视了我一阵，然后把硬币扔到我的脸上。我的情绪还比较平静。我想起，我还留着在狱中长出来的胡子，这胡子使我的脸变得丑陋难看，但是我凶恶的心传染了我的理智。眼泪从我的双颊流淌下来，我从来没有这样痛哭过。

"我轻声地自言自语：男孩不知道，我是谁和从哪儿来的，但他躲开我，好像我是下贱的畜生。难道在我的额头上作了记号？难道因为我不再爱任何人，看上去就不像人了么？这个男孩的蔑视给我带来的痛苦远超过三年的苦役，因为我对他好心好意，而且和他没有私仇。

"我坐在教堂对面的木工场上；我不知道自己想做什么；但是我看到，从我身旁走过去的所有熟人中，没有一个人跟我打招呼，于是我恼怒地站起来。我不情愿地离开那个地方，去找小客栈。我拐入一条小巷，差点撞到我的约汉娜身上。'太阳旅店的老板！'她大声地尖叫起来，并做出要拥抱我的样子。'你回来了，亲爱的老板！谢天谢地，你回来了！'从她的衣着上看出她饥饿和困苦，从她的脸上看出她得了可耻的病；她的外表说明她已堕落成一个卑鄙的女人。我很快猜到，这里发生了什么。刚才我遇到几个穿戴华丽的龙骑兵，就知道镇上驻了军队。'军妓！'我喊道，并笑着把背转向她。我感到很高兴，在活着的人当中，还有一个人比我卑贱。我从来没有爱过她。

"我的母亲已经去世。债主把我的小屋拿去抵债。我没有亲人，我一无所有。大家回避我，好像我是毒药，但我终于不知羞耻了。以前我躲避人们的目光，因为我忍受不了他们的蔑视。现在我逼近他们，把他们吓跑反而使我感到轻松愉快。现在我感到舒畅，因为我不会再失去任何东西，也没有什么东西需要保护。现在我不需要优秀的品质，因为人们认为我身上没有优秀的品质。

"整个世界向我敞开，在外省我也许被认为是个诚实的人，但是我没有勇气去做诚实的人。绝望和耻辱最终使我具有这样的思想。我最后的唯一出路，就是学会不要名誉，因为我没有权利维护自己的名誉。如果我受到侮辱时还有骄傲，还有虚荣心，那么我应该去自杀。

"我自己还不清楚今后要干什么。我隐约地记得，我想干坏事。我想跟我的命运算账。我觉得，法律袒护某些人；因此，我决定去犯法；从前我出于无奈和轻率而犯法，现在我自愿去犯法，并把犯法看作是消遣。

"首先，我继续打猎。打猎逐渐成了我的爱好，此外也可维持我的生活。但这不是唯一的原因：我嘲弄侯爵的告示，大力破坏君主的利益，这使我暗暗高兴。我不再担心会被捉住，因为我现在为揭发者准备了一颗子弹，我知道，我会打中那个人。我遇到野兽，就全部打死它们，只拿小部分到边界去卖，让大部分腐烂。我过着贫穷的生活，以便购买子弹和火药。我大量捕杀野兽的丑闻流传出去，但没有人怀疑我。我的外貌消除了嫌疑。我的姓名已被遗忘。

"我这样过了几个月。有一天早上，我按习惯穿过树林，去跟踪一头鹿。我找了两个小时，白费气力，累得筋疲力尽，以为猎物跑掉了，突然发现它在射程之内。我在瞄准，正想射击，突然我大吃一惊，看见离我几步远的地方有一顶帽子。我认真地观察周围，发现猎人罗伯特站在粗大的橡树后面，正在瞄准我要射击的那头鹿。我看到他，一股寒气直透全身。在所有的生物中，我最痛恨的正是这个人，现在他在我的射程之内。这时我觉得，世界上最重要的事莫过于我这一枪，我一生的仇恨都集中在勾扳机杀人的手指尖上。好像有一只无形的可怕的手伸到我的头上，我命运的时针不可阻挡地指向黑色的时刻。当我向罗伯特瞄准时，我的胳膊在发抖，牙齿就像害了寒热病似的在打战，气也透不过来。我的枪犹豫不决地时而对准罗伯特，时而对准那头鹿，这样持续了一分钟——一分钟——又是一分钟——又是一分钟。仇恨和良心顽强而坚定地搏斗着，但是仇恨得胜了，猎人倒在地上，死了。

"枪声一响，我的枪掉下去了……'杀人犯'……我结结巴巴地说。树林像墓地一样寂静，我清楚地听见自己说'杀人犯'。当我走近时，那个人已经断气了。我默默地在死者面前站了很久，终于大笑起来。'现在你总该闭嘴了吧，好朋友！'我说完就大胆地走过去，同时把死者的脸转过来。他的眼睛睁得很大。我变得严肃起来，突然又沉默了。我心里产生了一种奇异的感觉。

"我一直想报仇；现在杀了人，却没有受到处罚。一个钟头前我认为，没有人能使我相信，天下有比我更坏的人。现在我开始觉得，一个钟头前我还是值得羡慕的。

"我没有想到上帝的判决，但我不知什么原因，却迷惘地想起绞刑架和刀剑，想起我读小学时看到的一个杀害小孩的女人被处决的情形。从现在起我的一生完了，这种想法使我惊恐万状。我不再想别的，只希望他还活着。我强迫自己回想死者生前对我做的一切坏事，但是真奇怪，我的记忆力好像完全失掉一样！我无法想起一刻钟前使我发狂的事情。我根本不理解，我怎么会去杀人。

"我还站在死者面前，一直站着。策马扬鞭的噼啪声和货车通过树林的嘎嘎声，使我清醒过来。杀人的地方离公路不到四分之一公里路。我必须考虑我的安全。

"我只好逃到树林深处。半路上我想起，死者还有一个怀表。我需要钱，才能到达边界，但是我缺乏勇气回到死者身旁。这时我想到魔鬼，想到上帝的存在，不禁大吃一惊。最后我大胆地决定向地狱挑战，于是又回到那个地方。我找到了怀表，在一个绿色的钱包里还找到一块多钱。我正想把表和钱放在身上，但是突然停止下来，并且在思虑。我丝毫不感到羞耻，也不担心抢劫会加重我的罪行。我扔掉了怀表，钱只要一半，我相信，这是由于骄傲的心理。我要别人认为我是死者的仇人，而不是强盗。

"现在我又逃进树林里去。我知道，树林往北延伸四公里，就到了省界。直到中午我都是气喘吁吁地跑着。拼命地逃跑使我减少了心里的恐惧；但是当我力气不支时，这种恐惧又冒上来了。成千个丑陋的东西从我身旁掠过，就像尖利的刀子刺我的胸部。现在我只有两种选择，或者惶惶不可终日地活下去，或者残忍地自杀，我必须做出选择。我无心自杀，但是又害怕活在世上。活着要受罪，去死太恐怖，我陷入困境，无法选择是生还是死。就这样我跑了6个钟头，我时刻充满着痛苦，任何活着的人都无法形容这种痛苦。

"我沉浸在苦思冥想之中，慢慢地不知不觉地踏上一条狭窄的小路。我无意中把帽子压低到脸上，好像生怕无生命的大自然的眼睛会认出我似的。小路通过浓密昏暗的树林。突然在我前面发出粗暴的命令声：'站住！'这声音很近，由于我心不在焉，而且帽子压得很低，所以没有向四面张望。我抬起眼睛，看见一个野蛮的汉子拿着一根多节的木棒向我走来。他身材高大——我受到震惊，至少觉得他是高大的——，他的皮肤是深褐色的，白色的斜眼令人毛骨悚然。他用粗绳代替皮带围在绿色呢外套上，而且围了两道，里面插着一把宽的屠刀和一支手枪。他又喊了一声，并且用手有力的抓住我。他的声音吓了我一跳，但是看到蛮汉的面目后就放心了。在我现在的处境中，我确实害怕任何诚实的人，但是没必要在强盗面前颤抖。

'你是谁？'那个人问。

'和你是同行，'我答道，'如果你真的像是看上去的那种人！'

'这条路走不出去。你在这里找什么？'

'你问我干什么？'我执拗地说。

"那个人从脚到头打量了我两次。他好像把我的身材和他的身材以及把我的回话和我的身材进行比较。——'你说话粗暴就像乞丐一样，'他终于说。

'这可能。我昨天还是乞丐呢。'

"那个人笑了。'我可以发誓，'他说，'你现在也不比乞丐好多少。'

"'那么我比乞丐还要糟糕，'我说，并且想走。

"'慢着，朋友！你忙什么？你要赶时间？'

"我思考了片刻。我慢慢地说：'生命是短暂的，地狱是永存的。'

我不知道自己怎么说出这样的话来。

"他呆呆地看着我。'我敢赌咒，'他终于说，'你差点上了绞刑架。'

"'以后还有这种可能呢。再见吧，朋友！'

"'好吧，朋友！'他喊道，并从猎袋里取出一个锡制的瓶子，自己喝了一大口，然后把瓶子递给我。

"逃跑和惊恐耗尽了我的精力。在这令人恐怖的一天中，我还没有吃过东西。我担心在这片树林里要挨饿，因为方围三公里内我不可能找到食物。你想想，他请我喝酒，我是多么高兴。喝了一口酒，我浑身增添了新的力量，我的心增添了新的勇气、希望和对生命的热爱。我开始相信，我也许还没有到走投无路的时候；这口好酒威力不小。是的，我承认，我的处境几乎又好转起来了，我的希望经过成千次破灭之后，最终找到了一个与我相同的人。在我走投无路时，我也许会与地狱里的魔鬼为了友情而干杯，以便和他做朋友。

"那个人躺在草地上，我也躺下去。

"'我喝了你的酒感到很舒服！'我说，'我们应该好好认识一下。'

"他打火点烟。

"'你干这一行很久了吗？'我问。

"他盯着我。'你这样问想干什么？'

"'这把刀上常带血吗？'我从他的腰带上拔出刀来。

"'你是谁？'他吃惊地问，并放下烟斗。

"'和你一样是个杀人犯，不过我是新手。'

"他生硬地看着我，又拿起烟斗。

"'你的家不在这儿吧？'他终于问。

"'我的家离这儿有3公里路。我是L市太阳旅店的老板……你听

过我的事吧。'

"他像着魔似的跳起来。'你是偷猎的沃尔夫？'他匆忙地喊道。

"'是的。'

"'欢迎，朋友！欢迎！'他喊道，并用力地握着我的手。'太阳旅店的老板，我终于找到你了，太好了！我一直在找你。我熟悉你的情况。我什么都知道。我早就期待着你呢。'

"'期待着我？为什么？'

"'这个地区的人都知道你。沃尔夫，你有仇人，一个公务员在压迫你！他们把你打翻在地，肆无忌惮地迫害你。'

"他发怒了。他说：'侯爵在我们田地里饲养畜生，你打死了几头畜生，他们让你长年坐监牢，并且抢了你的房子和旅店，迫使你当乞丐。兄弟，难道人还比不上一只兔子？难道我们还不如田地里的畜生？像你这样的人难道能容忍这种状况？'

"'我能改变这种状况吗？'

"'这要等着瞧。请告诉我，你是从哪里来的，心里想干什么？'

"我把我的全部情况告诉了他。他不等我说完，就高兴而性急地跳起来，拉着我走。'来吧，太阳旅店的老板兄弟，'他说，'现在你成熟了，现在我用得着你。我会因你而获得光荣的。你跟我来吧！'

"'你要带我去哪里？'

"'别问，跟着走！'他用力拉我走。

"我们走了四分之一公里路。树林愈来愈荒芜，道路愈来愈难走，愈陡峭。我们俩都默默无言。我沉浸在深思中，直到我的领路人一声口哨才把我惊醒过来。我举目一看，我们站在悬崖之边，下面是深谷。这时从悬崖的深处传来回答的哨声，然后有一架梯子好像是自动地缓慢地从深谷里升上来。我的领路人先爬下去，他让我在上面等他回来。'我要先把狗拴在链条上，'他补充说，'你在这儿是陌生人，狗会把你撕裂。'他说完就走了。

"现在我独自站在深谷上面。我知道得很清楚，这儿只有我一个人。我不是没有注意到，我的领路人是多么粗心。我要是果断地把梯子拉上来，这样我就自由了，就可以逃跑了。我承认，我悟到了这一点。这时我俯视着准备接纳我的深谷，它使我隐隐约约地想起地狱的深渊，谁也无法从中得到解脱。我想到从现在起要走的路，不禁浑身颤抖起来；只要赶快逃跑才能救我。我决定逃跑，我已经把手伸向梯子，但是突然间我耳边响起雷鸣般的声音，仿佛是地狱里的魔鬼在嘲笑我：'杀人犯还怕什么？'我无力地垂下手来。我已经没有希望了，后悔也太晚了，我犯的杀人罪像一座大山屹立在我的后面，它永远地挡住了我的后路。这时我的领路人来了，他叫我下去。现在我已没有什么选择了，于是我就爬下去。

"我们在岩壁上爬下几步，看到一个扩展的地方和几间茅舍。茅舍中间有一块圆草地，那儿有18到20个人围着一堆柴火。'战友们！'我的领路人说，并把我到圈子的中间。'这就是太阳旅店的老板！你们欢迎他吧！'

"'太阳旅店的老板！'大家马上喊道，男男女女都跳起来，并挤到我的身旁。坦率地说，他们的快乐不是装出来的，而是发自内心的，每一张脸都流露出信任，甚至尊重的神情。有的和我握手，有的亲切地拉拉我的衣服，好像跟一个尊敬的老朋友重逢一样。刚才，我的到来中断了他们刚开始的盛餐，现在他们又接着吃。并请我喝酒，对我表达欢迎。他们吃的是各种野味，酒瓶不停地从这个人手里传到那个人手里。

这些人看来团结一致，生活愉快。他们都争着向我表示欢迎。

"他们请我坐在长餐桌旁两个女人之间的首席上。我以为这儿的女人很丑陋。当我在这帮卑贱的强盗中，看到这两个十分美丽的女人时，我感到非常惊讶。年纪稍大和比较漂亮的那个叫玛加蕾特，她要别人叫她'姑娘'，可能不到 25 岁。她说话大胆，行为放肆。年轻那个叫玛莉，已婚，因受丈夫虐待而逃跑出来。她比较娇小瘦弱，面色苍白，不如热情奔放的玛加蕾特那样引人注目。两个女儿竭力要得到我的好感。漂亮的玛加蕾特用粗俗的玩笑帮我摆脱窘境，但我讨厌她，我的心却迷上了羞怯的玛莉。

"'太阳旅店的兄弟，'领我来的那个人说，'你看，我们是怎样生活的，每天和今天一样。战友们，是吗？'

"'每天和今天一样！'大家重复一遍。

"'如果你决定过我们这种生活，就来当我们的头吧。直到现在我是头，但是我想退位给你。战友们，你们同意吗？'

"'同意！'大家快活地回答。

"我感到头昏脑涨。美酒和欲望使我的热血在沸腾。世人像扔垃圾一样抛弃了我。在这里我受到兄弟般的欢迎，还能过上愉快的生活，并且受人尊重。我不管作什么选择，都难逃一死。但是在这里我的生命至少可以换取较高的代价。我的欲望在膨胀，至今别的女人都鄙视我，在这里我可以得到美人的宠爱，享受无比的快乐。我的决定不会对我有什么损害。'战友们，我留在你们这里吧，'我坚定而大声地喊道，并且走到这帮人中去。'如果你们把我身旁的这位美人让给我，我就留在你们这里！'我再次大声喊道。他们取得一致意见，同意我的要求。这样我就成了公开承认的一个娼妓的主人和这帮强盗的头子。"

相由心生

[德] 叔本华

导 读

该经典主要探讨了人类心灵与身体的关系，强调了心灵的重要性，认为人应该通过自我修养、自我控制来保持心灵的平衡与健康，这样才能真正实现人类的幸福和自由。

相由心生

人的外表形象地反映了其内心，人的容貌表现和揭示了他的整个性格特征。为了证实这一看法是先验的，可靠的，可以看看下面的事实：对于那些出了名的大善大恶之人或者事业非凡之人，人们总是怀着浓厚的兴趣要亲眼目睹其人；或者，如果没有机会见到此人，至少也要从别人那里打听，他的外貌怎样。因此，一方面人们一打探到这类人物在哪里，就蜂拥而至，一睹其真容；另一方面报纸，尤其是英国的报纸，更是极力详尽地描述那些名人，接着那些画家和雕刻家也把他们的想象栩栩如生地展现出来，最后摄影术最完美地满足了人们的需要。同样，在日常生活中，对遇到的人，也会观察其面相，试图以外貌特征，判断他们的道德和才智。如果像某些愚蠢的人所臆测的那样，灵魂和肉体是全然不同的两回事，两者的关系就像一个人与他穿着的衣服的关系一样，那么，照他们的说法，外貌于观相是毫无意义的。

更确切地说，人的相貌有如象形文字，的确是可以破译读懂的，而且，这些象形文字的字母表已印在脑海里。通常，人的相貌甚至比嘴巴还能说出更多、更有趣的事情，因为，一个人的相貌概括了嘴巴要说的话，并透露出这个人的思想和行为。而且，一个人的嘴巴仅能说出他的思想，但相貌却能表现出自然的思想。所以，虽然不是每个人都值得我们与之交谈，但是都值得我们认真去观察。如果个体作为自然的单个思想，而值得观察的话，那么，美则是最高的等级，因为美是一个更高级的、更普遍的自然概念，是一种自然的思想。所以，美能强烈地吸引住我们的目光。美是自然的基本思想，主要思想，而个体只是次要思想，只是附属而已。

每个人都默认这一原则：人可貌相，貌如其人。这个原则是对的，但是困难在于应用。相人的能力部分来自天赋，部分来自经验。但是，就经验而言，那是学无止境的，甚至观相高人也有看走眼的时候。但是，不管搬弄是非者怎么说，一个人的相貌是不会骗人的，而是我们以为看到了一些在相貌中原本不存在的东西，错在观相者本人。

当然，解读相貌是一门高超而艰难的艺术。观相术原理绝不可能在抽象中学习得到的，要准确观相，首要的条件就是，要用纯粹客观的眼光去看一个人的面相，这是很不容易的事情。也就是说，只要掺杂一点点厌恶、偏爱、恐惧、期待的情绪，或者我们给观相对象造成某种印象，简单地说，就是混杂进轻微的主观色彩，都会使脸上的象形文字变得混乱，变得真假难分。一个人听不懂一种语言，才会听清这种语言的发音，因为只要注意语言的含义，就不会留意符号的本身。同样，你如果要观察一个人的相貌，那他必须是陌生的人，也就是说，与他很少见面，或者，甚至与他有过交谈也习惯了其容貌的人，这样才会看清他的面相。严格地说，只有在第一眼看到观相对象时，才会留下其容貌的纯粹客观之印象，由此才可能解读出他的性格特征。正如气味只有在刚闻到时才会刺激到我们，葡萄酒也只有在喝了一杯之后才能真正品尝出它的味道，同样，只有初次相见，相貌才能给人留下深刻的印象。所以，对第一印象要特别重视，应该记住它。如果看相者对自己的观相术很有信心，而且又觉得被观察的对象对我们很重要，那么我们就要把这种印象写下来。随后的相识和来往，会使第一印象变得模糊不清，但以后的结果，会证实第一印象是否正确。

在这同时，我们也不想隐瞒这一事实：第一印象通常是令人不愉快的。大部分人的相貌是平庸的！只有极少数人的相貌看上去是清秀的、善良的、聪明的。我相信，凡是感觉敏锐的人，每当他看到一张新的面孔时，都会产生一种近乎惊愕的感觉，因为看到他这张面孔透露出一种新的、令人吃惊的混杂的表情，让人感到很不愉快。说实在的，很多人的表情都是忧郁的。甚至还有一些人，脸上流露出一种幼稚的、低级庸俗的、卑劣的意识，其智力近于动物一般。我们感到惊讶的是，他们都长成这副模样了，怎么还想外出？怎么不戴上一副面具呢？是的，有些面孔只要看上一眼，就会觉得受到了污染。所以，那些享有优越条件的人，如果他们要过退隐的生活，以免见到陌生面孔后产生的痛苦感觉，对此，我们也不要责怪他们。

形而上学对这种情况的解释是这样的：每个人的个性是在他的生存期间得到不断修正和重塑的。但是，如果我们满足于心理学上的解释，那么我们就得躬身自问：在漫长的一生中，那些人心中充满着渺小、低级、狭窄的思想，并满怀平庸、利己、嫉妒、卑鄙和阴险的欲望，又没有什么高尚的追求，我们还能期待他们有什么样的相貌呢？一个人的心中充满着这些思想和欲望，在他生存的岁月里，都会在他的容貌上留下痕迹。所有这些痕迹，由于不断地反复出现，随着时光的流逝，就会在脸上刻下明显的纹路。所以，大多数人第一次相见，会顿生惊讶之感，但相处日久，渐渐熟悉了对方的面孔，也就是说，初次见面时留下的印象逐渐淡漠，以至于忘记。

聪明智慧的面部表情是漫长岁月沉淀的结果，是面部经过无数次短暂的、独特的张弛而逐渐形成的，有的甚至要到了老年时才能达到那种高贵的表情，而这些人年轻时的肖像也只是稍微表露出一丝高贵的迹象。我刚才说到，初次见面会产生惊愕的感觉，这与上述的观点互相吻合，即，只有第一眼见到对方的面孔时才能留下真实的、完整的印象。所以，为了获得纯粹客观的、逼真的印象，就不能与被观察者产生任何的关联，可能的话，尽量不与对方交谈。因为每次交谈都会在一定程度上使双方产生亲切感，一旦有了融洽的气氛，就会带来主观的色彩，从而影响客观的观察。再者，一般人都想尽力赢得别人的尊重和好感，所以，一旦发现被人观察，就会马上施展各种娴熟的伪装术，做出各种表情来恭维我们，收买人心，这样我们第一眼看到的印象就会逐渐淡忘。因此，有种说法"愈熟悉，就愈能赢得我们好感"，应该改为"愈熟悉，就愈容易被骗。"但是，到了后来这种人的恶劣行径暴露无遗，我们第一眼的判断得到了证实，他们只落得受人讥讽。反之，如果"愈熟悉"立即产生敌意，那么我们同样没发现，由于"愈熟悉"就能"赢得我们好感"。所谓"愈熟悉，就愈能赢得我们好感"的另一个原因：初次相见时，会引起我们的警惕，只要我们一和他交谈，他的性格、教养、甚至本性，以至凡人均有的东西都会透露出来。他所说的话中四分之三不属于他自己的，而是外来的。所以，我们听到米诺多①这种怪物说人话时就会十分惊奇。但是，如果我们对熟悉的人再作深入的了解，那么他脸上的"兽性"就会更加明显地表现出来。因此，谁要是对看相具有敏锐的目光，他的判断就必须在相识之前，初识的判断是真实可信的，因为一个人的容貌会透露出他的本质，如果其容貌欺骗了我们，那不是容貌的错，而是看相人的错。另一方面，一个人的言语，只是说出了他

---

① 米诺多：希腊神话中人身牛首的怪物。——译者注

所想的东西，常常说的只是他学来的东西，或者，甚至只是他假装思考的东西。此外，我们与他谈话时，或者，听他与别人谈话时，我们没有注意到他真实的相貌，忽视了本质的东西，只注意他说话时的表情和动作，这些都是他有意而为之，向人展现出良好的一面。

有个青年经介绍来到苏格拉底面前，请苏格拉底测试一下他的能力。苏格拉底说："你说吧，我要看看你。"他说"看"，而不说"听"，是很有道理的。因为一个人只有说话时，他脸上的表情，尤其是眼睛才会变得生动起来，而精神素养和能力都会在容貌上显露出来。我们可以据此暂时评价此人的智力和能力，这正是苏格拉底的目的。但是，有两点要引起注意：第一，苏格拉底这个办法不适用于道德品质，因为道德品质潜藏于心灵深处；第二，人在说话时，脸上就会显露出表情，轻微地吸引着我们，与我们产生了个人的关系，从而带来了主观的看法，无法采取不偏不倚的态度，正如前面所说的那样。从这个观点来看，这样说也许更准确些："不要说话，我要看看你。"

为了纯正而深刻地看清一个人真实的面相，必须在他独处时，放松时加以观察。一个人只要与别人交谈和参加社交，他的脸上就有所反映，动作就会活跃起来，并因此提高了他的情绪。反之，当他独自一人，自由自在时，就会沉浸在自己的思想和感情中，只有这时他才会现出真正的自我。这时，目光锐利的看相人大概就可以一下子看清此人的整个性格特征。因为他所有思想和行为的基调，他不可改变的意旨以及他独处时所具有的意识，都会在他的脸上留下印记。

观相术是认识人的一种主要工具，从狭义而言，相貌是一个人唯一无法施展骗术的地方，因为面部表情是无法掩饰的。所以，我建议，看相要选择被观察者独处时，沉浸于自我时，尚未与他交谈时，去观察他。其理由在于，只有在这个时候，被观察者的面相才是最纯净的，因为一经交谈，就会掺入感情因素，同时他开始使用其熟悉的骗术。另一个理由是，个人之间的关系，哪怕双方接触极其短暂，也会产生偏见，于是主观色彩就会影响我们的判断。

还有一点我要说明，在观相术中，一个人的智力要比道德性格易于了解。也就是说，人的智力更多地流露在外。智力不仅在人的脸上、表情上可以看出，而且在步履上，甚至在任何细微的动作上都会显露出来。或许从背影就可以分辨出此人是笨人，是傻瓜，还是聪明人。笨人，举手投足，动作笨重；傻瓜，表情痴呆，动作迟钝；聪明人，才华横溢，思维敏捷。法国作家拉布吕耶尔说："我们的举止，不管多么细微，多么简单，多么隐晦，都会显示出我们的本性。一个愚笨的人，无论是进出、坐立，还是沉默、站立，都与聪明人截然不同。"法国哲学家爱尔维修认为，常人具有识别天才和逃避天才的本能。主要原因在于，大脑越大越发达，脊髓和神经与大脑相比越细小智力就越高，四肢就越灵活，因为四肢是直接受大脑支配的。由于所有活动由中枢神经系统操作，所以，在肢体的每个活动中，活动的目的都能准确地表现出来。与此类似的还有，根据动物进化理论，越是高等的动物，就越容易因身上某处受伤而致命。例如，无尾目，它们动作笨重，迟钝，同时愚拙，但都有顽强的生命力，其原因在于，它们的大脑小，而脊髓和神经粗大。总的来说，步行和手臂活动主要受大脑支配，因为四肢是由大脑发出指令，通过脊髓神经传感而活动的，即使是最细微的活动也是如此。这也就是意识活动会使我们疲劳的原因，这种疲劳和疼痛一样，源于大脑，而不在于肢体，所以，疲劳会促使睡眠。而那些不是由大脑引起的活动，比如有机体、心脏等就是持续活动也不会产生疲劳感，因为它们是无意识活动。大脑管控思维，也指挥肢体活动，所以，大脑活动的特性决定个人行为的特性。愚笨的人，他的活动像木偶一样，而聪明的人，他的每个关节都灵活自如。一个人的相貌比姿态和动作更能看出他的才智。看相貌，要从额头的形状及其大小，脸部肌肉的紧张和变化，尤其要从眼睛去辨认。看眼睛，有的人眼如猪眼，小而浑浊，暗淡无光，而天才的眼睛，炯炯有神，闪闪发光。还有一种叫作：聪明人的目光，哪怕是最敏锐的，也还是与天才的目光有区别，前者是为意志服务的，而后者则脱离了意志。

所以，斯克扎菲克在《彼特拉克传》中记载的一则轶事，是完全可信的。事情是这样的，有一次在维斯康丁宫廷里，诗人彼特拉克和一些贵族在一起。G.维斯康丁问他的儿子，这里谁最聪明。他的儿子当时还是少年，后来成了米兰第一公爵。男孩环视一下周围，然后握着彼特拉克的手，把他带到父亲的跟前，所有在场的人对此大为惊叹。莫非大自然已在人类的杰出者脸上打上了清晰而高贵的印记，连小孩也能一目了然。所以，我要劝告有洞察力的国人，如果他们想吹嘘某个平庸的人，三十年后便是一个伟大的思想家，那么就不要选择长得像啤酒店老板模样的人，就像黑格尔那样，在他的脸上大自然清晰地写下"平庸"。

但是，人的道德品质与人的智慧是不一样的。要从面相上辨别道德品质难度很大，因为它作为形而上学的东西，要比人的智慧深邃很多。虽然道德品质与身体有点关联，但是不像智慧那样，与身体的某个部分或系统有着直接的联系。此外，每个人都会找机会表现自己的智慧，但却很少暴露自己的道德品质，绝大部分人甚至故意掩饰自己的道德品质，而且经过长时间的实践，这种掩饰的技巧愈发高明。同时，如上所说，卑劣的思想和卑劣的行为会逐渐地在人的脸上，尤其在眼睛里留下痕迹。所以，从观相上判断，我们很容易断定某人绝对不会创作出一部不朽的著作，但是却不敢说此人永远不会犯下重大的罪行。

伦敦大街上的艺人

[德] 海　涅

导　读

该散文通过对伦敦街头艺人的形象和生活状态的描写，
表达了作者对于自由、平等和人性的思考。

伦敦大街上的艺人

在这个国家我的忧郁的心情每日都在增加。有一天傍晚我站在滑铁卢桥上，望着泰晤士河的流水，这时我的悲伤的心情达到从未有过的程度。我觉得，我的灵魂好像倒影在水中，它好像带着伤痕从水中仰望着我……这时我想起了一些十分忧伤的往事……想起了经常被浇醋的玫瑰花，因此它失去了浓郁的芳香，便提早枯萎了……想起了迷路的蝴蝶，一个自然研究者登上了勃朗峰，看见它十分孤独地在冰墙之间飞舞……想起了那只温驯的母猴，它对人很信任，同他们一起玩耍，一起吃饭，但是有一次在吃饭时在碗里放着烤肉，它认出那是它自己的小猴……它急忙地抓起烤肉，急速跑进树林里，不再在它的人类朋友中出现……啊，我感到十分伤心，热泪禁不住夺眶而出……泪珠掉进了泰晤士河，汇流到大海，而大海已经毫无觉察地吞没了许多人的眼泪。

这时一阵奇妙的乐声把我从模糊的梦中唤醒。我环视周围，发现岸边有一群人，他们围成一个圆圈，圆圈里面好像有轻松愉快的演出。我走到近处，看到了一个艺人家庭，这个家庭由以下成员组成：

第一位是个妇女。矮个，粗壮，头小，穿一身黑衣服，肥大的肚子突出来，一面大鼓挂在肚子上，她无情地在鼓上敲打着。

第二位是个侏儒，他穿着刺绣的衣服，像一位法兰西的侯爵，他的大头上扑了粉，但是四肢十分瘦小，他蹦蹦跳跳地敲打着三角铁。

第三位是个姑娘，约莫 15 岁，她穿一件紧身的蓝条子丝绸短上衣和一条宽大的也是蓝条子的裤子。她身材轻盈，妩媚。面孔具有古希腊的美。高贵的直鼻子，迷人的翘嘴唇，柔软的圆下巴，金黄的肤色，黑色而闪亮的头发缠绕在太阳穴上。她身段纤柔，神情严肃，闷闷不乐，她这样站着，看着这个团队的第四位成员，它正在表演特技。

这第四位是一条受过训练的狗，一条充满希望的长卷毛狗。它正在用给它的木制字母拼成威灵顿勋爵的名字，另外还加上一个奉承的修饰语"英雄"，这使得英国观众十分高兴。从这条狗机智的外表可以看出，它不是英国狗，而是和其他 3 个人一样都是从法国来的。对此英国人感到高兴，因为他们伟大的统帅至少得到法国狗的承认，而法国的其他生物却不会这样卑鄙地赞赏他。

事实上，这个团队是由法国人组成的。这个侏儒声称自己是蒂尔吕蒂先生，开始用法语手舞足蹈地夸夸其谈，以至于可怜的英国人比平时更加张大了嘴巴和鼻孔。这个侏儒说了一通废话后，有时像公鸡一样啼叫。这种公鸡喔喔啼鸣以及混杂在他说话中的许多皇帝、国王和诸侯的名字也许是可怜的观众唯一能听懂的东西。他颂扬那些皇帝、国王和诸侯是他的恩人和朋友。他信誓旦旦地说，当他还是八龄童时，就与已进入极乐世界的路易十六陛下进行过一次长谈。后来陛下在重要的时刻也总是征求他的意见。他和许多人一样由于逃跑躲过了革命的风浪。恢复帝制后他才回到可爱的祖国，以便分享伟大民族的荣誉。他说，拿破仑从来没有爱过他，他却受到教皇陛下庇护七世的宠爱。亚历山大皇帝给他糖果，威廉·封·基莉茨公主常常把他抱在怀里。他说，是的，他从童年起就完全和君主生活在一起，现在的君主似乎是跟他一起长大的。他把他们看作自己的亲属，如果他们之中有人逝世，他每次也服丧。他说了这番架子十足的话之后，又像公鸡一般啼叫。

实际上蒂尔吕蒂先生是我所见到的最为奇特的侏儒。他的皱巴巴的老脸与他小孩般的瘦小的身体形成滑稽的对比，而他整个人又这样让人好笑，这与他表演的特技形成对照。他做出一种满不在乎的样子，拿出一把长剑向空中乱舞，同时以他的声誉发誓，没有人能挡开他击剑时的这种第四架势或那种第三架势，相反，他的挡开架势任何人也无法刺穿。他要求观众中的任何一个人，与他较量一下高超的剑术。当这个侏儒开了一通玩笑，发现没有人想与他公开决斗之后，就用古法语时期的优雅姿势对给他鼓掌的观众表示谢意。接着他从容不迫地向非常尊敬的观众预告一个曾经在英国大地上收到赞赏的最优秀的节目。"你们看，这位是，"他戴上肮脏的羔羊皮手套，十分恭维地把属于团队的那位姑娘领到圈子中间，然后大声喊道："这位是洛朗丝小姐，她是那位令人尊敬的、信基督教的夫人的独生女。这位夫人正在那边敲大鼓，她因失去了最亲爱的丈夫——欧洲最伟大的腹语表演者，目前还在服丧。现在洛朗丝小姐跳舞！请大家欣赏洛朗丝小姐的舞蹈！"说完这番话他又像公鸡那样啼鸣。

这姑娘好像对这番话满不在乎，也不在意观众的目光。她郁郁寡欢，陷入沉思，一直到侏儒把一条大地毯铺到她的脚前，又在大鼓的伴奏下开始敲打他的三角铁。这是一种奇妙的音乐，一种笨重阴郁和欢乐兴奋的混合物，我听出一种尽情欢快的、忧伤狂妄的旋律，这种旋律特别简单。但是，当那位年轻的姑娘开始跳舞时，我很快把这音乐忘记了。

舞蹈和舞女几乎强烈地吸引了我的全部注意力。这不是我们在大芭蕾舞剧中还见到的古典舞，如同在古典悲剧中一样。在大芭蕾舞剧中见到的只是矫揉造作的统一和做作。这不是改编成舞蹈的亚历山大体诗，不是慷慨激昂的跳跃，不是对照的赤脚跳，不是高尚的激情，而是用一只脚回旋飞舞，使得观众只看到天空和针织紧身衣，只看到观念和谎言！真的，没有什么比巴黎大歌剧中的芭蕾舞更使我讨厌的了。在大歌剧中完全保留了古典舞蹈的传统，而法国人在其他艺术中，在诗歌、音乐和绘画中已经推翻了古典的体系。但是他们很难在舞蹈艺术中完成类似的革命，除非他们如同在政治革命中那样，在这里再用恐怖行为砍断对旧制度不思改悔的舞蹈者的腿。洛朗丝小姐不是伟大的舞蹈家，她的脚尖不很弯曲，她的腿没有练成各种可能的扭曲，她没有掌握维斯特里传授的舞蹈艺术。但是，她跳舞就像大自然要求人那样跳，她的整个风格和她的舞步是协调的，不单她的脚在跳，而且全身都在跳，她的脸也在跳……有时她变得苍白，几乎像死人般苍白，她的眼睛睁得很大，如同鬼怪一般。欲望和痛苦在她的嘴边颤动，她的黑发成光泽的椭圆形缠绕在两边的太阳穴上，如同两个扑打着的乌鸦翅膀在振动。事实上，这不是古典舞，也不是像欧仁·朗迪尔学校的一个年轻的法国人所说的浪漫主义的舞蹈。这种舞蹈既没有中世纪的东西，也没有威尼斯的东西，也没有死神舞的东西，其中没有月光也没有乱伦……这种舞蹈不追求通过外部动作形式使人觉得有趣，而是外部动作形式似乎是要表达某种特别东西的特殊语言。但是，这种舞蹈表达了什么？我无法理解，虽然肢体语言所表达的感情是那样强烈。我只是有时猜想，肢体语言表达的是一种令人恐惧的痛苦。平时我很容易明白各种现象的标志，但是对这种舞蹈的谜，我无法解开。我在探索这个谜的含义，但总是徒劳。对此也许音乐也有问题，它肯定把我引向错误的途径，狡猾地试图把我弄糊涂，总是打扰我。蒂尔吕蒂先生的三角铁有时幸灾乐祸地咯咯地笑。姑娘的母亲怒气冲冲地敲着大鼓，她的面孔好像一道血红的北极光从黑色便帽的乌云中射出来。

当这个团队离开后，我还在原地停留了很长时间，思考这种舞蹈要表达什么。它是法国南部的舞蹈还是西班牙的民族舞？使我想到这一点大概是那位姑娘来回摆动身体的狂热，和她有时以女神巴克斯的女信徒的放肆而大胆的方式向后仰头的粗野。我们惊讶地在古典花瓶的浮雕上见过这些女信徒。那姑娘的舞蹈有点醉态的随意，有点忧郁的必然，有点宿命的东西，然后她跳舞就像命中决定的那样。或者是一种古老的、失踪的哑剧的残篇吧？或者是编成舞蹈的个人故事吧？姑娘有时对着大地弯腰俯着，好像在倾听似乎从地里传来对她说话的声音……然后她颤抖得像杨树叶子，快速朝另一侧弯身，在那里爆发出最疯狂的、最放纵的跳跃，然后又面对大地俯身侧耳，比刚才更加恐惧地倾听，点头，脸变红，又苍白，全身颤抖，就像发呆一样，笔直地站了一会儿，最后做了一个像洗手的动作。她那么长久，那么恐惧地洗掉手上的东西是血吗？同时她向旁边瞥了一眼，这是一种祈求的、急切的、融化灵魂的目光……这目光刚好落在我的身上。

当天我整夜想着这种目光、这个舞蹈和这个奇妙的伴奏。当我第二天像平时那样在伦敦大街上闲逛时，我感觉到有一种强烈的愿望想再遇见那个漂亮的舞女。我总是竖起耳朵听，能否听到大鼓和三角铁的声音。我终于在伦敦找到一点我感兴趣的东西，我不再毫无意义地在空荡荡的大街上漫步。

我刚从古堡出来，在那里我详细观看了用来将安娜·博林斩首的斧子，还观看了英国王冠上的宝石和狮子。这时在古堡广场上，在一大群人围成的圆圈中心，我又见到了敲大鼓的夫人，听到了蒂尔吕蒂先生像公鸡般的啼叫。受过训练的狗又在拼接威灵顿勋爵的英名。侏儒又在展示他那不可挡开的第三架势和第四架势。洛朗丝小姐又开始跳她那奇妙的舞蹈，又是同样谜团般的动作，同样的语言，这种舞蹈表达什么我无法理解，同样激烈地把漂亮的脑袋向后仰，同样细听大地的声音，想通过越来越狂热的跳跃来缓和恐惧，又是对着大地侧耳倾听，发抖，面色发白、发呆，然后还有可怕的神秘的洗手，最后是祈求的、急切的侧视，这次目光在我身上停留的时间更长久。

是的，女人，不管是年轻的姑娘还是妇女，一旦引起一个男人的关注，她们就会马上觉察到。洛朗丝小姐不跳舞时总是一动不动地闷闷不乐地看着眼前，跳舞时有时只向观众瞥视一下。但是从现在起，这种目光不是偶尔而是总是落在我的身上。我愈是经常去看她跳舞，这种目光就愈是意味深长，就愈是难以理解，我就像被这种目光迷住了。有三个星期我从早到晚在伦敦街头四处奔波，洛朗丝小姐在哪里跳舞，我就停留在那里观看。虽然噪音很大，但是我在很远的地方也能听见大鼓和三角铁的声音。蒂尔吕蒂先生一看到我匆匆赶来，就发出他那令人愉快的鸡啼声。我同蒂尔吕蒂先生，同洛朗丝小姐，同她的母亲，还有同那条受过训练的狗，在任何情况下都没有说过一句话。但我觉得我最终完全是这个团队的一员。蒂尔吕蒂先生收钱时，举止十分得体，当我走近他，往他的三角形小帽里扔进一小块钱币时，他总是把目光投向相反的一边。他真的具有高尚的礼节，使人回想起往日良好的风度。你可以从这个矮人身上觉察出来，他是同君主们一起长大的。更令人惊讶的是，他有时完全忘记自己的尊严，像公鸡那样啼叫。

　　我无法描述，当我三天之久在伦敦的所有街道都找不到这个小团队时，我变得多么郁闷。我最终察觉，他们已经离开这座城市了。无聊就像沉重的双臂夹住我，又把我的心压得紧紧的。我终于无法再忍受下去了，于是我对英国的四个等级说再见：流氓、恶棍、绅士、时髦人。我回到了文明的大陆，在这里我遇到了第一个厨师，我在他的白围裙前面叩拜。在这里我又可以像有理性的人那样吃午饭，从无私的亲切的面孔上我感到了舒心。但是我永远无法忘怀洛朗丝小姐，她的舞姿长时间停留在我的记忆中。我在寂寞的时刻必然经常思考这位美丽女孩的谜一般的哑剧，特别思考她面对大地侧耳的倾听。三角铁和大鼓奇妙的旋律也过了好长时间之后在我的记忆中渐渐地消失了。

人生的智慧

[德] 尼 采

导 读

作者通过该文旨在为读者提供一种关于人生意义和价值
观的思考方式。尼采认为，人们常常过于关注物质和表
面的东西，而忽略了生命更深层的意义和价值。

我们为什么要活着？我们应该如何生活？我们的价值观
应该是什么？这值得我们每一位深思。

人生的智慧

不是山峰，而是山坡才是可怕的！

在山坡上，目光往下看，而手却要向上抓。这时，心面临它的双重意志而感到眩晕。

啊，朋友们，你们也许已猜测出我心里的双重意志了吧？

我的目光望着山峰，而我的手却想在低处抓着，支撑着。这，这就是我的山坡，我的危险！

我的意志紧紧抓住人，我用链条把我和人拴在一起，因为要把我往上拉到超人那里去：因为我的另一个意志要到那里去。

对此，我盲目地生活在世人中间；就像不认识他们似的：为了我的手不至于完全失去对坚实之物的信念。

我不认识你们世人：这种昏暗和安慰常常弥漫在我的周围。

我坐在每个无赖必经的通道旁边，问道：谁愿意来骗我？

这是我的第一种人生的智慧：我让别人来骗我，为了不用去提防骗子。

啊，如果我提防世人：世人怎能做牵制我的气球的铁锚呢！那样就太容易把我拉上去，拉走！

这是支配我命运的天意，我必须去掉戒心。

在世人中间谁不想渴死，就必须学会从所有的杯子里喝水；在世人中间谁想保持清洁，就必须懂得用脏水也能洗澡。

于是，我经常自我安慰说："好吧！好吧！我年老的心！你没有遇到不幸，就把不幸当作你的幸福来享受吧！"

可是，这是我第二种人生的智慧：比起高傲者，我更宽容虚荣者。

受伤害的虚荣心不是所有悲剧之母吗？但是，在高傲受伤害的地方，那里还会生出比高傲更好一点的东西来。

为了能够很好地观看人生，人生这场戏必须演好：但是，为此需要好演员。

我发现所有的虚荣者都是好演员：他们表演，并且希望人们喜欢观看他们，——他们的全部精神都集中在这种意志上。

他们虚构情节，尽情表演；我喜欢在他们周围观看人生这场戏，——它可以治疗忧郁。

因此我宽容虚荣者，因为他们是医治我的忧郁的医生，并且使我紧紧地依附民众，犹如留恋戏剧一样。

然后：谁能测出虚荣者身上的谦虚有多深！我喜欢虚荣者，同时对于他的谦虚深感惋惜。

他想从你们那里学会自信；他从你们的目光中吸取营养，从你们的手里享用赞美。

如果你们巧妙地对他说谎，他也相信你们的谎言：因为他在内心里叹息："我算得了什么！"

如果说真正的道德就是不了解自己本身：那么，虚荣者就是不了解自己的谦虚！——

可是，这是我的第三种人生的智慧：我不会由于你们的恐惧而使我失去注视恶人的模样的兴趣。

我非常高兴看到炎热的太阳所孵化的奇迹：老虎、棕榈树、响尾蛇。

甚至在人世间也有炎热的太阳所孵化的美丽的后代，还有许多令人惊讶的恶魔。

更确切地说，正如你们的最有智慧者在我看来也不那么聪明一样，我也发现世人的恶毒也没他们的名声那么坏。

我常常摇摇头问道：你们这些响尾蛇，为什么还一直发出啪嗒啪嗒的声响？

真的，对于恶人来说也还有一个未来！而对于世人来说最酷热的南方还没有被发现。

有些东西现在称为极度的邪恶，可是它只不过十二英尺宽，三个月大的长度！可是，总有一天还有巨龙出生。

因为超人不能缺少他的龙，那种与他相称的超龙：对此需要炎热的太阳多多照射到潮湿的原始森林里！

你们的野猫必须先演变为老虎，你们的毒蛤蟆必须演变为鳄鱼：因为好猎手应该有好猎物！

真的，你们这些善良人和正义者！你们有许多可笑的东西，特别是你们对至今被称为"恶魔"的恐惧！

你们的灵魂对伟大的事物如此陌生，因此超人的善使你们感到恐惧！

你们这些智者和学者，你们也许会躲避智慧之烈日，可是超人却快乐地在烈日下裸体沐浴！

你们这些我的目光所遇到的最高级的人！这是对你们的怀疑和窃笑：我猜测，你们也许会称我的超人为——魔鬼！

啊，我已厌倦这些最高级的人和上等人：我要求自己离开他们的"高处"，向上，向外，直奔超人！

当我看到这些上等人赤身裸体时，一种恐惧向我袭来：这时我生出翅膀继续飞往遥远的未来。

飞往比任何艺术家梦想过的更遥远的未来，更南的南方：飞往神仙们都以一切衣裳为耻的地方！

可是，你们这些邻人，同胞们，我想看到你们装扮起来，好好打扮一下，像"善人和正义者"那种爱虚荣，那样有尊严。——

我自己也想装扮一下坐在你们中间，——使我认不出你们和我：这是我最后的人生智慧。

查拉图斯特拉如是说。

Part Three

第三部分

名人逸事

玛丽·斯图亚特和
玛丽·安托内特逸事选译

[奥地利] 茨威格

导 读

玛丽·斯图亚特，前半生的女王，后半生的囚徒，为了
爱的欲望让她丧失理智，步入深渊……

茨威格向读者展示了一个勇敢、坚定、富有魅力的斯图
亚特，同时也揭示了她所面临的困境和挑战。

"只有在不幸之中，才真正知道自己是谁？"这是法国
"断头皇后"玛丽·安托内特的自白。

茨威格通过不幸的玛丽·安托内特，为我们揭示了法国
历史文化的复杂性和多样性，对于理解法国和欧洲的文
化与历史具有重要的启迪作用。

诗人之浪漫

苏格兰女王玛丽·斯图亚特在年轻人中间举止大方，无拘无束，她微笑着接受他们的爱慕，有时甚至无意识地引起别人的爱慕；在这种热情奔放的气氛中，有些年轻人表现得不够得体，甚至有点神魂颠倒。在玛丽·斯图亚特身上有媚人的吸引力，而她所有的肖像都未能完全表现出她的美丽。当时，有些男人在隐隐约约的迹象中也许已经觉察到，在这位温柔随和、似乎十分自信的少妇身上蕴藏着一种巨大的激情，就像有些火山隐藏在山清水秀的地方。在玛丽·斯图亚特自己发现本身的奥秘之前很久，也许这些人就以男人的直觉揣测到她那种克制不住的情感，因为她身上有一种能引起男人欲望甚于浪漫爱情的魅力。因为她的本能还没有苏醒，因此很可能比有经验的女人更容易接受身体上的亲近——抚摩手、接吻、诱人的目光，成熟的女性知道这些小动作意味着危险的诱惑。有时她让周围的年轻男子忘记：她是女王，对她不能有任何非分的想法。曾经有个年轻的苏格兰船长，名叫赫本，竟大胆地对她做出无礼的动作，后来只好出逃，才免受严惩。但是玛丽·斯图亚特对这次令人恼怒的事件处理得太温和，轻率地视之为丑陋的行径，并予以原谅，这就给了她小圈子里的另一位贵族以新的勇气。

这次风流韵事纯属浪漫性质；这也像苏格兰土地上发生的其他小插曲一样，成了悲切的史诗。玛丽·斯图亚特在法国宫廷时的第一位崇拜者名叫丹维尔，他曾向他年轻的朋友和旅伴，诗人夏特利亚尔透露过自己心中崇拜的偶像。丹维尔先生和其他几位法国贵族当时陪伴玛丽·斯图亚特回苏格兰，现在他也得返回法国去履行自己的职责，也该回到妻子的身边去了。但是诗人夏特利亚尔还留在苏格兰，似乎是留下来通过写诗诉说衷肠的。但是，总是写些情意绵绵的诗不是没有危险的，因为很容易弄假成真。玛丽·斯图亚特不加考虑地接受了这位精通骑士技艺的年轻的胡格诺教徒向她表示敬意的诗，甚至自己写诗与他唱和。有艺术才华的、身处一个粗俗而落后的国家的年轻女子哪有不喜欢听这样赞美她的诗歌呢：

> 噢，永存的女神，
> 你听我说，
> 你掌握着
> 我的命运。
> 要是我的生命
> 被你的暴戾
> 所迷惑，
> 忏悔就会
> 被你的美窒息。

况且，她觉得自己没有什么过错，因为夏特利亚尔并不能炫耀自己的激情得到了回报。他只好忧伤地承认。

爱情让我激动

在我的胸中

充满着爱的火花

但它却丝毫不能

感动你的心

玛丽·斯图亚特微笑地接受这类赞美诗就像接受宫廷里的阿谀奉承一样，她本身也是诗人，知道所有的抒情诗都是夸张的，在浪漫的女性宫廷中恭维话算不了什么，她也只好忍受了。她无拘无束地同夏特利亚尔开玩笑，就像同四位玛丽一样。她真诚地称赞他，选他做舞伴，按礼仪他几乎不能接近。有一次在跳福金舞时，她过分靠近他的肩膀，她允许他说些不拘礼节的话。在苏格兰是不能这样随便的。况且他们跳舞的地方离约翰·诺克斯的讲道台只隔三条街，他正在骂人："这种风气对淫妇比对良家妇女更适合。"也许在跳假面舞或做游戏时，她还给夏特利亚尔一个飞吻。但是，毫无疑问，这种亲密行为会引起严重的后果：像托克瓦多·塔素那样，这位年轻的诗人想超越女王和奴仆、尊敬和友好、恭维和礼貌、严肃和诙谐之间的界线，并且头脑发热，动了感情。因此，发生了一件气人的事情：有一天晚上，服侍玛丽·斯图亚特的年轻的姑娘们在女王的卧室里发现夏特利亚尔躲在帷幔后面。她们起初并没有觉得这样很失礼，只是把这看作是恶作剧，责骂了几句把他从卧室里赶出去。玛丽·斯图亚特对这种失礼的行为更多是采取原谅的态度，而不是感到愤怒。她们小心谨慎地不在玛丽·斯图亚特的哥哥面前提起这件事。过不久，更谈不上严惩这件违反道德的见不得人的行为。但是这种宽容是不恰当的。或者是这个狂人以为年轻的女子对他的宽大是鼓励他故伎重演，或者是他对玛丽·斯图亚特的真正激情为他扫清了一切顾虑，不管怎样，反正在女王巡视法埃夫时，他瞒过宫廷人员暗中跟踪她。当女王脱衣睡觉时，发现这个荒唐的人躲在她的卧室里。这位受到侮辱的女子吓得惊叫起来。她那尖锐的叫声传了出去。她的异母兄梅里从隔壁房间跑进来，现在宽恕和隐瞒都不可能了。据说，当时玛丽·斯图亚特要求（这不太可能）立即用刀子刺死这个狂人，但是，梅里与激情奔放的妹妹不同，他处事明智，总是思考一番，顾及后果。他清楚地知道，把一个年轻人杀死在女王的卧室，其血迹不仅弄脏了地毯，而且也玷污了女王的名声。这样的罪行必须公开审理，必须在市中心广场公开处死，才能向臣民和全世界证明女王的清白。

几天后，夏特利亚尔被送上断头台。法官认为，他的大胆行为就是犯罪，他的轻浮举动怀有恶意。法官们一致判他以极刑：斩首。即使玛丽·斯图亚特现在想赦免这个狂人，也已不可能了。各国使节已经把这个事件报告给朝廷，伦敦和巴黎都好奇地注视着女王的言行。女王若是替他说话，就意味着承认同流合污。因此，她的态度必须更加强硬。这样，这个陪她度过许多快乐时光的伙伴在最艰难的关头就失去了希望和帮助。

夏特利亚尔死得壮烈，不愧为浪漫的女王的骑士。他拒绝了教士的送终祷告，只有诗句和意识在慰藉他：

> 我可悲的不幸
>
> 永记在我心中。

这位勇敢的诗人昂首挺胸走上断头台，他没有唱赞美诗，没有念祈祷文，而是高声朗诵他的朋友龙萨的名篇《致死神》：

> 死神啊，快乐的朋友
>
> 使我摆脱极度的痛苦。

在断头台前，他再次抬起头来喊了一句："忍心的女人啊！"这喊声多半是叹息，而不是怨恨，然后，临危不惧地弯下腰来，去迎接刽子手的斧头。这个浪漫主义者之死带有悲剧性叙述诗的风格。

但是，这个不幸的夏特利亚尔只是一群黑鬼中的一个，只是为玛丽·斯图亚特而死的第一人，只是走在别人前面而已。死神的鬼舞从他开始，他们都是为这位女子走上断头台的，他们被拖进她的命运之中，她自己也被拽着进去。他们从各地来。就像荷尔拜因的版画那样，他们跟在黑色的骨制的鼓后面，一步步地，一年年地，任人摆布地拖着脚步走。王侯和摄政、伯爵和贵族、教士和士兵、青年和老人，大家都为她而牺牲，她自己也无辜地或负有责任地成了导致他们死亡的罪人，最终自己也加入这个行列以赎罪。命运非常罕见地把如此强烈的死亡魔力给一个女子：她像一块黑色的磁铁把她周围的男子吸引到她灾难性的命运上。谁踏上她的路，不管他是受宠，还是处境不利，注定灾难临头，注定惨死。没有人因为恨玛丽·斯图亚特而得到幸福。但是，却有人因为斗胆爱她而受到严惩。

表面上看夏特利亚尔的悲剧只是偶然事件。其实这个悲剧第一次揭示了她命运中的规律：她永远不能不受惩处地过着轻松愉快的生活。她的生命从一开始就是这样安排的：她必须表现出有声望的形象，必须当女王，永远只能当女王，当世界大赌博的代表人物和傀儡。高贵的出身，幼年继承王位，起初以为这是上帝的恩赐，其实这是祸水。每当她想表现自我，试图流露自己的情绪、爱情和真正的爱好时，命运总是惩罚她玩忽职守。夏特利亚尔之死只是第一次警告。在缺少孩子气的童年之后，在别人把她的身体和生命第二次、第三次交给陌生的男人以换取王冠之前，在这短暂的间歇中，她想过几个月无忧无虑的生活，只是呼吸着，生活着，使自己感到愉快。但是，残酷的手把她从轻松愉快的游戏中拉起来。夏特利亚尔事件惊动了摄政、议会和勋爵，他们催促缔结新的婚约。玛丽·斯图亚特应该选择一个丈夫，当然不是她喜爱的人，而是能加强国家政权和安全的人。这种谈判早已进行过，现在只是要加快步伐。她的监护人担心这个不审慎的女子最终又干出什么蠢事，毁了自己的名声和尊严。婚姻交易所里的交易又开始了。玛丽·斯图亚特又被逼到政治禁区里了，政治始终无情地包围着她。每当她想冲出这个冰冷的禁区去呼一口气，去温暖一下自己的身体，她就会给别人和自己带来厄运。

音乐家之夜

一个人慷慨大方，毫不犹豫，毫不怀疑，这是炽热的情感的特性；如果这个人天性豪爽，那么情感上就会十分投入，物质上就会毫不吝啬。玛丽·斯图亚特在新婚的头几周把满腔心血都倾注在她年轻的丈夫身上。她每天以不同的礼物给达伦雷带来意外的惊喜，或者送一匹马，或者送一套华服，还有数以百计的充满柔情蜜意的礼物，最丰厚的礼物则是赠以国王尊号和一颗火热的心。"一个女人把一切荣誉都送给一个男人，"英国使臣向伦敦报告说，"所有的赞扬，所有的头衔，她竭尽所有都奉献给他。他不中意的人，她也不喜欢，可以说，她把自己的意志也给了他。"玛丽·斯图亚特的性格是激烈的，她做什么事都不会半心半意，而是全心全意，非常投入。当她献身时，就会忘我地、慷慨地、不断地给予，毫不犹豫，毫不畏缩。"她完全以他的意志为转移，"伦道尔夫继续写道，"他可以随意摆布她。"炽热的爱把她整个生命消融在服从和心醉神迷的温情中。在一个热恋的女子心上，只有无比的高傲才会转变为无比的温情。

但是，巨大的赠送只有对受之无愧的人才有益处，而对其他人却有危险。性格坚强的人由于权力的突然增长而变得更加坚强（因为权力是适合他们的），性格软弱的人却由于无功受禄而毁灭。成功给性格软弱的人带来的不是谦虚而是傲慢，他们把天上掉下来的礼物幼稚地看成是自己的功绩。不久可见，玛丽·斯图亚特这样轻率、无约束地在一个平庸又虚荣的年轻人身上挥霍一切，其后果是严重的。他还需要受教育，如何能凌驾在一个具有高尚情操和远大胸怀的女王之上，达伦雷一发现自己赢得这么大的权力，就变得飞扬跋扈，肆无忌惮。他把玛丽·斯图亚特的赠品看作是奉献给他的贡品，他把女王给他的爱看做是男人应有的权利。他成了主人之后，认为可以像对待部下那样对待她。这个可怜的人，"蜡做的心"，玛丽·斯图亚特后来这样鄙视地说他。这个被惯坏的年轻人变得狂放不羁，自我吹嘘，而且盛气凌人地干预朝政。诗歌和风度，二者皆可抛。他在国务会议上夸夸其谈，炫耀自己。他和一帮酒肉朋友，纵饮无度。有一次，女王试图让他离开那帮有失体面的人，他竟不知羞耻地痛斥她，她在大庭广众之中受到耻辱，潸然泪下。玛丽·斯图亚特赠给他一个国王尊号，仅仅是尊号而已，并无实权，而他却认为，他是真正的国王，狂妄地要求名副其实。这个 19 岁的小子，嘴上还没毛，就想统治苏格兰，把苏格兰看作私人的领地。但是，每个人都看到，他表面上气势汹汹，其实缺乏真正的勇气，言谈上自我吹嘘，但却没有坚强的意志。玛丽·斯图亚特无法摆脱上次受到的耻辱的感觉，她初恋的美好感觉白白地浪费在这个忘恩负义的花花公子身上。她现在常常后悔当时无视谋臣的忠谏，但为时已晚。

在一个女子的一生中，没有比匆匆委身于一个不配她爱的人更屈辱的事了。一个真正的女人犯有这种过错，永远不会原谅自己和那个负有责任的人。但是，两个恋人之间经历了许多激情之后，不可能一下子冷却下来，变得麻木不仁。情感一旦燃起，就会继续烧下去，只是颜色改变了，不再喷洒出激情和爱情的火焰，而是充满着仇恨和蔑视的浓烟。玛丽·斯图亚特的情感一向是无法抑制的，她一发觉达伦雷渺小，就马上收回她的恩典。这样做也许太突然，显得粗暴些，一个小心谨慎和深思熟虑的女王可能不会这样做。她从一个极端走到另一个极端。她当初充满激情不加思考地送给达伦雷许多特权，现在又一项一项地收回来。她曾经给 16 岁的法兰西斯二世事实上的共同执行权，如今根本谈不上。达伦雷非常恼火地发现，不再请他参加重要的国务会议，他的纹章也不准绘上王徽。现在他只剩下"女王的丈夫"这一个名号，他不再是宫廷中的主角，只是一个爱发牢骚的人。过不久，朝臣们也看不起他；他的朋友大卫·李乔不再让他看国家重要文件，不向他请示就把所有的函件密封好，并且密封上有女王的签字。英国使臣不再称他为"陛下"；临近圣诞节时，也就是蜜月后半年，他向伦敦报告说，苏格兰宫廷发生了"奇妙的变化"。"不久前，这里还总是称'国王和女王'，现在只称他为'女王的丈夫'。他已习惯于在所有的圣旨中把他的名字排在第一位，现在他排在第二位。不久以前铸造的某些硬币上面有双人肖像'亨利和玛丽'，但是现在不再流通，改用新币，夫妇之间肯定存在某些意见分歧。如果只是恋人闹别扭，或者像老百姓所说，是家庭吵架，那也没什么可说，除非事态进一步严重。"

但是，事态进一步严重了！无冕国王在自己的宫廷里不得不忍受旁人的歧视，还要忍受做丈夫的秘密的最敏感的屈辱。多年来，玛丽·斯图亚特在政治上不得不学会撒谎，但是涉及个人情感，她那正直的天性绝不会有半点虚假。她已认识到她的激情白白地付之流水，求婚时期那个完美的达伦雷其实是个愚蠢、虚荣、厚颜无耻和忘恩负义的家伙，就

189

十分厌恶他，更谈不上什么情欲了。自从她疏远他之后，她无法忍受他接近她的身体。

女王刚发觉自己已怀孕，就以种种借口回避夫妻间的亲热行为。她有时称病，有时说疲劳，总是找理由拒绝他。他们在婚后几个月时（达伦雷在愤怒时自己揭露这种隐私），她的情欲旺盛，现在她常常拒绝他，使他遭受耻辱。达伦雷最初征服了这个女子最隐秘的领域，现在他突然感到自己在这个领域的特权被剥夺了，这是莫大的侮辱，这是极大的伤害。

达伦雷缺乏精神力量去掩饰自己的失败。他愚蠢地在许多公开场所诉说自己受到歧视。他发牢骚，说大话，咄咄逼人地宣布要狠狠地报复。他越是吹喇叭似的到处说自己的委屈，他的愚昧就越令人感到可笑。几个月后，他虽然还有国王的名号，但每个人都把他看作是一个乏味的、爱发牢骚的闲人，对他都很冷淡。人们不再向他弯腰鞠躬，如果这个苏格兰王亨利有什么愿望和请求或者要求，人们就会嘲笑他。对一个统治者来说，被人鄙视比起被人憎恨更为可怕。

玛丽·斯图亚特对达伦雷的极度失望不仅表现在人性方面，而且也表现在政治方面。她原先希望，能够和忠于她的丈夫一道，最终摆脱梅里、梅特兰德和男爵们的监护。但是，一切幻想都随着蜜月的过去而消失。当初为了达伦雷的缘故，她还顶撞过梅里和梅特兰德，现在她感到比任何时候都更加孤单。她虽然感到很失望，但是像她这样性格的人，不可能生活在没有信任的氛围中。她不断地在寻找一个可靠的人，一个她绝对信赖的人。她宁可选择一个出身低微、威望不及梅里和梅特兰德的人，但他必须具备苏格兰宫廷更需要的美德，也就是所有仆人最珍贵的美德：绝对的忠诚和可靠。

机遇给她送来这样一个人。萨伏依王国的使臣莫雷塔侯爵访问苏格兰，他的随员中有个皮埃蒙特青年，名叫大卫·李乔，他28岁左右，圆圆的眼睛炯炯有神，黝黑的皮肤，殷红的嘴唇，是位优秀的歌手。众所周知，在玛丽·斯图亚特的浪漫的宫廷里，诗人和音乐家是最受欢迎的客人。她从父母身上继承了对艺术的热爱。她在阴暗的环境中，只有欣赏优美的歌声、小提琴和诗琴的演奏才能使她高兴，使她陶醉。当时宫廷合唱队正好缺一名男低音，而大卫先生不但歌唱得好，而且还能把诗谱成曲，因此女王请使臣让他的随员在宫中服务。使臣表示赞成，李乔也同意接受这个年薪为65英镑的职位。他作为"歌手大卫"登记在册，算是一名宫廷仆役，这也没有贬低他的身份，因为直到贝多芬时代哪怕是大师级的音乐家在宫廷中都算是仆役。闻名全欧洲的莫扎特和白发老人海顿也不能与贵族和王侯在宫廷的餐桌上用膳，只能与马夫和使女在没有铺台布的桌上吃饭。

李乔除了嗓音圆润，而且头脑清楚，理解力敏锐，艺术修养好。他说拉丁文像说法语和意大利语一样流畅，他的写作风格优美；他流传下来的一首十四行诗显示了他的诗才和真正的形式感。不久，李乔得到一个符合理想的机会，离开了仆役的职位。玛丽·斯图亚特的机要秘书罗勒对苏格兰宫廷的流行病，即对英国的贿赂缺乏抵抗力。于是，女王断然把他辞退了。这样善于随机应变的李乔就爬上了女王御书房里的空位上，从此他青云直上。他很快从一个普通的秘书成了女王的顾问。女王不再向这个来自皮埃蒙特的秘书口授书信，而是由他自行起草。过了几个星期，在苏格兰的国务中已经明显感觉到他的影响力了。女王仓促同天主教徒达伦雷结婚，大部分是他的杰作。女王非常坚定地拒绝对梅里和其他叛逆者减刑，这些人把这归咎于李乔的阴谋诡计不是没有道理的。此外，说李乔是罗马教皇安插在苏格兰宫廷的特务，这也许是事实，也许只是怀疑。他虽然热心于教皇和天主教的事务，但他要比任何一个苏格兰人都忠于女王。玛丽·斯图亚特觉得谁忠心，就会奖赏谁；谁对她诚心诚意，她对谁就慷慨大方。她公开地嘉奖李乔，赠送给他贵重的衣服，把王国的印章交给他掌管，把国家所有的机密都告诉他。过不久，李乔成了显赫的人物，他可以同女王和她的女友们一道用餐。他像当年的夏特利亚尔（可悲的难兄难弟）一样，自愿担任吃喝玩乐大臣，激情满怀地协助宫中举办音乐会和其他娱乐晚会，这样一来，臣仆渐渐变成了朋友关系。这个出身低微的外国人深受信赖，常常可以单独和女王一起在内宫里待到深更半夜，侍仆们对此十分妒忌。此人几年前刚进宫时一副可怜相，只是身穿号衣的仆从，如今穿戴如公侯，态度傲慢，身居高位，无非是能唱歌罢了。眼下在苏格兰王国要决定任何事情都要听取他的意见。但是，尽管李乔高居众人之上，他还是女王最忠诚的臣仆。

女王保持独立自主也要靠第二根安全的支柱：不仅是政权，而且军权现在都掌握在可靠的人手里。军事方面有一个新人支持她，那就是博斯韦尔勋爵。他是新教徒，在青年时代就为了他母亲玛丽·德·吉斯的事业而反对新教同盟，并因此惹怒了梅里，只好离开苏格兰。在他的死敌倒台后，他返回苏格兰，并带领他的人马投奔女王，这一股力量并不小。博斯韦尔是个敢闯的军人，有着钢铁般的意志，爱和恨同样炽热，他率领一支边防军。他这个人就意味着一支坚强的军队。玛丽·斯图亚特很感激他，任命他为海陆军提督，她知道，为了捍卫她和她的王位权利，他会同任何敌人打仗。

依靠这两个忠臣，23 岁的玛丽·斯图亚特终于牢牢地控制着政权和军权。现在她第一次敢于凌驾在所有人之上，敢于单独执政，敢于随意地去冒险。

但是，在苏格兰，每当君主真要治理国家时，勋爵们就进行抗拒。这些人是肆无忌惮，顽固不化的，女王既不请求他们又不畏惧他们，他们感到忍无可忍。梅里和其他被驱逐出境的贵族要求从英国返回。他们采取一切手段，不惜金银，由于玛丽·斯图亚特异常坚定，他们恼羞成怒，首先把矛头指向她的谋臣李乔；不久，抱怨声和愤怒声悄悄地在各个城堡里流传。新教徒们非常强烈地感觉到，在霍利鲁德正在进行一场精密的不择手段的外交阴谋活动。他们猜测到而不是明确地知道，苏格兰参与了反改革的大阴谋，也许玛丽·斯图亚特对天主教同盟负有义务。外来人李乔首先要对此负责，此人虽然得到女王的信任，但在宫中没有朋友。聪明人的行为常常是不明智的。李乔不是谦虚地掩饰他的权力，而是到处炫耀它（这是所有暴发户永恒的错误）。李乔原先只是个仆役，一个流浪乐师，没有门第，他竟然可以坐在同女王卧室毗连的内宫里，同女王亲切交谈，欢度时光，看到这些情景，高傲的苏格兰贵族感到难以忍受。怀疑心变得越来越重，他们猜疑这些秘密的谈话旨在扑灭改革运动，确立天主教的统治地位。几个新教徒勋爵暗中共谋，以便及时挫败这个计划。

几百年以来，苏格兰贵族只懂得用一个办法对付令人厌烦的对手，那就是谋杀。只有把织网的蜘蛛踩死，只有把那个能随机应变的、讳莫如深的意大利冒险家干掉，他们才能重新夺取权力，玛丽·斯图亚特才会变得驯服。在苏格兰贵族中似乎很早就酝酿谋杀李乔的计划。在行动前几个月，英国使臣已经向伦敦报告："或者是上帝消灭了他，或者是上帝让他们下地狱。"但是阴谋分子一直没有勇气公开反抗。玛丽·斯图亚特迅速而坚决地平息了前不久的叛乱，至今他们还惊魂未定，他们也不愿意遭受梅里和其他流亡者的命运。他们也害怕博斯韦尔的铁拳，他镇压起来冷酷无情；他们也知道他十分傲慢，不可能与他们同流合污。他们只能发牢骚，暗中捏紧拳头。终于有人想出一个主意（真是魔鬼般的点子）：利用达伦雷作掩护，把他奉为阴谋的盟主，这样杀害李乔就不是造反的行为，而是合法的、爱国的行动。一听起来这个主意似乎很荒谬。一国之君搞阴谋反对自己的妻子，也就是说让国王反对女王，这不荒唐吗？但是，从心理学上推论是正确的，因为达伦雷像所有的弱者一样，他全部的行为动力都无法满足他的虚荣心。况且李乔身居高位，失宠的达伦雷对他以前的朋友不会不感到妒忌。李乔本来是一无所有的流浪汉，现在却主持所有的外交谈判，而他这个苏格兰王亨利对此却一无所知；李乔在女王的房间里待到深夜一两点，这个时间本来是他这个合法的丈夫和女王在一起的；李乔的权力一天天增强，而他的权力却一天天削弱。玛丽·斯图亚特拒绝把并肩王授予达伦雷，他把这归咎于李乔的影响。他的想法似乎是有道理的。单单这些就可以煽动他的仇恨，他毕竟是一个受到伤害的人，而且内心世界并不高尚。但是勋爵们还要在他虚荣的伤口撒上最猛烈的毒药，他们去刺激达伦雷受到伤害的、最敏感的男人荣誉感。他们通过种种暗示，激发他去怀疑：李乔不仅同女王共餐，而且共枕。这种怀疑虽然无法得到证实，但是满腔怒火的达伦雷却很容易相信，因为玛丽·斯图亚特最近总是拒绝跟他过夫妻生活。要是确有其事（这真是令人难堪），难道她宠爱这个黑皮肤的乐师？他没有勇气公开而明确地提出异议，他的虚荣心受到伤害，就很容易产生怀疑。一个人不相信自己，就会怀疑别人。勋爵们的刺激使他很快怒火中烧，失去理智。过不久，达伦雷坚信："他遭受到做男人的最

大的耻辱。"于是，难以置信的事情发生了：国王成了谋反女王即自己
妻子的急先锋。

这个黑皮肤的小个子乐师李乔到底是不是玛丽·斯图亚特的情人，
从来都没有证实过。但是，女王在整个宫廷面前公开表示偏爱这位机要
秘书，这正好有力地驳斥了这种怀疑。即使承认男女之间思想相通和肉
体交欢只有一层薄薄的隔层，在激动时或者行为不检点时，这层隔层就
会破裂，照样可以证明当时已怀孕的玛丽·斯图亚特与李乔交朋友是
坦然的、毫无顾忌的。如果她与李乔真的有那种非法关系，她就会自然
而然地避免种种让人怀疑的事情；她就不会同他一起通宵达旦地在内宫
里欣赏音乐或打牌，就不会单独和他在书房里起草外交公文。但是，这
一次与夏特利亚尔事件一样，正是她那令人产生好感的特性给她带来危
险：蔑视流言蜚语，举止落落大方。轻率和勇敢作为缺点与优点总是存
在于一个性格中，就像一枚硬币的反面与正面。只有懦夫和缺乏信心的
人才会害怕罪孽的影子，他们遇事总是小心翼翼，举棋不定。

一旦散播一个女子的谣言，即使这种谣言十分荒谬，怀有敌意，也
无法平息下来。谣言总是经过好奇者口口相传，广泛流传。半个世纪
后，亨利四世还利用这些谣传嘲笑詹姆斯六世（玛丽·斯图亚特当时怀
在腹中的幼子）：他应该叫所罗门①，因为他也是大卫之子。玛丽·斯图
亚特的名声第二次受到严重的损坏，但不是由于她的过错，而是由于她
的轻率。

煽动达伦雷的阴谋分子也不相信自己编造的谎话，下面这个例子
可以作为证据：两年后他们将这个所谓的野种立为国王。傲慢的勋爵肯

---

①　所罗门，古以色列王国国王大卫之子。

定不会向流浪乐师的私生子宣誓效忠。心怀仇恨的撒谎者当时就知道真相，他们的谣言只能使达伦雷火冒三丈。他本来已经受到过分刺激，本来已经由于自卑感而心乱如麻，如今他的疑心更重了。他怒气冲冲，就像一头公牛冲向悬在它面前的一块红布，然后一头栽进红布后面人家布置好的陷阱里。他不假思索就卷进反对他妻子的阴谋活动中。几天后，他比任何人都强烈地想杀死他的老朋友李乔；李乔，这个意大利的流浪乐师，曾经与达伦雷同桌吃饭，同床共枕，并帮助他赢得王冠。

苏格兰贵族认为，这件政治谋杀是一件郑重的事情，不能一怒之下仓促行事。同党事先要交换保证书——名誉和誓言不能为他们提供安全，况且他们之间不太了解——保证书上要盖章，好像是做公证一样，而不是骑士誓约。对于所有大规模的行动，都要像买卖合同那样，把所谓的"协定"或"盟约"清清楚楚地写在一张羊皮纸上。这张羊皮纸就把他们联结起来，结成团伙，结成帮派，结成家族式的关系，只有这样他们才敢于反对他们的女王。一个国王在这种"盟约"上签字，这是阴谋分子的荣誉，这在苏格兰历史上也是破天荒的。勋爵和达伦雷之间签订了两份可靠的、合乎规则的盟约。在这两份盟约中规定，受冷漠的国王和受排挤的勋爵有责任向玛丽·斯图亚特夺权。在第一份盟约中，达伦雷许诺无论如何都不会处罚阴谋分子，他答应亲自在女王面前保护他们，捍卫他们；此外，他还同意，只要他获得玛丽·斯图亚特至今拒绝给他的并肩王的权力，他就召回被驱逐的勋爵，并赦免他们的全部罪行；他还宣布，他负责保护"礼拜堂"的绝对安全。在第二份盟约中（生意上叫作'契约'），搞阴谋的勋爵保证承认达伦雷的并肩王的权力，甚至在女王过早去世的情况下（后来可见，他们并不是不假思考地预测这种可能性），仍然保留他的权力。但是，在这似乎很明确的言语里所包含的真实意思，达伦雷没有弄明白，倒是英国使臣心领神会了，其真正的意思就是摆脱玛丽·斯图亚特，通过一起"事故"把女王和李乔除掉。

他们刚刚在盟约上签字，就派出使者通知梅里，让他准备返回。积极参与阴谋活动的英国使臣及时地向伊丽莎白报告，邻邦女王将遭遇流血事件。"我确信，"他在 2 月 13 日，也就是谋杀案发生很久以前就向伦敦报告说，"女王对这次的婚姻感到后悔，她憎恨他和他那一帮人。我也知道，他相信有人在他背后搞鬼，他和他的父亲图谋不轨，企图违反女王的意旨进行夺权。我知道，如果一切顺利，国王将同意在 10 天内处死李乔。"这个密探似乎还知道阴谋分子更秘密的意思。"我还听到更可怕的事情，甚至还谋杀女王本人。"这封信毫无疑问地显示，阴谋分子并没有把这次阴谋活动的全部内容告诉蠢人达伦雷，原来只说对李乔动干戈，其实矛头也指向玛丽·斯图亚特，女王的生命像她的秘书一样受到严重的威胁。胆小鬼一旦觉得背后有人支持，就会变得非常凶残。发疯似的达伦雷渴望报仇雪恨，杀死李乔，这个人抢了他的国玺，夺了他妻子对他的信任。为了羞辱他的妻子，他要求当着她的面杀人。这是一个懦夫的疯狂的想法。他想通过严惩使一个女人低下高贵的头，想通过血腥的暴行使一个鄙视他的女人变得俯首帖耳。按照他的愿望，真的选择在孕妇的内宫里杀人，时间定在 3 月 9 日。谋杀的意图是卑鄙的，杀人的行动更为残忍。

几周以来，伊丽莎白和她在伦敦的大臣对这次阴谋活动的全部细节都了如指掌（只是没有提醒妹妹）；梅里在边界准备好了马匹；约喻·诺克斯正在预备布道词，要赞颂这次谋杀是一项伟大的事业。但是，众人背叛了玛丽·斯图亚特，使她对这次谋杀一无所知。近来，达伦雷表现得特别温顺（伪装使他的背版显得更加卑鄙）；没有任何迹象可以让她猜测，3月9日那个夜晚是恐怖之夜，是影响她今后岁月的灾难之夜。李乔虽然也收到一封匿名的警告信，但是他不以为然地把它放在一边，因为达伦雷想消除他的怀疑，下午还邀请他打了一场球；李乔高兴而放心地接受了昔日好友的邀请。

3月9日傍晚来临。玛丽·斯图亚特像平时一样在二楼她卧室旁的楼房间里用餐。这个房间不大，只能容纳一些最亲近的人。几个贵族和玛丽·斯图亚特的一位异母姐妹坐在沉重的橡木桌旁，银质枝形烛台上点着蜡烛。大卫·李乔坐在女王对面，他的穿戴像大贵人，头戴法国帽，身穿毛皮镶边的花上衣；他兴致勃勃地闲聊着，也许饭后他们还要欣赏一会儿音乐，或者用其他方式娱乐一下。突然女王卧室的门帘被拉开，国王兼女王的丈夫达伦雷走进来了。对此，大家也没有大惊小怪，只是马上站起来，给这个稀客让位。他在妻子旁边坐下，搂了搂她，并亲了一下。大家继续轻松地闲谈聊天，不时响起阵阵笑声和杯子的相碰声。

这时，门帘第二次被拉开。大家都跳了起来，他们感到惊讶、恼火和恐惧，因为门口站着一个黑色天使，他全副武装，手执利剑。此人就是特里克·鲁瑟文勋爵，是个阴谋分子，大家都害怕他，认为他是个巫师。他面色苍白，正患着重病，发高烧，为了不错过这伟大的事业，他硬是从病榻上挣扎起来，从他火红的眼睛里可以看出他下定了决心。女王马上感到情况不妙，因为除了她的丈夫任何人都不得使用通往她卧室的螺旋暗梯。她严词训斥鲁瑟文，是谁允许他不经报告就进来的。鲁瑟文从容不迫地说，他来这里不是为了她和其他人，他是专门为"胆小鬼大卫"而来的。

李乔在华丽的帽子下面的那张脸霎时变得灰白，他用手指使劲地抓住了桌子。他马上明白，他面临着什么。现在只有他的主子，只有玛丽·斯图亚特能够保护他；国王根本不准备让那个狂徒出去，他冷漠而尴尬地坐着，好像整个事件与他毫无关系似的。女王马上进行干预。她问，李乔有什么可指责的，他犯了什么罪？

鲁瑟文只是轻蔑地耸耸肩膀，说："问您的丈夫。"

玛丽·斯图亚特不禁转过身来对着达伦雷。但是在这决定性的时刻，这个几周以来策划这次谋杀的懦夫哆嗦地缩成一团。他没有勇气公开而明确地站在同党一边。"我对整个事件一无所知。"他狼狈地撒谎道，并避开女王的目光。

这时人们又听到门帘后面传来沉重的脚步声和武器的碰撞声。阴谋分子一个接一个地登上了狭窄的暗梯，他们像铜墙铁壁一样挡住了李乔的退路。逃脱已没有可能。于是，玛丽·斯图亚特试图通过谈判来拯救她的忠臣。如果大卫犯了什么罪，她要他到议会去接受审查；但是现在，她命令鲁瑟文及其同伙离开她的内宫。但叛逆者不听从。鲁瑟文向吓得半死的李乔走去，想抓他，另一个阴谋分子用绳索套住他，把他往外拖，场面一片混乱，桌子被打翻，蜡烛也熄灭了。手无寸铁、性格懦弱的李乔不是战士，也不是英雄，他用力抓住女王的衣服，在拥挤的人堆中发出凄厉的叫声："圣母，我要死了，请主持正义，正义！"但是一个阴谋分子把子弹已上膛的手枪对准玛丽·斯图亚特，按照阴谋的计划，他是要开枪的，但另一个阴谋分子及时地把他的枪口移开。达伦雷紧紧抱住怀孕的妻子，直到其他人把大喊大叫的、拼命挣扎的李乔拖出房间。当他们把他拖过女王卧室时，他使劲地抓住床脚，玛丽·斯图亚特无可奈何地听到他喊救命。这帮人残忍地砍断了他的手指，继续把他拖到大殿里。在那里，他们像发疯似的向他扑过去。他们原先的意图只是把他看管起来，第二天在市场上当众绞死。但是激动冲昏了他们的头脑。他们竞相用刀子捅这个无力自卫的人，他们为淋漓的鲜血所陶醉，变得更加疯狂。地面上已经流满了鲜血，他们还不停手。出血的身体上留下五十多处伤口，生命的最后一丝气息断绝了，这时他们才肯罢休。玛丽·斯图亚特最忠实的朋友的尸体成了一堆可怕的肉泥，被他们从窗户扔到院子里。

玛丽·斯图亚特无比愤怒地听着她忠诚的仆人死亡前发出的号叫声。但是她无能为力，她怀孕的身体被达伦雷紧紧地抱住，根本无法挣脱开来，于是她以心灵的全部力量来抗拒她的臣下在她的宫中给她带来的前所未有的侮辱。达伦雷抓住她的双手，但封不住她的嘴；她勃然大怒，失去理智，向达伦雷的脸上吐唾沫，以此发泄对他的鄙视。她骂他是叛徒，是叛徒的儿子，她责怪自己把他这样卑鄙的人捧上王位。如果说至今为止在这个女子的心里对她的丈夫只有厌恶的话，那么，此刻这种厌恶已变成永不磨灭的仇恨。达伦雷不断地为自己的行为辩解。他埋怨她几个月以来一再拒绝他亲近，责备她同李乔在一起的时间远远多过他这个做丈夫的。这时鲁瑟文走进房间，他由于刚才的暴行耗尽精力，跌坐在椅子上，玛丽·斯图亚特威胁说要严厉惩罚他。如果达伦雷能看懂她的眼神，就会害怕她眼神中燃烧着的对他的深仇大恨。要是他警觉一点，聪明一点，就会明白她的话所包含的危险，她说，从此不当自己是他的妻子，不让他尝尝她此刻所受的痛苦，她绝不罢休。不过达伦雷只能体会肤浅的情感，不理解自己是那么严重地伤害了她的自尊心，猜想不到此刻她已对他做出了判决。这个容易受骗的可怜的叛徒这时看到，玛丽·斯图亚特筋疲力尽，一声不吭，任凭别人把她送进卧室，他以为，这个女人的骨气被打掉了，以后又得听从他的了。但是，过不久他就知道了，无声的仇恨要比激烈的言语危险得多，谁要是严重地伤害了这个高傲的女子，谁就注定死亡。

内宫中李乔的叫喊声和刀剑的碰击声惊动了整个城堡。女王的忠臣博斯韦尔和韩特莱拿起利剑，匆忙从自己的住处往外跑。但是，阴谋分子估计到了这种可能性，所以他们的武装奴仆把霍利鲁德包围起来，并且封锁了所有的要道，不让城里的援军赶来救护女王。博斯韦尔和韩特莱为了逃命和替女王解围，只好跳窗。他们报警说女王有生命危险，市卫戍长官命令立刻敲响警钟，市民们聚集起来，赶到霍利鲁德，要求见女王，并同她说话。但是接见他们的不是女王而是达伦雷。他若无其事地撒谎说，什么事也没有，只是消灭了一个外国间谍，他企图把西班牙军队带到苏格兰来。国王的话，卫戍长官当然不敢怀疑，老实的市民默默地回家去了。玛丽·斯图亚特被严密地关在她的卧室里，她想方设法跟忠实的臣仆联系，但都是白费力气。宫廷命妇和女仆都不得入内；城堡的大门和小门都设立三人岗哨。这一夜，在玛丽·斯图亚特的一生中是第一次由女王变成囚犯。阴谋完全得逞了。她最忠实的臣仆的四分五裂的尸体躺在内院的血泊中。苏格兰国王成了她的敌人的首脑，现在终于得到了许诺给他的王冠，而她此时连离开房间的权利都没有。她一下子被人从顶峰推下来，她感到昏厥，感到被人抛弃，没有助手，没有朋友，只有仇恨和被人讥笑。在这恐怖之夜，对她来说似乎失去了一切。但是，经过命运的锤炼，一颗火热的心变得更加坚强。每当关系到她的自由、名誉和王位时，她的内心就会爆发出巨大的力量，这种力量远远大于全体助手和臣仆所能提供的力量。

女王为爱疯狂

　　玛丽·斯图亚特对博斯韦尔的爱属于历史上最有特色的爱情之一，它在疯狂和力量方面几乎超过传诵的古典时代的爱情故事。这场爱情故事像突然腾起的火焰，直上令人心醉神迷的霞光万道的幽境，同时也陷入黑暗的罪恶和深渊。如果感情达到如此炽热的程度，而你却用逻辑和理性的尺度去衡量它，那么，这种做法是很幼稚的，因为这种不可抑制的爱情，其表现方式也是非理性的。激情像疾病一样，既不能控诉它，又不能原谅它。人们只能非常惊讶地去描述它，面对本能的原始自然力感到恐惧；这种本能有时在自然界，有时在人身上都会像雷雨般爆发。极其强烈的激情是不以人的意志为转移的，这种激情会把人击倒；这种激情在表现和后果方面都不属于个人自觉生活的范畴，它好像摆脱了人的责任感，在头顶上呼啸而过。用道德来评价一个被激情击倒的人是荒谬的，就像人们想追求雷雨的责任或者惩罚火山一样。因此，人们也不要过于指责玛丽·斯图亚特在感情和心灵处于沉湎状态时的所作所为，因为她那时的疯狂行为与她平时正常的、有节制的行为完全不同；她在沉湎状态时的一举一动都是违背她的意志的。她闭着眼睛，捂住耳朵，似乎受到磁力的吸引，迷迷糊糊地走上灾难和犯罪的道路。任何劝告她都听不进去，任何喊叫都唤不醒她，只是当她的血液中燃起火焰时，她才看清，但是一切已被销毁。谁一旦经过这样的熔炼，他的生命便化为灰烬。

　　一种如此强烈的激情在一个人身上只会爆发一次。就像爆炸后炸药全部烧光一样，这种激情的爆发总是把全部感情一次耗尽。在玛丽·斯图亚特身上，这种心醉神迷的状态大概持续了半年。但是，在这短暂的时间里，她的心灵上升到火红的程度，到后来只剩下黑影。有些诗人，如兰波①，有些音乐家，如马斯卡尼②，他们在一部天才作品中耗尽精华，然后精疲力尽，萎靡不振，昏昏欲睡。某些女人与这些诗人和音乐家相似，她们在仅有的一次激情爆发中，把自己全部的爱挥霍殆尽，不像那些有节制的平民女子那样总是慢慢地享用爱情。那种善于挥霍爱情的女子把自己一生的爱情浓缩成精华，一次享用；她们不顾一切地跳进没有归路的爱情深渊。这种爱情堪称勇敢的爱情，因为它不害怕危险和死亡。玛丽·斯图亚特是这种爱情的典范，她一生只经历过一次这样的爱情，直到自我消失和自我毁灭。

　　一眼看上去，似乎令人感到惊讶，玛丽·斯图亚特先前迷恋达伦雷，现在怎么如此迅速对博斯韦尔产生强烈的爱情呢？其实，这种发展是很自然的，符合逻辑的。爱情像每一门伟大的艺术一样，也要研究、检验和证实，对于艺术，第一次理解往往不是完美的答案。杰出的心理学家莎士比亚，在他的创作中出色地揭示了这样的一条永恒的规律：一场巨大的激情到来之前，几乎总是先有一场小的激情作为前奏。他不朽

---

① 兰波（1854-1891），法国诗人。
② 马斯卡尼（1863-1945），意大利作曲家。

的爱情悲剧也许作了最有力的说明，罗密欧对朱丽叶的爱情不是闪电般燃烧起来的（像平庸的艺术家和心理学家构思的那样），而是违背情理地爱上一个名叫罗瑟琳的少女。在这里，在炽热的爱情来临之前，有意安排了一次心的迷惘，这次爱情可以说是不自觉的、不成熟的，是真诚的爱情的序曲。莎士比亚通过这个范例指出，没有预想就没有认识，没有预先体验激情就没有激情；为了使感情之火焰无限升华，首先必须点燃它，让它燃烧。只是由于罗密欧内心的激动，由于他火热的心灵渴望激情，才盲目地抓住第一次机会，抓住偶尔遇到的罗瑟琳。后来，当他明白过来时，全心全意的爱代替了半心半意的爱，朱丽叶代替了罗瑟琳。玛丽·斯图亚特也是这样，开始时只是以盲目的感情对待达伦雷，因为他年轻英俊，在关键的时刻来到她的面前。但是他的气息太微弱，无法使感情升华。微弱的火花不可能点燃内心的情感，不可能让它熊熊地燃烧。这样，它只能渐渐地暗淡下来。感情受到了刺激，内心感到失望，处于一种痛苦的状态。但是，一旦真正的对象出现了，她的痛苦就可以解除。只要他给快要熄灭的火苗送去空气和燃料，火苗就会旺盛起来。就像罗密欧对罗瑟琳的感情完全淹没在他对朱丽叶的汹涌澎湃的激情之中一样，玛丽·斯图亚特不再迷恋达伦雷的外表，而立即投身到与博斯韦尔的火热的激情中去。后来那次爱情的形式和意义都从前面那次爱情中得到启发。一个人对爱情所期待的一切，只有在真正的爱情中才能得到实现。

玛丽·斯图亚特对博斯韦尔的爱情故事有两个来源。第一个是同时代人写的编年史和文献；第二个是女王写的流传下来的书信和诗。这两者在外界的反应和内心的自白方面都是十分吻合的。但是，有些人拒绝承认信和诗的真实性。他们认为，为了后代的道德必然捍卫玛丽·斯图亚特的形象，反对说她有这种不道德的情欲，而她自己并不想在这方面维护自己的名声。他们说这些书信和诗是伪造的，不可信的。从诉讼法的角度看，毫无疑问，他们有一定的理由。因为玛丽·斯图亚特的书信和十四行诗流传下来的只有译文，甚至或许还有曲解的地方。原文已失传，而且再也无法找到，因为玛丽·斯图亚特的手迹，也就是最后的、无可辩驳的证据，已经被人销毁，我们也知道是谁干的。玛丽·斯图亚特的儿子，詹姆斯一世登上王位后，立即下令把那些在世俗之见方面有损他母亲声誉的手稿全部烧掉。此后，各派对所谓的"首饰箱信件"的真实性展开了激烈的争论，他们都是出于宗教和民族动机来评判玛丽·斯图亚特的。所以，对于无派别的作者来说，就必须再三琢磨各派的种种论据。但是，他的结论必然是个人主观上的论断，因为他不能出示原件，这样就缺乏科学的、合法的证据，只能靠逻辑推理和心理分析来判断这些信件的真实性。

尽管如此，谁要想真正认识玛丽·斯图亚特，并且想了解她的内心世界，就得做出决定：他认为这些诗和书信是真实的还是虚假的。他不能耸耸肩膀地说"也许是，也许不是"，也不能胆怯地说"可能是，可能不是"。这个问题是回避不了的，它是内心世界发展的要点。传记作者必须以高度负责的精神来衡量"赞成"和"反对"的理由，如果认为那些诗是真实的，并且以其作为证据，那就得公开而明确地论证他的看法的正确性。

在博斯韦尔匆忙出逃之后，人们在一个上锁的银质首饰箱里发现了这些书信和十四行诗，因此称之为"首饰箱信件"。其实，那个首饰箱是玛丽·斯图亚特从她第一位丈夫法兰西斯二世那儿得到的，后来她把这个首饰箱和其他许多东西送给了博斯韦尔。毫无疑问，博斯韦尔把最机密的文件，当然也包括玛丽·斯图亚特的信，都存放在这个保险箱里。同样毫无疑问的是，玛丽·斯图亚特写给她的情人的那些信是不够小心谨慎的，是有损于她的名誉的。因为第一，玛丽·斯图亚特一生是个大胆勇敢、粗心大意的女子，从来不善于抑制自己的感情；第二，在发现这些书信后，她的敌人们万分高兴，这表明这些书信肯定在某种程度上毁坏或者玷污了玛丽·斯图亚特的名誉。但是，认为这些书信是伪造的那些人对发现这些书信和诗不是认真严肃地提出异议，而是断言，勋爵们在短短的几天中——从集体审核这些书信到呈交议会之前——私自用恶意伪造的赝品取代了原件。因此，他们认为，公开发表的那些信件与在首饰箱里找到的信件是完全不同的。

在这里提个问题：与玛丽·斯图亚特同时代的人中，谁提出过这种指责？回答不利于"调包"观点那一派：根本没有人提出过。在首饰箱落到莫顿手里后，勋爵们当天就打开它，并且对信件的真实性起誓。然后，议员们（包括玛丽·斯图亚特最亲密的朋友）再次审核了这些信件，认为没有什么疑点。这些信件第三次、第四次是在约克法庭和汉普顿法庭与玛而·斯图亚特的其他手迹进行比较，确认是真实的。特别有分量的论据是，伊丽莎白把这些信件印发给各国宫廷。尽管伊丽莎白的性格是多疑的，但是作为英国女王，她还不会庇护公开的无耻的伪造，因为有朝一日那些做假的人很有可能揭穿此事。伊丽莎白是个政治家，做事十分谨慎，不会在小的欺骗行为上被人逮住。只有一个人，也就是玛丽·斯图亚特本人，当时为了捍卫自己的尊严，面对伪造的伤害应该向全世界寻求支持。她是这件事情的中心人物，也是所谓无辜的被诽谤者。但是，人们感到很惊讶，她只是不痛不痒地抗议一下，而且没有什么说服力。起初，她试图通过秘密的协商，阻止约克法庭出示这些信件。她为什么要阻拦呢？人们不禁要问，证明这些信件是伪造的，岂不是对她更有利吗？最后，她交代她的代表，在法庭上坚决否认加在她身上的一切罪名。但这并没有给玛丽·斯图亚特带来多少好处，因为她在政治问题上很少坚持真理，只是简单地要求人们把她的话视作证据。后来，布坎南把这些信件登在他的谤书上，分发到各地，各国宫廷都在好奇地阅读。即使这样，玛丽·斯图亚特也没有提出强烈的抗议，只字不提这些信件是伪造的，只是空洞地说他是个"令人厌恶的无神论者"。她在写给教皇、法国国王和亲友的信中，根本没有提到伪造的信件和诗的事情；法国宫廷从一开始就得到这些信件和诗的复印件，它对这轰动的事件也没有表态支持玛丽·斯图亚特。总之，与她同时代的人中，没有人怀疑这些信件的真实性；她的朋友中，也没有人硬说这些信件是伪造的。直到原件被她的儿子销毁之后一二百年，才慢慢地出现伪造之说，其目的就是要把这位勇敢而顽强的女子说成是受卑鄙的阴谋伤害的清白无辜的牺牲品。

　　同时代人的态度，也就是史学的论据，毫无疑问地说明了这些信件的真实性。我认为，语文学和心理学的论据同样是十分明确的。首先看看这些诗，我们要问，在当时的苏格兰，谁有能力在这么短促的时间里，用一门外语，也就是用法语创作一首十四行诗，而且还对玛丽·斯图亚特的私生活十分熟悉呢？虽然，世界史上有许多伪造文件和书信的例子，在文学史中也常有各种神秘的伪作，但是，像麦克菲森[①]的《莪相作品集》或《古诗片断》，那是根据远古时期的作品伪造的。不过，从来也没有人试图把一组伪诗强加在一个活人的头上。苏格兰的贵族对诗

---

① 麦克菲森（1736-1796），苏格兰作家，翻译家。据说《莪相作品集》和《古诗片段》是伪造的。

歌一窍不通，为了诽谤女王，居然能够用法语很快炮制出 11 首十四行诗，这种说法是很荒谬的。那么，这个无名的高手是谁呢？玛丽·斯图亚特的辩护士们从来没有回答这个问题。谁能够用法语替女王写一组文字这么优美、风格这么相似、情感这么吻合的十四行诗呢？就是龙萨和杜倍雷，都不能这么迅速、这么真实地写出这些诗。莫顿、亚盖尔、汉米尔顿和戈登，这些人舞舞剑还可以，但是要想用法语在餐桌上聊几句也感到很吃力。

但是，如果这些诗确实是真实的——今天几乎没有人否定这一点，那么，这些信件也是真实的。应该承认，译成拉丁文和苏格兰文时（只有两封信以原件的语言保持下来），个别地方可能有改动，有些地方甚至作了补充。但是从整体来说，论证这些信件的真实性的论据是令人信服的，特别是心理学的论据更有说服力。因为如果真有一个罪犯由于仇恨想伪造这些信件，那么，他就会炮制明确的自白来丑化玛丽·斯图亚特，把她说成是一个淫荡、奸诈而凶恶的女人。如果说某些人为了伤害玛丽·斯图亚特，而伪造了这些信件和诗，那么，这种说法也是荒谬的，这些信件与其说是谴责玛丽·斯图亚特。不如说是为她洗刷，因为这些信件令人震惊地表达了她作为罪行的同谋者和庇护者的痛苦心情。这些信件表明，她不是在享受爱情的欢乐，而是在绝境中呻吟，就像一个活人在焚烧中发出的微弱的呻吟。从信件中可见，文字显得粗糙，思维混乱，人们可感觉到她的手在书写时由于激动而颤抖，因此行书草率，这些正好符合玛丽·斯图亚特在那段时间里所作所为的心理状态。只有天才的心理学家才能透过这些公开的事实洞察人的内心世界的细微变化。为玛丽·斯图亚特辩护的人把梅里、梅特兰德和布坎南说成是这些信件的伪造者，但是，他们不是莎士比亚，不是巴尔扎克，也不是陀思妥耶夫斯基，只是几个小人物，他们只会搞点骗术，却没有本事在办公室里炮制像玛丽·斯图亚特的这些信件那样震撼人心、世代相传的自白。也许伪造这些信件的天才尚未出世呢。因此，没有偏见的人都可以问心无愧地认为，当时身处困境、心情焦虑的玛丽·斯图亚特是这些信件和诗的唯一的作者，她极其痛苦的时刻就是最可靠的证人。

玛丽·斯图亚特在一首诗中泄露了真情，使人们知道了灾难的激情是怎样开始的。人们从那些火热的诗句中知道，他们的爱情不是慢慢地在晶化过程中形成，而是在女方毫无思想准备的情况下，被男方突然袭击，占为己有。博斯韦尔的突然袭击，这种粗暴的生理行为，也就是说这种近乎强奸或者等于强奸的行为，是这次爱情的直接起因。这几句诗像闪电般划破了黑暗：

> 我为他痛哭流涕，
>
> 首先他强占了我的身，
>
> 但还没有得到我的心。

整个情况豁然开朗了。几个星期以来，玛丽·斯图亚特不断同博斯韦尔在一起；他作为她的首席顾问和军队总司令，总是陪她从一个城堡出游到另一个城堡。她刚刚为他挑选了一个贵族出身的、年轻貌美的女子为妻，并参加了他们的婚礼，她怎么也想不到这个年轻的新郎在暗恋她。这位骑士忠心耿耿，又是结了婚，女王觉得和他在一起十分安全、十分保险。她毫无提防地和他一起去旅游，毫不猜疑地和他待在一起。玛丽·斯图亚特很信任别人，这本来是她可贵的性格特点，但是正是这一点给她带来了危险。看来她有时与他过分随便，有些亲昵的举动，当时正是这些举动毁了夏特利亚尔和李乔的一生。也许她单独同他待在房间里的时间太长，她同他聊天时太亲热不够谨慎，她同他开玩笑，打趣逗乐。但是，这个博斯韦尔不是夏特利亚尔，他不是浪漫的弹奏者和诗人；他也不是李乔，不是谄媚的新贵。博斯韦尔这个人，情感热烈，身强力壮，欲望强烈，本能难以抑制，敢冒任何危险。对这种人不能轻率地挑动他、刺激他。这种人会出其不意地采取行动，一把抓住那个女子，她的情绪早已产生波动，而且心烦意乱，她的情感早已被初恋所激发，但还没有得到满足。他猛然袭击了她，或者强奸了她（此刻情欲和自卫混在一起，谁能分得清其中的区别）。可以毫不怀疑地说，博斯韦尔这次搞突然袭击不是有预谋的，不是长久克制的感情的爆发，而是不经思考一时冲动的情欲行为，纯粹是肉体暴力行为，纯粹是暴力的性行为。

但是，这次奇袭却像闪电般打在玛丽·斯图亚特身上。一种完全新的东西像暴风雨般闯入她平静的生活：博斯韦尔不仅强奸了她的身体，而且也强占了她的心灵。她的前两位丈夫，15岁的法兰西斯二世和嘴上没毛的达伦雷，都是未成熟的男性，既虚弱又懦弱。当时一切由她恩赐，由她施舍幸福，即使在隐秘的闺房，她也是主子和女王，从来都没有被征服过。但是，在这次暴力行为中，她突然遇到一个真正的男子汉，他把她身上的女性的尊严、耻辱、高傲和自信全部打掉了，并且把她自己至今还不知道的隐藏在内心世界里的情欲火山引爆了。在她还没有意识到危险，还没有想到反抗时，就被人征服了，围城被攻破了，火焰慢慢地燃烧起来。她被强暴时的第一感觉也许只是气愤，只是愤怒，只是极其痛恨这个伤害她的女性尊严的好色之徒。但是，有一条自然规律是很神奇的，两种完全不同的感觉到了极限会变得很接近，就像皮肤几乎无法区别极冷和极热一样，严寒也会像火一般使人的脸颊变得通红，两种相反的感情有时也会突然交融在一起。女人心中的恨有时突然会变成爱，受伤害的高傲也会突然变成顺从，她的肉体以巨大的贪婪要求得到刚才拼命抗拒的东西。总之，从这一刻起，这位平时还算谨慎的女子内心里燃起了火焰，并且在熊熊燃烧，直到渐渐燃尽。支撑她生命的一切支柱——名誉、尊严、品德、自信、高傲和理智——全部被烧毁了：一旦被人征服，失去自我控制的能力，只会越来越沉沦，并堕入深渊，自我毁灭。一种新的、奇特的情欲向她袭来，她尽情享受，如饥似渴，沉湎在其中：她温柔地吻着那个男人的手，他打掉了她身上的女性的傲气，教会了她新的乐趣。

这种新的、强烈的激情与当初对达伦雷的激情是无法相比的。在达伦雷身上她只是发现了情欲的乐趣，只是尝试一下而已，如今却是尽情享受，纵欲无度。她只想同达伦雷分享王冠、权力、生活。但是，对博斯韦尔，她不只是赠送一些东西，而是要把她拥有的一切都奉献给他；为了他富有，她宁可自己贫困；为了他飞黄腾达，她宁可自己降低地位。她陶醉于狂喜之中，愿意抛弃一切束缚她的东西，只要能留住他一个人。她知道，朋友们将会离开她，全世界将会贬低她、鄙视她。但是，正是这种感觉使她产生了一种新的骄傲，用以填补刚遭到践踏的高傲。她满怀热情地宣告：

　　　　为了他，我从此抛弃荣誉，

　　　　那本是我们幸福的唯一源泉。

　　　　为了他，我交出了权力与良知

> 离开了好友与亲朋，
>
> 为了他，一切利益都要退让。
>
> 我为他疏远了朋友，
>
> 有了他，我不怕任何敌人与仇恨。
>
> 我愿为他牺牲良知
>
> 抛弃赫赫声名，
>
> 我宁愿死，但求他高升。

从此，她对自己毫无所求，一切都是为了他，她第一次感觉到把自己完全给了他：

> 我愿为他献出一切，
>
> 只求他最终明白：
>
> 我是心甘情愿，
>
> 一辈子为他做牛马。
>
> 为了他，但愿上天保佑我，
>
> 为了他，我才祈求幸运与健康。
>
> 我永远紧跟着他，
>
> 哪怕海枯石烂。

她把自己拥有的一切——王冠、名誉、肉体和心灵——全都抛进了激情的深渊，同时，她在深渊里享受着过于强烈的激情。

情感如此紧张，而且过度紧张，必然会使心灵发生变化。这个平时草率、矜持的女子有一股强烈的激情，这种激情迸发出空前巨大的力量。在这几周中，她的身体和心灵爆发出十倍的活力，她的能力和才智充分地表现出来，这是她过去和将来都达不到的。在这几周中，她可以连续18个小时骑马奔驰，而且可以通宵达旦，毫无倦意地写信。平时她只能写些短诗和即兴小诗，如今灵感大发，一口气写了十一首十四行诗，在这些诗中她以空前绝后的表现力抒发了内心的愉快和痛苦。平时她随随便便，无忧无虑，这一次却伪装得很巧妙，因此好几个月都没有人发现她与博斯韦尔的关系。这个人只要轻轻地触摸她一下，她就会浑身颤动起来，但是在众人面前她却能平静而冷漠地同他说话，就像跟其他下属说话一样；即使她的神经十分紧张，心里感到非常绝望，也能装出快活的样子。在她身上突然产生了一个恶魔般的"超我"，它超越了她原有的力量，把她远远地抛了出去。

但是，用强力迫使意志迸发如此巨大的激情会使神经陷入极度紧张的状态。她一连好几天精疲力尽地躺在床上，有时一连几个小时昏昏沉沉地在房间里转来转去，有时哭泣着呻吟："我宁可去死。"她甚至嚷着要匕首，准备自杀。就像这种"超我"的力量有时会神秘地来到她的身上一样，这种力量过了几个小时后又会神秘地消失。因为她的身体无法长时间地承受那种喜怒无常的变化，身体也会反抗，也会造反，神经也会颤动，也会燃烧。从著名的杰德波罗轶事中可见，她的身体已经被炽热的情欲所摧毁。10月7日，博斯韦尔在同非法打猎者战斗中负伤，有生命危险；消息传到玛丽·斯图亚特那里，她当时正在杰德波罗参加法院的庭审。为了不引人注目，她没有立即骑马赶25英里的路到欧米泰治堡去。但是，毫无疑问，这个坏消息使她感到心烦意乱。在场的不抱成见的法国使臣杜·克洛克观察到这些情形，但他当时并没有想到她与博斯韦尔的暧昧关系，他向巴黎报告说："她要是失去他显然是个大的损失。"梅特兰德也发现她心不在焉，精神恍惚，但是不知道真正的原因，他以为"她心情忧郁，闷闷不乐，其原因在于同国王关系不和睦"。过了几天，她急不可耐地策马扬鞭赶到博斯韦尔那里去，陪同她去的有梅里和几个贵族。她在博斯韦尔的病榻旁待了两个小时，然后以同样疯狂的奔驰赶回去，试图通过狂奔来驱散她的痛苦。但是，她的身体已经被火热的情欲烧坏，在奔驰中突然倒下。陪同人员刚把她从马鞍上扶下来，她便昏厥过去，整整两个小时昏迷不醒。过不久，她就发高烧，这是一种典型的癔症，辗转反侧，说胡话。突然，她四肢僵直，认不得人，失去知觉。贵族们和医生束手无策地站在得了怪病的女王的周围。信使们被派往各地，去请国王和主教，以便主教在最坏的情况下为她做最后的涂油礼。玛丽·斯图亚特在生死之间徘徊了8天。也许她内心里不想活了，所以在坏消息袭来时，她的神经被毁坏了，精力被耗尽了。但是，当人们用马车把渐渐康复的博斯韦尔送来后，她的病情很快好转了，这表明她的病主要在精神，这是典型的癔症。过两周，奇迹又出现了，这位垂死的人又能够骑马了。她的危险来自内心，她又用内心的力量战胜了危险。

女王的身体虽然恢复了健康，但是，在随后的几周里似乎变成另一个人了，整天惘然若失。甚至连不太熟悉的人都觉得她变化很大。她的气质、性格似乎染上了一层颜色，她昔日的轻松和自信荡然无存。她的生活，她的一举一动，都像是一个心负重压的人。她整天把自己关在房间里，侍女们在门外可以听到她在哭泣，在呻吟。平时她很信赖别人，这回她不相信任何人。她整天沉默不语，谁也猜不透那日夜折磨她、使她忧虑重重的秘密是什么。

在这种爱情中包含着一种可怕的东西，那就是伟大和恐怖二者兼之。女王从一开始就知道，她的爱情是罪恶的，是毫无希望的。从第一次拥抱后醒悟过来，他们大概都很惊慌，那是心醉神迷的瞬间，因为他们痛饮了爱情之酒，待到他们从陶醉中清醒后，两个人才想到，他们不是孤单地生活在这个感情世界中，他们的行为要受到这个世界、责任和法律的约束。惊醒后他们才意识到，他们的行为是多么的疯狂。因为她是有夫之妇，却委身于他；而他是有妇之夫，却献身于她。这是通奸，双重的通奸，这是他们疯狂的情感引起的。不久前，大概两三个星期或者一个月前，玛丽·斯图亚特作为苏格兰女王郑重签署并公布了一项法令，对犯有通奸和其他淫乱罪的人得处以死刑。因此，她的情欲从一开始就打上了犯罪的烙印，如果这种情欲持续下去，那只能是不断犯罪。为了两个人能够永久地结合在一起，他们必须强行离婚，一个离开丈夫，一个休掉妻子。这罪恶的爱情只能结出这样的恶果。玛丽·斯图亚特从那一刻起就清醒地意识到，她从此不得安宁，而且无可挽救。但是，在这绝望的时刻，在玛丽·斯图亚特的心中产生了最后一点勇气，试图向命运挑战，挽救必然要失败的东西。她不是胆怯地回避，不是躲躲闪闪，而是昂起头来朝着深渊的路上走到底。她可以失去一切，可以为了他而牺牲，她的幸福包含在这种痛苦之中。

　　我把一切都给他，

　　我的儿子，我的名誉和良心；

　　一切都听凭他主宰，

　　我的国家和臣民，我的生命。

　　我只有一个心愿，

　　对他耿耿忠心。

但愿长厮守，

哪怕风和浪。

不管将来发生什么事，她都敢于走这一条毫无前景的道路。为了他、为了这个爱得无法形容的情人，她失去了一切，她的身体、心灵和命运，现在她只怕一件事，就怕失去他。

但是，对于玛丽，斯图亚特来说，最恐怖和最痛苦的事还在后头。她虽然失去理智，但仍然很敏锐，过不久她就看出，这一回她又滥用感情了，她疯狂地爱他，而他并不爱她。博斯韦尔就像占有其他女人一样迅猛而残暴地占有了她，他只是为了满足情欲的需要。一旦他玩够了，就像抛弃其他女人一样，将她抛弃。对于他来说，这种暴力行为只是激情迸发的瞬间，只是刹那的艳事。这个不幸的女人过不久自己就承认，她真心所爱的人其实并不爱她。

你以为我轻佻

对我怀有疑心，

说我是逢场作戏，

你看不见

我对你的一片深情。

你说我的心任人捏弄，

怀疑我为他人动心，

说我意志薄弱，摇摆不定，

你的怀疑

只能刺激我的激情。

但是，这个被激情冲昏头脑的女子，不是高傲地离开这个忘恩负义的人，不是自我克制，而是在这个冷漠的人面前跪下，紧紧地拉住他。她一下子失去了昔日的傲气，变得毫无骨气。她恳求、乞求，并且自我夸耀，把自己当作商品那样推荐给那个不想爱她的情人。她忍受了最大的耻辱，完全失去了自己的尊严；她本是威严的女王却像市场上的女贩与他讨价还价，历数自己为他做出多大的牺牲，并且一再地、纠缠不休地向他表白她的奴颜婢膝的谦卑。

我愿侍奉你，对你忠贞不渝，

　　你的女友为你献上一颗忠心。

　　一切苦难都不在话下，

　　一切遵从你的决定。

　　我对你百依百顺，

　　我的责任就是对你忠贞。

　　除了你，我别无他爱，

　　我会时刻讨你欢心。

　　我将生死交给你，

　　我愿俯首听命。

这位正直的女子完全丧失了她的自尊心，使人感到震惊，不寒而栗。以往，她不畏惧世上任何统治者，不畏惧任何艰难险阻；如今，她十分自卑，竟然使出恶毒的嫉妒的可耻手段。玛丽·斯图亚特大概从什么迹象中发现，博斯韦尔爱他年轻的妻子——这是女王亲自为他挑选的——胜过爱她，他不想为了她而离开妻子。现在她要用最卑鄙、最下流、最恶毒的方式来贬低他的妻子。激情使一个女子变得多么渺小，这是多么可怕！她尽力刺激博斯韦尔的妒忌心，她提醒他（显然是在做爱时说的），他的妻子跟他做爱时不够热烈，不是炽热地投入，只是半推半就。她曾经是那样高傲，如今却不知羞耻地颂扬自己，她说，她为博斯韦尔牺牲的东西要比他的妻子多几倍，他的妻子只有从他的高位中得到好处，他得留在她的身边，他只能属于她一个人，别去理妻子的信件、眼泪和誓言。

> 现在她开始明白，
> 是她铸成大错，
> 不珍惜你对她的满腔爱意；
> 她的信华而不实，
> 都是花言巧语，
> 一心只想将你蒙蔽；
> 她号啕，她哀叹，
> 流下虚伪的眼泪，
> 次次都震撼你的心底；
> 她的封封书信，你都小心收藏，
> 看了又看，爱不释手，
> 你这样爱着她，对我却爱理不理。

她的叫喊越来越绝望。她是至高无上的人，他不能用那个不体面的人来代替她，他要把那个女人休掉，而同她结合；她已经做好准备，不管会发生什么事情，都要坚定地同他在一起。她跪着乞求他，他可以向她索取一切，以证明她的忠心和献身的精神。她准备为他奉献一切：房屋、家园、财富、王冠、名誉和她的儿子。他可以拿走一切，只要能收留她，她可是把一切都给了他啊！

现在，这出悲剧的背景第一次明亮起来了。由于玛丽·斯图亚特喋喋不休的自白，使得事件完全明朗了。其实，博斯韦尔只是偶尔需要她，激情来了就要她，激情灭了则一了百了，就像对其他女人一样。但是玛丽·斯图亚特却完完全全地坠入情网，她要紧紧地抓住他，永远地抓住他。但是，这种纯粹的爱情对于一个婚姻美满、野心勃勃的男人来说没有多少吸引力。博斯韦尔顶多是为了得到利益和舒适，才跟这个女人（她毕竟掌握着苏格兰的全部尊荣和恩典）保持较长时间的关系，才容忍她继续做他的情妇。但是，一个具有女王气质的女王是不会满足这种地位的，她不可能与另一个女子分享一个男人，她要激情洋溢地独占他。可是，怎样才能独占他呢？怎样才能牢牢地拴住这个狂暴的、放纵的情场老手呢？永远忠诚、永远恭顺这类誓言只能让这样的男人感到厌烦，这样的甜言蜜语他从别的女人那里听得多了。只有一个奖品才能刺激这个野心家的胃口，那就是无数人在争夺的最高奖品：王冠。虽然博斯韦尔对同这个女人保持关系漠不关心，虽然他在内心里并不爱她，但是，一想到这个女人是女王，而且和她在一起他可能会成为苏格兰国王，就感受到巨大的压力。

这个想法一听起来似乎很荒唐。因为玛丽·斯图亚特的合法丈夫亨利·达伦雷还活着，休想再立一个国王。从此，这个荒谬的想法像铁链一样把玛丽·斯图亚特和博斯韦尔拴在一起，因为这个不幸的女人没有别的办法能控制住这个难以驯服的人。在苏格兰，除了王冠，没有任何东西能让这个自由、独立的权威人士卖身给一个完全顺从于他的女人。这个陶醉于激情的女子早已把名誉、威信、尊严和法律忘得一干二净了，为了得到他的爱，她还准备不惜付出任何代价。玛丽·斯图亚特即使要用犯罪的手段为博斯韦尔弄到王冠，被情欲迷了心窍的她也不怕犯罪。

麦克白①要当国王只有一种可能性，就是听从巫师的恶语，把全体王族成员斩尽杀绝。博斯韦尔要当苏格兰国王没有正当、合法的途径，他只能踩着达伦雷的尸体才能登上王位。

要达到辉煌，就得先流血。

如果玛丽·斯图亚特摆脱了达伦雷，博斯韦尔就可以向她求婚并索取王冠。他深信，玛丽·斯图亚特对此是不会反对的。据说，在著名的银首饰箱里找到了一份明确的书面保证。在这份保证书中，玛丽·斯图亚特信誓旦旦地说，"即使我的亲戚和其他人表示反对，她也要同他结婚。"这份保证书就算是伪造的，就算是没有她的签名盖章，他也确信她会顺从的。她常常对他或其他人诉说，她一想到达伦雷是她的丈夫就很厌烦。她在十四行诗中热烈地说（也许两个人幽会时更加热烈），她多么向往同他永远结合在一起！因此，他可以大胆地去干，可以使用最野蛮的手段。

但是，博斯韦尔肯定得到勋爵们的赞同，至少是默认。他知道，他们都很憎恨这个令人讨厌的人，因为此人出卖了大家；只要能尽快把他赶出苏格兰，不管使用什么手段，都算给他们做了一件称心如意的事。博斯韦尔本人参加了11月在克雷米勒堡召开的引人注目的会谈，玛丽·斯图亚特特也在场。

---

① 麦克白，苏格兰将领，于1040年篡夺王位。

会议以含蓄的方式提出解决达伦雷的问题。苏格兰最高贵的人物，如梅里、梅特兰德、亚盖尔、韩特莱和博斯韦尔，都一致建议女王批准一项特别的交易：如果女王能准许因杀害李乔而被驱逐出境的几个贵族，如莫顿、林赛和鲁瑟文回国，他们就义不容辞地帮她摆脱达伦雷。在女王面前，首先只谈到"合法的形式"，指正式离婚。但是，玛丽·斯图亚特提出一个条件：离婚必须严格按照规定进行，一方面要合法，另一方面不能对她的儿子有偏见。对此，梅特兰德的回答很模糊：女王尽管让他们去做吧，他们会把事情办好，不会让她的儿子吃亏；梅里虽然是新教徒，但是在这些事情上也不会挑剔，他会睁一只眼，闭一只眼的。这番话很奇怪，因此，玛丽·斯图亚特再次强调，不要去干任何"可能损害她的名誉和良心"的事情。这些含意不清的话包含着难以察觉的某种捉摸不透的意图，不过，博斯韦尔是心知肚明的。有一点是很明确的：玛丽·斯图亚特、梅里、梅特兰德和博斯韦尔这些悲剧的主角们一致赞成搞掉达伦雷，只是用什么方法解决他还有些争议，是用软的，还是用硬的，或者用阴谋诡计。

博斯韦尔是个最性急、最大胆的人，他主张用暴力。他不可能等待，也不想等待，对于他来说，不仅要把那个讨厌的人赶走，而且还要从他那里得到王冠和王位。当别人还在观望等待的时候，他却必须采取果断的行动。看来，他已经以隐蔽的方式提早在勋爵中寻找帮手和同党。但是，历史的烛光照到这里时显得昏暗，而罪行的策划却总是在暗处。人们永远无法知道，有多少位勋爵知道斯韦尔的计划，他们都叫什么名字；有哪几位成了他的帮手，或者采取默认的态度。梅里似乎知道，但他没有参加。梅特兰德不够谨慎，敢于冒险。比较可信的只有莫顿临死前的自白。达伦雷曾经出卖过莫顿，莫顿对他恨得要命。当莫顿从流放地特赦回国时，博斯韦尔骑马迎面赶来，公开邀他一起去杀达伦雷。但是，莫顿经过上一次的事件变得小心谨慎了，当时他的同党丢下他一人不管。他对博斯韦尔的建议犹豫不决。他首先想知道，女王是否同意杀达伦雷，并要求博斯韦尔做出保证。博斯韦尔不假思索地回答：是的，她同意干掉他。但是，自从李乔被杀后，莫顿心里很清楚，口头协定是靠不住的。因此，他要求先看到女王表示同意的白纸黑字的书面材料，然后才愿意承担义务。他想按苏格兰的习惯有份正规的"盟约"，一旦出了事可借以推卸责任。对此，博斯韦尔也答应了他。但是，博斯韦尔根本不可能弄到什么"盟约"。因为，玛丽·斯图亚特跟他结婚的唯一条件是：她要完全置身事外，只能对事件的发生感到"震惊"。

这样，这一行动又落到最性急、最蛮干的博斯韦尔的头上。他决心单独行动。莫顿、梅里和梅特兰德对他的计划采取模棱两可的态度。他从勋爵们的态度中感觉到，他们不会公开反对他行动。即使他们没有做出保证，也还是以充分理解的沉默和友好的袖手旁观来表示赞同。当玛丽·斯图亚特、博斯韦尔和勋爵们的想法一致时，达伦雷的性命已是危在旦夕了。

现在一切都准备好了。博斯韦尔开始与几个可靠的同党进行密谈，确定在什么地方和以什么方式干掉达伦雷。但是，要杀人却缺少牺牲品。因为，达伦雷不管多蠢，还是预感到面临危险。早在几周前，他知道带有武器的勋爵们还在霍利鲁德堡里，因此他死活不肯走进那城堡的大门。他觉得待在斯特林堡也不再安全了，因为杀害李乔的那帮凶手莫名其妙地获得女王的赦免又回到了苏格兰，而这帮凶手曾经是被他出卖的。于是，他不理所有的利诱和传讯，坚定地躲进了格拉斯哥。他的父亲伦诺克斯伯爵和他的亲戚朋友都住在那里。那里有一座牢固的宅院，还有一艘船停泊在港口，要是敌人强行攻入，他还可以乘船逃走。好像是命运有意在危急的关头保护他似的，一月初让他得了一次天花。这是一个好借日，他可以连续几周待在格拉斯哥，待在他安全的宅院里。

博斯韦尔着急地在爱丁堡等他的牺牲品回来，突然传来达伦雷病了，一下子打乱了他早已部署就绪的计划。博斯韦尔想赶快行动，其原因我们不知道，只能猜想：也许他急不可耐地想登上王位；也许害怕拖延下去许多不靠谱的知情者会把他的阴谋计划泄露出去；也许他同玛丽·斯图亚特的秘密关系会产生什么效果。总之，他不想再等了。但是，怎样才能把这个生病的、多疑的牺牲品引诱到屠宰场呢？怎么样才能把他从床上、从坚固的宅院里拖出来呢？正式召他回来，会使他产生怀疑。梅里、梅特兰德以及宫廷里任何憎恨他的人都无法劝说他回来。只有一个人还能支配这个懦夫。她已经两次使这个全心全意听从她的人屈服。达伦雷渴望得到玛丽·斯图亚特的爱，如果她假装爱他，也许可以把他引入陷阱。这世界上只有她一个人才能实现这闻所未闻的欺骗。因为她自己再也不能当家做主，而是听从博斯韦尔这个暴君的命令，因此，难以置信的或许感情上不愿相信的事情发生了：玛丽·斯图亚特本来已有几周避而不见达伦雷了，1月22日她突然骑马到格拉斯哥去，据说是去看望生病的丈夫，实际上是执行博斯韦尔的命令，引诱达伦雷返回爱丁堡城。在那里，死神已磨好了刀，正焦急地等着他。

公主出嫁

为了争夺欧洲的统治地位，几百年来哈布斯堡王朝和波旁王朝在德意志、意大利和佛兰德斯①的许多战场上展开了厮杀。最后双方打得精疲力竭。这对宿敌终于认识到，他们之间这种没完没了的嫉妒只是为其他王室开辟道路。一个异教徒民族已经把手从英格兰岛伸向世界霸权，新教徒的勃兰登堡边区已成为强大的王国，半异教的俄国也已准备无限地扩张其范围。因此两国君主及其外交大臣开始自问——跟往常一样已为时太晚——如果他们能保持和平，而不是一再发动灾难性的战争，岂不更好？于是，路易十五的宫廷大臣舒瓦泽和玛丽亚·特蕾西亚的顾问考尼茨代表双方订立了联盟。为了使这个联盟经久不变，而不仅仅成为一种战争的间歇，他们建议，应该通过联姻使两国承担义务。哈布斯堡王室从来不缺待嫁的公主，这次就有众多各种年龄的公主可供挑选。起初，法国大臣考虑劝说路易十五（尽管他已做了祖父，但他的道德却令人怀疑）娶一名哈布斯堡王室的公主。可是这位笃信基督教的国王

---

① 旧地名。位于今法国东北部。

在刚刚抛开蓬巴杜夫人之后，这时正移情于新恋人杜巴里夫人身上。而第二次丧妻的奥皇约瑟夫 [①] 也无意娶路易十五的女儿，因为法国国王的三个女儿都已不年轻了。这样，自然而然的提了第三种联姻的办法，就是让未成年的太子，即路易十五的孙子、法国王位未来的继承人，与玛丽亚·特蕾西亚的一个女儿订婚。一七六六年，挑选当时十一岁的玛丽·安托内特与法国太子订婚被认为是严肃的。当年五月二十四日，奥地利驻法大使郑重其事地给女皇打报告："国王表示，女皇陛下可以认为这件事情已经确定下来了。"但是，外交官总是把简单的事情弄得复杂，总是巧妙地拖延一切重要的事务，他们以此感到自豪，不然的话他们就不叫外交官了，接着，一切阴谋活动在两国宫廷间进行着。时间过了一年、两年、三年。玛丽亚·特蕾西亚感到不安，她担心她那令人厌烦的邻居，即普鲁士的弗里德里希——她十分愤怒地称之为"魔鬼"——最后也会以其狡猾的手段使这一计划落空，而这个计划对于奥地利的实力地位起着重要的作用。因此，为了使法国宫廷不再收回大体上已许下的诺言，女皇做出十分殷勤客气的姿态，并施展种种诡计。她以职业媒人那种坚持不懈的精神和外交官员那种坚忍不拔的耐心，不断地派遣使者向巴黎展示公主的美德和英姿。她对使者殷勤客气之极，并赠以大量的礼物，期待他们最终从凡尔赛带回一张婚约。这位母亲——与其称她是母亲倒不如称是女皇——更多考虑如何扩大王室的权力，很少考虑孩子的幸福。她的使者以告诫的语言向她报告：这位太子似乎天赋不高，智力有限，很不文明，并且冷漠无情。对此她也听不进去。一个公主只要能成为王后，还会不幸福？玛丽亚·特蕾西亚越是迫不及

[①] 约瑟夫二世（1741—1791），玛丽亚·特蕾西亚的长子。其父去世后与母亲共同执政。

待地催促对方把这门亲事正式定下来，善于处世的路易十五越是从容不迫地克制自己。三年中他让别人给他送来许多公主的画像和有关的报告，他对这门亲事原则上表示同意。但是他只字不提正式的婚约，他不愿对此承担义务。

小安托内特十一岁、十二岁、十三岁时无疑是这件国家大事的关键人物。她长得娇嫩、妩媚、苗条、漂亮。这期间她正同哥哥姐姐和其他小朋友在舍勃隆宫的房间和公园里尽情地嬉戏着。她很少看书学习，很少做功课。她善于以和蔼的态度和活泼的性情巧妙地左右那些负责教育她的神甫和家庭教师，因此她逃课甚多。玛丽亚·特蕾西亚子女多，且国事繁忙，因此从来没有仔细地过问这个孩子的学业。有一天，她惊讶地发现，这个未来的法国王后，十三岁还不会正确地用德文和法文写作。她甚至缺乏历史常识和普通知识。虽然她的钢琴老师是音乐大师格卢克，但她的音乐成绩也不很理想。现在到了最后的时候了，必须补回耽误了的时间，把这个贪玩的、懒惰的小姑娘培养成一个有教养的人。对这个未来的法国王后来说，重要的是先学会跳宫廷舞，说标准的法语。为了达到这个目的，玛图亚·特雷西亚急忙为她聘请了一个舞蹈大师诺维勒，并从一个在维也纳访问演出的法国剧团里聘了两个演员，一个教她学法语的发音，另一个教她唱歌，可是法国大使刚刚把这件事报告给波旁王室，就从凡尔赛传来了愤怒的指责：一个未来的法国王后不能由戏子来上课。紧接着双方展开了新的外交谈判，因为凡尔赛已经把未来王后的教育问题看作是自己的事情了。经过长时间的谈判，根据奥尔良主教的推荐，维尔蒙特神甫被派往维也纳当小公主的老师。我们就是从这位神甫那里得到了有关这位十三岁的公主最早的可靠材料。他认为公主妩媚动人，性情温和。他写道："她容貌清秀，举止优雅。正如人们可以希望的那样，再过几年她将具有人们对一个高贵的王后所期待的全部魅力。"不过这位诚实的神甫却非常谨慎地谈论他的学生所掌握的知识和学习的热情。她贪玩，思想不集中，顽皮，好动，虽然她理解力很强，但从来没有认真地去做一件严肃的事情。他写道："她比人们长期以来所想象的要聪明得多。可惜直到十三岁还没有养成专心致志的习惯。她有点懒惰，又很轻率，因此我给她上课很困难。我开始用六周时间给她讲授文学作品的基本特征。她对我的讲课理解得不错，对作品的评价也正确，但我没有办法使她深入探讨一个问题。不过，我感觉到，她有研究问题的能力。我最终认识到，对她只能寓教育于娱乐中。"

　　十年，乃至二十年之后，所有的政治家都以几乎相同的话为她叹惜，认为她十分聪明，但不愿思索，总是厌烦地回避每个重要的话题。在她十三岁的时候，她性格上的危险性已显露出来了：她什么都能做，但是什么都不愿意认真地去做。但是在法国宫廷，自从后妃左右国事以来，人们更看重一个女人的外表，而不是的内涵。玛丽·安托内特长得妩媚动人，仪态庄重，品行端庄，这就足够了。这样，一七六九年，路易十五终于给玛丽亚·特蕾西亚发出一封她盼望已久的信。在信中国王郑重地为他的孙子——未来的路易十六——向年轻的公主求婚，并建议第二年的复活节举行婚礼。玛丽亚·特蕾西亚十分高兴地表示赞同。经过多年的忧虑之后，这位对婚事感到悲观而又无可奈何的女人终于见到了光明的时刻。在她看来，从此国内和欧洲的和平都将得到保障。于是她接二连三地派出使者，向各国宫廷郑重宣布，哈布斯堡王朝和波旁王朝将通过联姻化敌为亲，永世修好。"别人要打战，而你，幸福的奥地利人，结婚去吧！"哈布斯堡家族的这句古老的格言再次被证明是适用的。

两国外交大臣的任务顺利地完成了。但人们这时才发现：这只是较容易的一部分工作。因为，要使两国宫廷的礼仪在庄严的婚礼上协调一致，这是一件非常困难的事情，与此相比，要游说哈布斯堡王朝和波旁王朝互相谅解，要平息路易十五和玛丽亚·特蕾西亚之间的怒气，实在是易事一桩。双方典礼官和其他礼宾代表把婚礼有关的非常重要的礼仪全部制定成条文，这个工作他们用了整整一年的时间。但是，对于讲究烦琐礼节的典礼官来说，这短暂的十二个月算得了什么呢？一个法国太子要与一个奥地利公主结婚，这会出现何等重要的礼节问题。对此，所有细节都必须深思熟虑，为了避免不可挽回的失礼，要钻研多少古老的文献！在凡尔赛和舍勃隆宫中，这些古老习俗的神圣卫士们日夜不倦地在研究这方面的问题。他们对每一份请柬都要进行磋商，信使们带着建议和反建议日夜来回奔跑。因为人们考虑到，在这样庄严的时刻，对这两个高贵的王室来说，如果有一方的尊严受到伤害，那就可能造成不可估量的灾难，其后果甚至比七年战争还要严重！在莱茵河两岸，人们写了无数篇论文来探讨一些棘手的重要问题，比如，在婚约中应将谁的名字写在第一位，是奥地利女皇还是法国国王；谁应当首先在婚约上签字；要送什么礼物；嫁妆有什么规定；谁陪新娘，谁接待新娘；从奥地利到法国边界，公主的随行仪仗应有多少男女傧相、侍从、卫士、宫女、梳牧师、忏悔神甫、医生、录事、秘书和洗衣女工；然后从边境到凡尔赛，这位未来的法国王后应有多少人陪同。双方的老学究对基本同题的基本方针尚未取得一致意见，而两国宫廷的绅士淑女们就为能否参加婚礼仪仗和接待工作吵开了。他们认为，这是一种荣誉，是一项神圣的差事。因此，每个人为了维护自己的权利，都拿出了自己古老的证件和材料。虽然典礼官们像囚犯般艰苦地工作，但是在整整一年的时间里，他们都没有完全解决最重要的礼仪中的优先权利和参加宫廷进见的名单。比如，到了最后一刻，人们还把阿尔萨斯贵族从来宾名单中删去，这样做是为了"消除长期未解决的而现在一时又解决不了的礼仪上的问题"。假如路易十五没有对婚礼的日期做出明确的规定，法奥两国的礼仪卫士们也许至今还没有对婚礼的"正确"形式取得一致意见。这样玛丽·安托内特就成不了法国王后，也许就不会爆发法国大革命了。举办这场婚礼，法奥两国都大肆铺张，大讲排场，尽管双方当时都十分需要节俭。哈布斯堡王朝和波旁王朝谁都不甘落后。法国驻维也纳的使馆场地因容纳不了一千五百名嘉宾，于是几百名工人以最快的速度在扩建配楼。同时在凡尔赛还为这场婚礼建造了一座独特的剧院。对于两国的宫廷供应商、裁缝、珠宝商、轿车制造商来说，可是天赐良机。单单是为了迎接公主，路易十五就向巴黎的宫廷供应商弗朗西恩订造了两辆非常豪华的旅行马车。车子是用贵重的木料制成的，车窗镶上闪亮的玻璃，车内铺上天鹅绒，外表画上美丽的图画，车顶饰以王冠。车子非常豪华，且十分轻便。太子和宫中显贵都定做了嵌有珍贵珠宝崭新的礼服。路易十五的王冠镶着一颗当时最珍贵的大宝石。玛丽亚·特蕾西亚以同样的奢侈为女儿准备嫁妆：特意在梅赫伦 ① 编织的花边、最精致的布匹、丝绸和珠宝。法国公使杜尔福特终于到达维也纳代表男方求亲。维也纳人怀着激动而愉快的心情，竞相一睹这壮观的场面：四十几辆六马豪华车——车窗镶上玻璃的两辆旅行车也在其中——庄严地通过饰以花环的大街，缓缓地向霍夫堡宫驶去。陪伴车队的卫士和奴仆达一百一十七人，他们都穿着崭新的制服，光是这一项开支就达十七万杜

---

① 　比利时城市。十七世纪和十八世纪起以编织花边闻名。

卡特①，整个车队耗费不下于三十五万杜卡特。从这时起，盛典一个接一个：盛大的求婚仪式；庄严的宣誓仪式——玛丽·安托内特在福音书、十字架和燃烧着的烛光前宣誓放弃她在奥地利享有的特权；宫廷中和大学里的庆祝会；军队阅兵式；化妆舞会；在贝尔维德尔官举行的三千人参加的欢迎大会和舞会；在利希滕施泰因官举行的、宾客达一千五百人的答谢盛会和晚宴。终于在四月十九日由大公爵费迪南德代表法国太子，在奥古斯廷教堂举行了代理婚礼。然后是亲切的家宴。二十一日，举行隆重的告别仪式，新娘向亲人拥抱告别。于是，前奥地利公主玛丽·安托内特登上了法国国王的专车，通过肃然起敬的欢送人群，向着命运决定的道路驶去。

玛丽亚·特蕾西亚向女儿告别，心情是沉重的。为了加强哈布斯堡王朝的权力，这位年老力衰的女人几年来一直把这门亲事看作是最大的幸福而不倦地追求着。但是，到了最后时刻，她亲自为女儿决定的命运却使她感到忧虑。如果人们深入地研究一下她的一生和她的信件，就会发现：这位不幸的女皇、奥地利家族的大君主，她戴的那顶皇冠早已是一种负担。在漫长的战争中，在反对普鲁士和土耳其、反对东西方势力的斗争中，她历尽艰辛才维护了这个帝国的统一，这个帝国是结盟的，在某种意义上来说是人为拼凑起来的。可是现在，她失去了勇气，因为这个帝国只是从外表上看起来还牢固。这位年高德劭的女人明显地预感到，她为之付出全部精力和心血的帝国将在她的继承人手中衰落并崩溃。作为一个有预见的、几乎洞察一切的政治家，她知道，这个偶然由多民族组合起来的国家是多么松垮。只有持谨慎、克制的态度，采用

---

① 十四世纪到十九世纪在欧洲通用的金币名。

精明的对策，才能延长其寿命。但是，她兢兢业业开创的事业，将由谁来继续呢？她对自己的子女深感失望，这引发了心中的卡珊德拉① 情绪。她感觉到，他们缺少她那种特有的品质：巨大的忍耐性，宁可慢些但要稳当的计划，坚持不懈，能放弃己见，能明智地约束自己。但是，她的丈夫肯定把急躁的洛林人的性格遗传给孩子们了。他们情愿为了一时的痛快而毁坏远大的前程。这真是平庸的一代，他们不认真，缺乏信心，一心只图眼前利益。她一生受尽弗里德里希大帝的欺凌和讥笑，而她的儿子，即与她共同执政的约瑟夫二世，急于完全地继承帝位，则对他阿谀奉承。她是个虔诚的天主教徒，对伏尔泰这个反基督教者深恶痛绝，而约瑟夫则对他百般献媚。她同样为女儿玛丽·阿玛莉亚公主安排了一个王位，但她刚刚嫁到帕尔马王国，她的放荡行为就轰动了整个欧洲。她与几个情人寻欢作乐，在两个月内使财政严重亏损，使国家一片混乱。嫁到那不勒斯的那个女儿也没有给女皇增添多少光彩。她的女儿没有一个表现出庄重的性格和高尚的道德。她忘我地、尽职地把自己的一生、把自己的全部乐趣和欢乐都献给了伟大的事业，现在她觉得这是徒劳无功的。她恨不得逃到修道院里去。她担心并预感到，她那性急的儿子会轻举妄动地将她创建的事业毁于一旦，因此这位老战士尽管已厌倦手中的君主节杖，但还是紧紧地抓住它。这位善于了解别人性格的女皇，对于最小的女儿玛丽·安托内特也没有抱什么幻想。她知道这个女儿的优点：性情温和，待人真诚，为人和善，活泼聪明。但她也深知其缺点：幼稚，轻率，贪玩，漫不经心。在玛丽·安托内特出嫁前两个月，女皇让她睡在自己的卧室里，以便更多地接近她，以便在最后时刻

---

① 希腊神话中的特洛伊公主，能预卜吉凶。

还能把这个热情奔放的顽皮的小姑娘改造成一个王后。她试图通过长谈使女儿对未来的重要地位有个思想准备。为了得到上帝的保佑，带女儿到玛利亚策尔去做了朝圣。离别的时刻愈近，女皇的心里愈是烦躁不安。一种不祥的预感使她心慌意乱。她预感到灾难的降临，于是使尽全力祛除群魔。分别之前，她给玛丽·安托内特写了一份详细的守则，并让这个漫不经心的孩子发誓，每个月都要认真地读一遍这份守则。除了公函之外，她还给路易十五写了一封私人信件，恳求老国王对这个年方十四岁的不懂事的孩子多多包涵。但是她内心的忧虑一直无法消除。玛丽·安托内特可能尚未到达凡尔赛，她已派人给女儿送一封信，提醒她要按守则办事。"亲爱的女儿，我提醒你每月二十一日要读一读那张字条。我请求你相信我的话。我最担心你在祷告和学习时漫不经心，这样就会导致疏忽大意和懒散怠惰。要与这些毛病做斗争……别忘了你的母亲，她虽然远离你，但只要一息尚存，就会一直关心着你。"正当举世为她女儿的婚事成功而欢呼的时候，这位年老的母亲却走进教堂，祈求上帝为她的女儿消灾，这灾难只有她一个人预感到了。

浩浩荡荡的车队——由三四十匹马组成，每到一个驿站这些马全部都要更换——缓缓地通过上奥地利和巴伐利亚。一路上车队受到了无数次的欢迎和接待，然后接近了边界。而这时，在莱茵河的一个岛上（位于克尔和斯特拉斯堡之间），木匠和装饰工正在抓紧修建一幢独特的建筑物。在这里，凡尔赛宫和舍勃隆宫的宫廷大臣们打出了一张王牌。新娘的交接仪式，应该在奥地利领土上举行，还是在法国疆土上举行，这个问题经过无数次商讨之后，大臣中有个头脑精明的人想出了一个聪明的解决办法，即在法国和德国之间的莱茵河中的一个无人岛上（也就是一块荒无人烟的地方）建造一座独特的木结构楼房，用来举行新娘的交接仪式。这个中立地带真是妙不可言。这个楼房的两间前室面向莱茵河右岸，玛丽·安托内特走进时还是奥地利公主。另外两间前室面向莱茵河左岸，在举行交接仪式后，她离开这里便成为法国的太子妃了。中间是个大厅，交接仪式在这里举行，公主最后在这里变成法国王后继承人。房间里匆忙制成的板壁上挂着来自大主教殿堂里名贵壁毯。斯特拉斯堡大学支援了一顶华盖。斯特拉斯堡富有的市民献出了华丽的家具。这个豪华而神圣的地方自然是不许普通老百姓窥视的。不过，所有地方都一样，几枚银币可以使卫兵通融一下。于是，在玛丽·安托内特到达的前几天，几个年轻的德国大学生出于好奇心悄悄地溜进了尚未装修好的房间。其中有个大学生身材高大，目光坦率而热烈，刚强的额上透出天才的气质。他对那些根据拉斐尔绘画制成的珍贵的高贝林壁毯百看不厌。这个年轻人刚刚在斯特拉斯堡大教堂观赏了哥特式建筑的风格，现在这些壁毯引起了他极大的兴趣，他以同样的喜爱来欣赏这些古典艺术。他热烈地向那些不善言辞的同伴们讲解他意外发现的这位意大利大师的艺术珍品。可是，他突然中断了谈话，显得不愉快的样子，皱起两道浓眉，刚才还是热情的目光现在流露出几乎是愤怒的神色。因为他现在才发现，这些壁毯所描绘的实际上是一个对婚礼很不适合的神话，是关于伊阿宋、美狄亚①和克瑞乌萨②的故事，这是一个悲惨婚姻的事例。

"什么？"这位天才的年轻人没有注意到同伴们的惊讶而大声喊道，"在年轻的王后踏上法国疆土第一步时，难道能这样不审慎地把有史以来最恐怖的婚姻事例展现在她的面前吗，在这些法国建筑师、设计师和装饰

---

① 　在希腊神话中，美狄亚是伊阿宋的妻子。为了报复伊阿宋对她的遗弃，亲手杀死自己的两个儿子。

② 　在希腊神话中，克瑞乌萨是普里阿摩斯的女儿，埃涅阿斯的妻子。在特洛伊城失守时，她死于混乱之中。

师中，难道没有一个人懂得，这些画意味着什么，让人产生什么样的想法和感觉，造成什么样的印象，引起什么样的预感吗？给人的感觉是，似乎有人派一个可恶的魔鬼到边境去迎接这位据说是十分漂亮又热爱生活的姑娘。"

朋友们好不容易才使这个情绪激动的年轻人平静下来，他们几乎是硬把他从这幢木制的楼房里拉出去的。这个年轻的大学生不是别人，他就是歌德。但是，过不久，那支结婚仪仗队浩浩荡荡地来了，金碧辉煌的房间里充满着欢乐的说笑声。谁也预料不到，不久前一个诗人以他敏锐的目光在这五颜六色的壁毯中看出了厄运的黑线。

玛丽·安托内特过门时就要向一切与奥地利皇室有关系的人和物告别。对此，典礼官们也想出了一种独特的象征性：不仅奥地利的随同人员中，谁也不得陪她越过那条无形的分界线，而且礼仪还规定，她不得穿戴本国任何的衣物，如鞋、长筒袜、衬衣、皮带等。从玛丽·安托内特成为法国太子妃那一时刻起，就只能穿戴法国制造的衣物。这样，这位十四岁的姑娘就得在属于奥地利的前室里，当着奥地利全体随员的面，把衣服脱得精光。她那尚未发育成熟的纤弱的身躯上一丝不挂，霎时间使昏暗的房间显得分外明亮。然后，人们给她穿上了法国的丝绸衬衣、巴黎的裙子、里昂的长筒袜和宫廷鞋匠制作的鞋子，给她披上了法国的披肩。她不得留下任何东西作为纪念品，哪怕是一个戒指、一个十字架形的坠子都不能留。要是她保留了一个发夹或者一个心爱的手镯，礼仪界岂不闹得天翻地覆？从现在起，她就不能再见到那一张张多年来已经熟悉了的面孔。这个小姑娘被这堂皇的场面和繁文缛节吓住了，产生了一种突然被抛到异国他乡的感觉，竟孩子气地哭了起来。对此，人们难道会感到惊奇吗？但是，她马上保持镇静，因为在政治婚姻中，冲动的情感是不允许的。她的法国侍从正在对面的房间里等候她。要是她哭红了眼睛，怯生生地走到他们那里去，那多难为情。男傧相施塔黑姆贝格伯爵拉着她的手，迈向决定性的通道。她（在这最后两分钟内还是奥地利人）身着法国服装，在奥地利侍从最后一次陪同下，步入过境的大厅。气派非凡、服饰华丽的波旁王朝代表正在那里等待着她。路易十五的求亲代表致贺词，宣读婚约。然后，大厅里一片寂静，隆重的仪式开始了。仪式有步骤地进行着，就像表演小步舞似的经过了反复的排练。大厅中间的桌子象征边界。桌子一边站着奥地利人，另一边站着法国人。首先，奥地利的男傧相施塔黑姆贝格放开玛丽·安托内特的手。然后，法国的男傧相取而代之拉着她的手。他迈着庄重的步伐，领着浑身哆嗦的小姑娘，慢慢地绕着桌子走一圈。在这准确计算好的几分钟内，奥地利陪同慢慢地朝着门口退去，而法国侍从则以同样缓慢的步子迎向未来的王后。所以，当玛丽·安托内特站在法国宫廷人员中时，奥地利陪同刚好已离开大厅。庆典在最后一刻，这个胆怯的小姑娘忍受不了那冷淡而庄严的场面。当新的侍女、诺艾莱伯爵夫人恭顺地向她行宫廷屈膝礼时，她不是采取冷静的态度，而是像寻求帮助似的，啜泣着投入对方的怀抱，对于这种因为感到孤寂而表现出来的动人的姿态，两国的典礼大师曾经都没有想到要做出明文规定。不过，感情上的东西也不会写到宫廷礼节的规则中去。这时，镶着玻璃的专用马车已在外面等候，斯特拉斯堡大教堂的钟声已经敲响，礼炮发出雷鸣般的响声。在一片欢呼声中，玛丽·安托内特永远离开了无忧无虑的童年时代生活过的土地。从此，她的命运翻开了新的一页。

玛丽·安托内特的到来对于法国人民来说是个令人难忘的欢乐时刻，他们很久以来没有在这样的庆典中纵情欢乐了，斯特拉斯堡市民几十年以来（也许可以说从来）都没有见过一个像这位未来的王后那么漂亮的迷人的姑娘。这个金发碧眼、身材苗条的姑娘以喜悦的目光望着玻璃车窗外密密麻麻的人群，不断地欢笑着、微笑着。这支来自阿尔萨斯城乡、穿着漂亮的民族服装的欢迎队伍向着这豪华的车队高声地欢呼着。数百名身穿白色衣服的儿童走在车子前面，把鲜花撒在道路上。一道凯旋门耸立着，城门上饰以花环。广场上一桶桶葡萄酒如涌泉流淌，一头头牛在烧烤着，把筐筐面包分给穷人。傍晚，千家万户灯火通明，教堂塔楼上挂着灯饰，塔尖上那淡红色的饰物闪烁着红光。莱茵河上飘荡着无数的船只，船上挂着的灯笼像大红的橘子，有些船上人们还持着彩色火把。点缀在树木上的彩色玻璃球在灯光照射下闪闪发光。岛上举办了大型的烟火表演，烟花纷飞，万人观赏。烟火喷射出各种神话人物的形状，其中有个图案是以太子和太子妃的姓名开头字母绘编而成的，直到深夜，爱看热闹的市民还在大街和河岸上流连忘返。乐队奏着乐曲，在成百个场所一群群青年男女在翩翩起舞。这位奥地利金发使者的到来预示着幸福的黄金时代的来临。在痛苦而烦恼的法国人民的心中又产生了美好的希望。

但是，这壮丽的场面也掩盖着一道小小的裂痕，这里如同接待大厅中那幅高贝林壁毯一样也预示着象征命运的不祥之兆。第二天，玛丽·安托内特在出发前还想去做弥撒。但是，在教堂门口迎接她的不是年高德劭的主教，而是他的侄儿助理主教。这位世俗的神甫身穿宽大的紫袍，看上去略具女子气质。他发表了一篇大献殷勤、过于慷慨激昂的讲话，——可见，法国科学院吸收他为会员并非没有道理——他讲话中最精彩的是几句阿谀奉承的话："很久以来，欧洲就钦佩那位女皇，后代也必将尊敬她。对于我们来说，您就是那位敬爱的女皇的化身。现在，玛丽亚·特蕾西亚精神与波旁精神融合在一起了。"致辞完毕，人们怀着崇敬的心情井然有序地进入闪着蓝光的大教堂。这个年轻的神甫领新娘走向圣坛，他戴着戒指的温柔的细手举起了圣体匣。他就是路易·罗安亲王。当她到法国时，他第一个向她表示欢迎。后来在项链事件中，他成为悲喜剧的主角，是她最危险的对手，是置她于死地的敌人。现在为她祈神赐福的这只手，正是后来玷污她王冠和败坏她名誉的那只手。

尽管阿尔萨斯对于玛丽·安托内特来说具有一种家乡的气息，但她不能在斯拉特斯堡逗留太久。法国国王正在等待她，任何拖延都是违反礼仪的行为。新娘的车队终于沿着欢声雷动的岸边，穿过一个个凯旋门和挂满花环的城门，向着第一个目的地贡比涅森林行进。王室庞大的车队正在那里等候他们的新成员。宫廷大臣、贵妇人、军官、卫士、鼓手、号手和吹奏者全都穿着新的、闪光的衣服，按照等级顺序一行行地站着。这多姿多彩的队伍使这春意盎然的森林显得更加生气勃勃。两队号手吹起了号声，预示新娘的车队就要临近。号声一响，路易十五就从车上走下来，去迎接他的孙媳妇。但是玛丽·安托内特已经急忙迈着令人赞叹的轻快的步伐向他迎上去，并以十分优美的姿态（真不愧为舞蹈大师诺维勒的学生）向她未来的丈夫的祖父行了屈膝礼。国王在"鹿苑"街区的生活经历使他成为鉴赏少女体态的专家，而且对优雅妩媚的姑娘怀有浓厚的兴趣。这时，他温柔而满意地向这个惹人爱的金发姑娘俯下身来，把她扶起来，亲了亲她的双颊。然后，他才向她介绍未来的丈夫。新郎身高五英尺十英寸，这时正呆板地笨拙而尴尬地站在一旁。现在他终于抬起那困倦的近视眼，然后按礼节的规定拘泥地毫不热心地在新娘的脸颊上亲了一下。在车上，玛丽·安托内特坐在祖父和孙子之间，也就是坐在路易十五和未来的路易十六之间。这个老头子看来更乐意扮演新郎的角色，他兴奋地闲谈聊天，甚献殷勤。但是，这位未来的丈夫却感到无聊，默默地坐在一角。晚上，这对已订婚并且举行过代理结婚仪式的新人走进各自的房间去睡觉时，这位忧郁的新郎还没有对那令人陶醉的新娘说过一句温柔的话。他在日记中概述这一重要的日子时，只是干巴巴地写上一行字："与新娘会面。"

三十六年后，也是在贡比涅这座树林里，另一位法国国王拿破仑在等待他的新娘——另一位奥地利公主玛丽·路易丝。她不如玛丽·安托内特那么漂亮，那么迷人。路易丝体态丰满、乏味，但是温存。这位精力充沛的男人和求婚者立即温柔而狂热地占有了她。在她到达的当天晚上，他询问主教，维也纳的代理婚礼是否已给他婚姻的权利，不等对方答复，他就做出了结论：第二天早上两个人已经在床上共进早餐了。但是玛丽·安托内特在贡比涅树林里见到的不是情人，也不是丈夫，只是徒有其名的新郎罢了。

五月十六日在凡尔赛的路易十四小教堂里举行正式的婚礼。最信仰基督教的国王主持了这个宫廷庆典和国家庆典。这次庆典是家庭内部的事务，但又是庄严而至高的国家大事，因此不允许老百姓观看，甚至在门口夹道欢迎也不行。只有出身于贵族世家的人（至少有姻亲关系的）才有资格进入教堂。教堂里，春天的阳光透过彩色的玻璃照射进来，如同旧世界里的最后一盏灯，让刺绣的锦缎、闪光的丝绸和贵族的豪华再次发出闪光。兰斯大主教主持了婚礼。他为十三枚金币和结婚戒指祝福。接着，太子把戒指戴在玛丽·安托内特的无名指上，并把十三枚金币递给她。然后，两个人跪下接受祝福。随着管风琴的演奏，弥撒开始了。在念主祷文时，在这对年轻人的头顶上方张开了一顶银色的华盖。

然后，国王以及按等级排列的全体亲属在婚约上签名。这份婚约很长，折叠了好几次。至今在这张褪色的羊皮纸上，还可以看到当年十五岁的新娘十分吃力地写下来的歪歪斜斜的签名：玛丽·安托内特·约瑟·让内。在她签名的旁边留下一大块墨水渍，所有签名中只有她那支不听话的笔才会流出一块污渍。大家对此议论纷纷：这是不祥之兆。

现在，婚礼已经结束，老百姓得到恩赐，也可以参加君主的节日活动。不计其数的人（巴黎有一半人纷纷出动）涌向凡尔赛宫的各个公园。今天，公园里的喷泉和瀑布、林荫小径和草坪全部向平民百姓开放。主要的娱乐节目本是当天晚上的烟火，其规模应是宫廷有史以来最大的。但是，天公使放烟火的计划落空了。一场暴风雨来了。骤雨铺天盖地般倾泻而下，老百姓乱哄哄地、十分扫兴地跑回巴黎。成千上万的人浑身湿透，冷得发抖，在风暴的驱逐下，叫嚷着，摇摇晃晃地沿街乱跑。公园里的树木被风雨刮得剧烈地摇曳着。这时，在新建的剧场大厅里，几千支蜡烛大放光芒，一场盛大的婚宴开始了，这是任何暴风骤雨和世俗生活都干扰不了的。路易十五第一次，也是最后一次，试图在豪奢方面超过他杰出的前任路易十四。六千名上等的贵族宾客好不容易弄到了入场券。当然，他们不是为了吃上一顿，而只是为了能够从楼座上恭敬地观看二十二名王室成员怎样使用刀叉进餐。六千名宾客屏住气，生怕破坏这盛宴的庄严气氛。一支由八十人组成的乐队在大理石拱廊上演奏着，只有那轻柔的乐声伴随着这丰盛的晚餐。然后，国王一家迈步离去，法国卫队敬礼致意，贵族恭顺地弯下腰来夹道欢送。正式的庆典结束了。现在，这位日后要成为国王的新郎要尽的职责与普通的新郎没有什么两样了。于是太子妃在右边，太子左边，国王领着这对已婚的孩子（两人的年龄加起来刚过三十岁）走向卧室。到了洞房里还要遵守礼仪。因为，除了法国国王本人，谁能够将睡衣递给正位继承者呢？除了地位最高的、新近结婚的贵妇（比如夏尔特公爵夫人），谁又能够将睡衣递给太子妃呢？但是，能接近新婚床的人除了新郎和新娘外，就只有兰斯大主教一人。他为新婚床祝福、喷洒圣水。

宫廷人员终于离开了洞房。路易和玛丽·安托内特婚后第一次单独待在一起。新婚床上的绣帐沙沙地放下，如同织锦的帷幕遮掩了一出看不见的悲剧。

国王的烦恼

　　第一天晚上在那张床上什么事也没有发生。第二天早晨，年轻的丈夫在日记中写道："什么也没有。"这是十分不幸的双关语。不管是宫廷礼仪还是大主教对新婚床的祝福都无法排除太子生理上令人难堪的障碍。房事不能进行，从根本的意义上来说，就是这次婚姻没有完成，今天和明天没有完成，今后几年仍然如此。玛丽·安托内特嫁给一个粗心大意的丈夫。起初人们认为，这位十六岁的年轻人只是由于胆怯，没有经验，或者"成熟较晚"（我们今天可说发育不良），因此在同这位迷人的姑娘同床时显得力不能及。这位经验丰富的母亲想，安托内特千万不要急躁，不要增加心理负担，并提醒女儿不要把事情看得过于严重。"只是在这方面没有什么兴致"，一七一七年五月她给女儿的信中这样写道，并建议女儿要"温柔、爱抚"，但是也不要过于殷勤，"过于殷勤反而会把一切弄坏。"不过，这种状况延续了一年、两年之后，女皇开始对这位年轻人的"奇怪行动"感到不安。太子的良好愿望是毫无疑问的。因为他对漂亮的妻子已经越来越温柔。他经常在夜里到妻子的房间去，不断地进行无用的尝试。但是在最后关键时刻，一种"可恶的魔力"，一种神秘的令人不愉快的故障妨碍了他。无知的安托内特认为，这只是由于不熟练和年轻而造成的。由于缺乏经验，这位可怜的姑娘甚至明确地否认"这里流传的关于他无能的卑鄙的谣言。"她母亲现在很关心这件事。她让人把宫廷御医范·斯维滕叫来，同他商量"太子奇怪的冷漠"的问题。御医耸耸肩膀。如果这样一个迷人的年轻姑娘都不能使太子激动起来，那么任何药物都是不起作用的。于是玛丽亚·特蕾西亚接二连三地写信到巴黎。最后，经验丰富、深为内行的国王路易十五对他的孙子查问了一番。接着，向法国宫廷医生拉松透露了情况。御医对这位可悲的性爱英雄做了检查，并得出结论：太子的性无能不是因为心理原因，而是由于无关紧要的器官上的缺陷（包皮）而造成的。紧接着就是不断地举行会诊，以便决定外科医生是否应该动手术刀，"为了使之能够干活，"正如人们在前厅里用讥讽的口气低声所说的那样。这期间，玛丽·安托内特在几位内行的女友教导下，也尽力促使她的丈夫进行手术治疗。（一七七五年她在写给母亲的信中说："医生谈到的这种小手术，我也认为有必要，我尽力使他下决心去做这种手术。"）但是路易十六（这期间太子已成为国王，然而过了五年他还不是真正的丈夫）还是优柔寡断，没有采取果断的行动。他犹豫不决，还是一再尝试。他反复尝试，不断失败，这种令人厌恶而可笑的情景又拖了两年。这整整七年的时间是多么的可怕，这种状况使玛丽·安托内特蒙受耻辱，引起整个宫廷的讥笑，引起玛丽亚·特蕾西亚的恼怒，也使路易十六丢脸。最后约瑟夫皇帝亲自到巴黎去，以便劝说他那胆怯的妹夫去做手术。然后这位可悲的性爱失意的恺撒幸福地越过了卢比孔河①。他终于战胜了自

---

① 意大利河名。

己的心理，但是这七年可笑的尝试，这两千个夜晚的尝试，已经在他的心里投了阴影。在这漫长的岁月里，玛丽·安托内特作为女人和妻子备受屈辱。

有些性情敏感的人也许会问，对这些尴尬而郑重的房事秘密，难道不能避而不谈吗？比如，掩盖国王床上无能的事实，不让人知晓；对房事悲剧悄悄地一笔带过；最好，是委婉地提"缺少做母亲的幸福"。强调这些秘密的细节对刻画人物性格真的是必不可少的吗？是的，这些描述是不可缺少的。因为对事情的起因如不坦率直言，人们对国王和王后之间，王位继承人和宫廷之间逐渐产生的紧张、依赖，听从和敌对的关系及其对世界历史的影响，将是不可理解的。世界历史上许多造成后果的事件（比人们通常愿意承认的要多得多），都起端于宫闱之中和御床的帷帐之后。但是，个人原因和世界政治历史后果之间的逻辑关系，像这场秘密的悲喜剧这样明显的例子，实属罕见。玛丽·安托内特自己把房事问题称作是她忧虑的和期待的"主要问题"。因此，任何对人物性格的描述，如果对此事实加以遮掩，都是不诚实的。

此外，当人们坦率而诚实地谈论路易十六长年房事无能时，真的是揭开了一个秘密吗？绝不是，只是十九世纪才以病态的假正经的眼光，把人们自然地讨论生理现象看作是有腐蚀作用的。但是，十八世纪，如同以往的任何时候，一个国王房事能力的强劲或者无能，一个王后生育能力的旺盛或者不育，不是个人的事，而是政治上的大事和国家的大事。因为这关系到"王位继承权"，因此这决定着整个国家的命运。显然，床也像洗礼盆或棺材一样都是人生的一个部分。玛丽亚·特蕾西亚和玛丽·安托内特之间的通信，都是要通过档案人员和抄写员之手的。但是，在通信中，奥地利女皇和法国王后当时完全是自由地谈论这一离奇的婚姻状况的细节和不幸，玛丽亚·特蕾西亚生动地向女儿描述了同床的好处，并向她暗示，如何灵活地利用每个机会达到亲热的目的。女儿在回信中报告月经来了或者没有来。报告丈夫房事的失败和"稍有好转"，终于高兴地报告怀孕的喜讯。有一次，甚至连《伊菲姬尼》的作曲家格卢克，因为比信使早动身，也受委托传递过这类私人的消息。在十八世纪，人们还能以非常自然的态度来对待自然的事情。

但是，要是当时只有她母亲一个人知道那件秘密的性无能的事就好了。实际上，所有的宫廷女侍都在谈论。仆人和凡尔赛宫的洗衣妇也知道此事。甚至在自己的餐桌上，国王有时也得忍受粗俗的玩笑。此外，一个波旁君王的生育能力关系到王位的继承权，是一件严峻的政治大事。所以，所有的外国宫廷都非常关心这个问题。普鲁士、萨克森和撒丁的使节在给国内的报告中，对这件棘手的事情都做了详尽的报道。其中最热心的是西班牙大使阿良达伯爵，他甚至收买宫中仆人，让他们检查御床上的床单，以便尽可能准确地找到生理学上的根据。在整个欧洲，亲王们和国王们在书信和言谈中都在嘲笑他们那位笨拙的同僚。不单在凡尔赛，而且在整个巴黎，整个法国，国王的房事无能已经成了公开的秘密。人们在大街小巷纷纷议论这件事，并把它编成讽刺小品到处传播。在委任摩尔帕为大臣时，广泛地流传着一首诙谐而快乐的小调：

> 摩尔帕原先无能为力，
>
> 国王使他强有力。
>
> 大臣非常感激；

陛下啊！

愚臣最大心愿，

就是能够像您。

歌词虽然风趣，但事实上含义却是可悲的、危险的。因为这房事无能的七年在精神上决定了国王和王后的性格，并导致各种政治后果。如果不了解房事无能这一事实，那么这种种政治后果是不可理解的，因为这对夫妇的命运是同世界的命运连在一起的。

如果不了解这一秘密的缺陷，首先就无法理解路易十六的精神状态，由于临床上的事实，他的精神面貌表现出一种因缺少男子之刚而产生自卑感的全部典型特征。在私人生活和社会生活中，由于压抑的心理，他缺少活力去从事创造性的活动。他不愿意抛头露面，不懂得显示自己的意志，更不懂得如何去贯彻自己的意志。一种隐秘的羞愧使他总是笨拙而胆怯地躲开宫中的社会活动，特别不想和女人来往。因为他（从根本上来看，他是个正直厚道的人）懂得，宫中的人都知道他自己的不幸。他看到知情者脸上露出讥讽的微笑，他的举止就变得畏畏缩缩。他有时强制自己做出威严的样子，摆出男子汉的气概、强硬和粗暴。谁都知道，这是打肿脸充胖子的典型表现。他从来都不能做出自由、自然和自信的样子，更不用说威严的样子。因为他在卧室里不是男子汉，所以他在别人面前也不懂得当国王。

但是他的爱好却具有十足的男子气概。他喜欢打猎，喜欢干重体力活，他为自己建造了一个锻工车间，他的车床至今还可以看到。这些爱好与他的临床表现毫无矛盾，反而进一步证实了房事秘闻。正因为，谁不是男子汉，谁就会无意中喜欢扮演男子汉的角色，一个有隐秘缺陷的人总是喜欢在别人面前炫耀自己的刚强。当他骑着大汗淋漓的马儿穿过树林，一连几个小时地追赶野兽时，当他在铁砧旁边干得精疲力竭时，这种纯粹的体力上的强壮就会抵消了那隐秘的缺陷带来的苦恼。作为黑腓斯塔斯①，他感到舒心愉快，但却无法为维纳斯②效劳。当他刚穿上礼服，来到群臣之中时，就感到那种力量不过是一种肌肉力，而不是精神力量，于是马上就显得局促不安起来。人们很少见到他欢笑，很少见到他流露出真正的幸福感和满足感。

从性格学上来看，他这种内心里的懦弱意识，最危险的是对妻子的精神状态产生了不良的后果。她的许多行为举止与他的个人爱好是相违背的。他不喜欢她的社交圈子。她那不停吵闹的娱乐活动，大手大脚的挥霍以及与王后身份不符的轻浮的举动都令他厌烦。对此，一个真正的男子汉就会立即采取补救的措施。但是，一个男人每天晚上在妻子面前感到羞愧，感到无能，只能当可笑的失败者，白天他又怎能充当大丈夫呢？路易十六因为性无能，因此对他的妻子毫无抵抗能力。相反，这种羞耻的状况持续愈久，他就愈可悲地依赖她、听从她。她可以从他那里得到她想要的一切。他反复地无限地迁就她，以此赎回他内心的负罪感。他缺乏意志力——说到底，意志力无非是性能力的精神表现——去专横地干预妻子的生活，去阻止她那明显的荒唐行为。大臣们，身为母亲的奥地利女皇和整个宫廷都失望地看到，一切权力落到一个年轻而放荡的女人手里。她轻率地削弱了国家的权力。按照经验来说，夫妻双方在家庭中已经确立起来的地位在意识上保持不变。尽管路易十六已经成为一个真正的丈夫，并且成了几个孩子的父亲，但是，本该是法国统

---

① 希腊神话中的火神及锻铁神。
② 罗马神话中司恋爱之女神。

治者的他，却是玛丽·安托内特的缺乏意志的奴隶，这仅仅是因为他没有及时地成为她的真正的丈夫。

路易十六的性无能十分严重地影响了玛丽·安托内特的精神发展。从两性的对立现象来看，同一种性障碍在男人和女人的性格上会产生不同的现象。一个男人的性能力发生故障，他就会产生压抑的心理，并缺乏自信心，而他的妻子准备献身，却不能如愿，必然就会流露出过度兴奋和狂放不羁的情感，其跳动着的充沛的活力就会迸发出来。从生性上来看，玛丽·安托内特本来是完全正常的。她是一个富有女性特征的温柔的女人，这决定她会成为贤妻良母，或许她只等待许配给她一个真正的丈夫，但是厄运要她这个情感丰富的人陷入不正常的婚姻，嫁给一个缺乏男子之刚的人。当然，她结婚时才十五岁，她丈夫令人讨厌的性无能还不会给她带来多少心理负担。因为，一个姑娘到了二十二岁还是处女，谁会认为这种情况在生理上是不正常的呢！但是，在这个特殊的例子中，使她的神经受到震惊和危险的刺激的原因在于，由国家分配给的丈夫不是让她在保持贞洁的情况下度过那七年徒有虚名的婚姻生活，而是让那个笨拙的、心情压抑的丈夫在她年轻的身体上反复地尝试了两千个夜晚。一年又一年，通过失望、羞耻和屈辱的方式，她的性欲受到了刺激，但没有一次得到满足。不用神经医生就可以确认，她这种危险的过度的活力，这种对什么事都不满意的态度，这种轻率地追求享乐的行为，正是由于她丈夫不断进行性刺激又得不到性满足而造成的医学上的典型后果。因为她在心灵深处没有激动过，也没有满足过，所以，这位结婚已七年而尚未被征服过的女人，就不断地寻求活跃而热闹的场面。开始时，她只是天真地快乐地玩玩而已，逐渐地，这种玩乐发展成为一种痉挛的、病态的、被整个宫廷认为是胡闹的享乐癖。对此，玛丽亚·特蕾西亚和所有朋友都极力反对过，但都枉费心血。国王因为房事无能，通过沉闷而疲劳的体力劳动来消除烦恼。同样，王后也通过与女士热情交友，与年轻的宫廷侍臣打情骂俏，通过梳妆打扮，以及通过类似缺点发脾气来发泄她那用非其所的和毫无用处的感情。她一夜又一夜地避开双人床，避开这个给她带来屈辱的可悲的地方。当她不称职的丈夫因为打猎弄得疲惫不堪早已酣睡时，她却在歌剧院、娱乐厅、晚宴上和乱七八糟的社交聚会中消磨时光，直到清晨四五点钟。她要靠别人的热量来温暖自己，她是个有失身份的王后，因为她嫁给了一个无能的丈夫。但是，这种轻佻的生活实际上没有乐趣，仅仅是内心绝望的反映。她有时候的极度忧伤说明了这点。当她的亲戚夏尔特尔公爵夫人生下一个死婴时，她曾强烈地大声呼喊。对此，她写信给母亲："这件事肯定是可怕的，但我宁愿走到这一步。"只要能生个孩子就好了，哪怕是死婴！只求最终能摆脱这种无望的不体面的状况，只求最终能成为她丈夫的真正妻子，而不总是像现在这样，婚后七年还是处女。要是不理解玛丽·安托内特隐藏在享乐癖后面的绝望心情，就不可能解释和理解她最终成为妻子和母亲之后发生的明显变化。突然间她的神经变得明显镇定起来，简直变成另外一个玛丽·安托内特。在后半生中，她成了一个能自我克制、意志坚强和大胆果敢的人。但是这个转变来得太迟了。婚姻生活也同童年时代一样，最初的经历起着决定性的作用。在心灵最细微最敏感的地方要是出现一丝裂痕，几十年时间都难以愈合。感情上最深的看不见的创伤难以完全治愈。

但是，这一切只不过是个人的悲剧，这种悲剧今天在关闭的大门后面每天都在重演。可是在这个事例中这桩不幸的婚姻造成的灾难性的后果已远远超出了个人生活的范围。因为，这对夫妇一个是国王，一个是王后，他们不可避免地要站在公众注意力的哈哈镜里，有些对别人来说是秘密的事，在他们身上却成了人家闲聊和评论的话题。像法国宫廷那样乐于讥讽人家的宫廷，自然不会满足于以同情心去对待这件不幸的事情，而是不断地去打听，玛丽·安托内特会以什么方式去弥补丈夫因为性无能带给她的损失。他们看到，她年轻迷人，满怀信心，卖弄风情，感情强烈，正当青春年华；他们知道，这个天仙般的女子嫁给了一个可悲的丈夫。因此那些无聊之辈只关心一个问题：她和谁一起欺骗她的丈夫。正因为事实上没有任何东西可报道，因此王后的声誉成了无聊的话题。只要王后跟某个宫廷待臣（比如洛宗或科克尼）外出，那些无聊的饶舌者就会说他是她的情人。清晨，要是她和宫女以及侍从在公园里散步，人们马上就会说这是难以置信的放荡行为。整个宫廷一直想象着这位失望的王后的爱情生活。然后，根据流言蜚语编成讽刺小调、杂文和淫秽的诗歌。起先，宫女用扇子遮住自己的脸偷偷地弄到这些下流的诗篇，然后传出宫外，将其付印，流传民间。后来，当革命宣传开始时，雅各宾派的记者用不了多长时间就找到证据，证明玛丽·安托内特是淫妇的典范和无耻的罪人；检察官只要打开充满色情诽谤的潘多拉的盒子，就可以将她细细的脖子压在断头台上。

于是，婚姻生活紊乱的后果超越了个人的命运范围，影响到了世界历史的领域。王权的崩溃实际上不是始于巴士底狱，而是始于凡尔赛。因为，有关国王性无能的消息和王后对性生活感到不满意的恶毒谣言，能够如此迅速地从凡尔赛宫传遍全国，这不是偶然的，而是有其秘密的家庭和政治的背景。也就是说，宫廷中有四五个人（都是国王的亲属）由于玛丽·安托内特对婚姻感到失望，他们对此表现出强烈的个人兴趣。主要是国王的两个弟弟，他们特别高兴地看到，由于路易十六患有可笑的生理上的毛病以及他害怕动手术，这样不但破坏了正常的婚姻生活，而且也打乱了王位的继承顺序，使他们看到了也有登上王位的意想不到的机会。路易十六的大弟弟普罗旺斯伯爵，也就是后来的路易十八（只有上帝才知道，他经过怎样曲折的道路才达到目的），他永远无法忍受一生只能站在王位后面充当副手，而不能亲自掌握君主之权杖。目前，王位正缺继承人，如果他不能继承王位，也能当摄政王，因此，他简直无法抑制内心的焦虑。但是，他同样也是个没用的丈夫，他也没有子女。国王的第二个弟弟阿图瓦伯爵比起没生育能力的两个哥哥占有优势，因为他可以让他的儿子成为合法的王位继承人。因此，对于普罗旺斯伯爵和阿图瓦伯爵来说，玛丽·安托内特的不幸正是他们的幸福，这种不幸的状况拖得愈久，他们愈感到胜利在望。因此，当国王婚后第七年突然产生了男子活力，夫妇之间的婚姻生活完全正常时，那两个弟弟发泄了巨大的仇恨。普罗旺斯伯爵的希望被彻底地破灭了，对此，他永远不能原谅玛丽·安托内特，在笔直的道路上他没有得到的东西，他试图通过曲折的道路得到它。自从路易十六做了父亲之后，他的这个弟弟和他的几个亲戚就成了他最危险的敌人，大革命在宫中有了得力的助手。王公贵族的双手为它打开了宫中的大门，为它提供了最好的武器。房事秘闻事件比起所有的外部事件更严重地从内部瓦解王权，并使之崩溃。几乎总是有一种秘密的命运将一种外表可见的公开的命运吸引过来，几乎每一件世界大事都是内部个人冲突的反映。由细小的原因发展成巨大的后果，这永远是历史上重要的秘诀之一。一个人出现暂时的性功能障碍使整个世界陷入动荡不安的局面，这种情况不是最后一次。塞尔维亚人亚历山大性无能，他在性爱上迷恋于德拉加·马辛（这个女人使他摆脱了性的苦恼），这两个人被谋害，卡拉乔治维奇被任用，与奥地利为敌以及世界大战的爆发，这些同样是无情的有如雪崩似的逻辑后果。因为历史有如无形的线，编织出命运逃脱不了的网。历史有如结构奇妙的驱动装置，在这个装置中，最小的推动轮可以带动无比巨大的力。玛丽·安托内特的一生也是这样，微不足道的琐事产生了巨大的威力。她婚后最初几夜和几年中显然可笑的经历不仅影响了她的性格，而且也影响了世界的发展。

但是，乌云还在远处聚集。这个十五岁的女孩，她的思想还单纯，哪里能想到这些后果和错综复杂的矛盾。她正与她那笨拙的伙伴天真烂漫地开玩笑，并满怀着愉快而激动的心情，闪烁着明亮而好奇的目光微笑地认为，她正一步一步地登上通往王位的台阶。可是，最后停在她面前的却是断头台。上帝一开始就把黑签分配给某人，但不给其任何暗示，而是任其毫无疑心地无拘无束地沿着自己的路走下去，可是命运却向他迎来。

王后的情人

　　长期以来，汉斯·阿克赛尔·冯·费森的名字和外表都蒙上了一层神秘的色彩。那份公开印发的情人录里没有他的名字，在使节的信件里和当时的一些报道中从未提起过他。费森也不是波莉涅克夫人[①]客厅里的常客，在显眼的地方和公开的场合根本看不到他那高大而庄重的身影。他那刻意的矜持和明智的克制使他免遭宫廷内部一些人的恶毒攻击，但同时也长期为历史所忽略。由于他谨慎的态度，王后玛丽·安托内特那埋藏得最深的生活秘密可能永远都不会被揭露。十八世纪下半叶突然流传着一个充满浪漫色彩的谣言：在瑞典的一座宫殿里收藏着好几叠玛丽·安托内特的私人信件，这些封存得很好的信件一直不允许任何人接触。起初并没有人相信这种未被证实的谣传，直到有人将这些秘密信件拿出来发表后，尽管隐秘的细节全被无情地删除，那位名不见经传的北方贵族还是一下子就被推上了首要的位置，凌驾于玛丽·安托内特所有朋友之上，原来他才是王后最亲密的朋友。这些信件的问世彻底改

----

① 　波莉涅克夫人是玛丽·安托内特的知己。

变了王后长期以来在人们心目中那种轻浮女人的形象，就像上演一出描写人的心灵深处的戏剧，情节既感人又惊险；又好像是画一幅风景画，它的一半描绘阴暗的王宫景色，另一半被断头台阴森的影子笼罩着，同时又等于写一部令人震撼的小说，也许只有历史本身才敢编造出这样的故事：一对恋人炽烈地相爱着，他们出于责任感和谨慎不得不将自己的秘密隐藏起来，并一再被迫分离，又不断地想尽一切办法冲出重围，和对方相聚。这对恋人，一个是法国王后，另一个是来自北部国家的上等年轻贵族。这两个人的命运背后却是王朝的垮台和充满恐怖的年代——历史中烽烟滚滚的一页。人们只能从片纸只字中逐步地辨认和猜测出事实的真相，正因为这样才使故事更加扣人心弦。

这出精彩的历史爱情剧的开端一点也不富丽堂皇，完全是当时的洛可可式的风格。它的序幕就好像是从福布拉斯的作品那儿抄来的一样：一名年轻的瑞典人，上议员的儿子，继承了上层贵族显赫的名字。刚满十五岁，他就在家庭教师的陪同下出外旅行学习，历时三年，以了解世界，增长知识，完成学业。阿克赛尔在德国学习骑术和作战艺术，在意大利学习医学和音乐，在日内瓦拜访了著名学者、智慧的化身伏尔泰先生。在当时来说，这次拜访对他非常重要。瘦削的伏尔泰身穿绣花睡袍，热情地接见了他。就这样，费森便获得了文学学士学位。此时，十八岁的费森只缺最后一门修炼课程了，而理想地点自然是巴黎，他在这里学习优雅的谈话风度和高贵、文雅的举止。之后，一位十八世纪的年轻贵族的典型的教育课程才算完成。这名学业完善的宫廷侍臣便可担当使节、部长或将军的职务，上层社会向他敞开大门。

汉斯·阿克赛尔·冯·费森出身贵族，风度翩翩，聪明能干，具有外国人那特别的光彩。此外，他还有一个极其优越的条件：非常英俊，腰背挺直，肩膀宽阔，健壮而不笨拙，堂堂一名斯堪的纳维亚男子汉。人们看见他画像上那张坦诚、五官端正的脸，那双明亮的眼睛，坚定的目光和两道弯弯的、惹人注目的浓眉时，就会立即对他产生好感。还有，他有着宽阔的额头和性感的嘴唇，这张嘴懂得何时应该保持沉默。人们从画像上就晓得，一个真正的女人一定会爱上这样的男人，并觉得他可以信赖。费森不爱闲聊，单调乏味，不是有趣的旅伴，不善于交际，也不是才子。他虽然智力平平，但诚实坦率，举止自然得体。早在一七七四年，瑞典大使就自豪地向古斯塔夫国王报告说："我在任期间，所有来过我这里的瑞典人中，就数他最受上流社会的欣赏了。"

这个年轻的宫廷侍臣性情温和，并懂得享乐。女士们赞美他有一颗被冰包住的火热的心。他在法国并没少去娱乐消遣，他积极参加所有的宫廷舞会和大型宴会。于是便出现了奇遇：一七七四年一月二十日的晚上，在名流云集的歌剧院舞会上，一位身材苗条、衣着华贵的年轻女子步伐轻盈地朝他走来，脸上戴着丝绒面具。她毫无顾忌地和他攀谈起来。受宠若惊的费森十分欣喜，立即投入兴致勃勃的谈话中去。他发现这位胆大的谈话伙伴很有魅力，谈吐风趣，可能他对这个夜晚已抱有奢望呢。但他很快就发现几名好奇的男士和女士在交头接耳，并慢慢地把他们俩团团围住。他和那个戴面具的女子越来越引起人们的注意并成为晚会的中心。这时，局面已变得十分难堪，神秘女子居然摘下面具：原来是玛丽·安托内特（宫廷史册上还未有这种事件的记载）。这位法国王妃又一次偷偷离开一天到晚只想睡觉的丈夫，驱车前往歌剧院参加舞会，并且和一位陌生的绅士闲聊起来。为了避免引起太大的轰动，宫女们赶紧把这个逃跑的人围起来，把她带回包厢。但是，在凡尔赛宫这块是非之地又哪有什么秘密可言？人们对王妃这种违反宫廷礼仪的行为表示惊讶，大家议论纷纷。看样子，大使梅尔西可能翌日就会很生气地将这件事告到玛丽亚·特蕾西亚①那里去，从舍勃隆宫将会派信使送来一封令人烦恼的快信，严厉指责这轻浮的女儿，告诫她不应该再到处游荡并参加这种该死的化妆舞会，免得让人说三道四。但玛丽·安托内特已实现了自己的意愿，她喜欢这个年轻人，并且已向他表达心声。从那个晚上开始，这个职位并不显要的贵族青年成了凡尔赛宫所有舞会上的嘉宾。是否因为有了一个充满希望的开端使这两个人互相倾慕起来？对此，人们一无所知。不管怎样，一起重大事件中断了他们之间（当然还没有越轨）的暧昧关系。太子妃因路易十五的去世在一夜之间成了法国王后。两天之后（是否有人给他暗示？）汉斯·阿克赛尔·冯·费森动身返回瑞典。

第一幕就这样结束了。当然不能把它看成是风流爱情的开始，它只不过是一出戏剧本身的序幕：两个十八岁的青年男女偶然相遇，并相互产生好感，用现代的话说，这是舞会上的友谊，中学生的谈情说爱罢了，实质性的东西并没有发生，也没有触及感情的深处。

第二幕：四年后，一七七八年，费森再次来到法国。他父条派这个二十二岁的年轻人出来招引一位有钱女子为妻，最好是家在伦敦的雷厄小姐或日内瓦银行家的女儿奈克小姐，这位小姐后来成为斯达尔夫人而举世闻名。可是，汉斯·阿克赛尔·冯·费森对结婚并没有特别的兴致，什么原因人们后来才知晓。这位年轻的贵族一抵达巴黎便穿上礼服，入宫拜见。人们还认识他吗？有人还记得他吗？国王一脸不高兴地点了点头，其他人冷漠地朝这个无足轻重的外国人看了一下，谁也没

---

① 玛丽亚·特蕾西亚，奥地利女皇，玛丽·安托内特的母亲。

有对他讲一句客套的话。只有王后，一看清是他，便激动地喊了起来："啊！我们不是早就认识了吗？"她并没有忘记她那位英俊的北方贵族，而且重新激起对他的兴趣（这次可不是短暂的时间了）。她邀请费森参加她的社交聚会，她对他非常亲切和蔼，就像初次在歌剧院相逢时那样，首先采取主动的仍然是玛丽·安托内特。过了不久，费森在给父亲的信中写道："在我认识的王室人员中，王后最和蔼可亲。她曾很关心地问起过我。她问格罗茨，我为什么不参加她礼拜天的游戏活动。当她听说，有一天我是来了，但宴会已被取消时，她竟然向我表示歉意。"这位高傲的公主对伯爵夫人们的问候从来不予理睬，七年以来从未向红衣主教罗安打过一次招呼，四年之间也没有向杜巴里夫人点过一次头，现在却向一位年轻的外来贵族道歉，仅仅因为他想进凡尔赛宫赴宴而扑了空。想到这些，人们完全可以用歌德的一句话来形容她对这位瑞典贵族的厚待："对男童倍加宠爱。"几天后，年轻的费森又写信告诉他的父亲："我每次参加她的游戏活动时，她都和我谈话。"和蔼可亲的公主不顾一切宫廷礼仪的规定邀请年轻的瑞典人穿上本国军服到凡尔赛宫来，她很想知道他穿上民族服装后的样子（女人堕入情网后的兴致）。英俊的阿克赛尔当然满足了她的愿望。旧戏又重新上演了。

但这次演的戏对王后是十分危险的，因为宫廷里有上千双眼睛在监视着她。玛丽·安托内特必须更加小心谨慎地行事，因为她不再是从前那位十八岁的、年幼不懂事的小公主，那时做出傻事情情有可原，她现在是法国王后。但她情窦已开，那个笨拙的丈夫路易十六要经历七个可怕的春秋才学会在夫妻生活中履行做丈夫的职责，使王后真正成为他的夫人。说真的，像她这样一位亭亭玉立、俊俏美丽、感觉灵敏的少女，如果将大腹便便的丈夫拿来和青春焕发的心上人比较时，不知有何感受？初次狂热地堕入情网的王后每次见到费森都总是不自觉地表现得非常殷勤，甚至会因不知所措而脸红，所有好奇者都能觉察到她对费森的感情。再说，玛丽·安托内特一向以来不管是喜欢或厌恶都从不掩饰自己的感情，她这种情感外露的性格容易给她带来麻烦。一名宫女宣称，有一次她看得非常清楚，当费森突然走进来时，王后惊喜交集地颤抖起来。另外有一次，王后坐在钢琴旁为宫廷全体人员演唱"黛窦"咏叹调。当唱到"啊！当我在宫廷里看到您时，我是多么的激动！"时，她那双通常显得冷淡的蓝色眼睛热情而温柔地朝她暗地里（如今已不是秘密）选择的心上人望去并立即引起一大堆闲话来。对他们来说，国王和王后的亲昵行为就是最重要的国际大事。于是，整个宫廷都在密切注视着此事。人们很想弄清楚：王后会不会让费森成为她的情夫？是什么时候？过程是怎么样的？由于王后的感情容易向外泄露，所以，除了她本人没有意识到之外，大家都能看出，只有费森一人能赢得王后所有的爱，包括最后的爱，只要他大胆一些，或者只要他不那么规矩，猎物马上就能到手。

但费森是个瑞典人，一个真正的男子汉，很有个性。就北欧人的性格而言，他们一方面潇洒浪漫，同时又冷静理智。他很快认识到，不能再这样继续下去了。王后非常爱他，这点他比任何人都更清楚。然而，尽管他本人也热爱和敬重这个迷人的年轻女子，但他很正派，所以不愿利用这种感情上的偏爱让王后白白遭人议论。假如纵情于不严肃的恋爱关系，就会立即引起空前的丑闻，因为王后对这个瑞典人的柏拉图式的宠爱已经使她的名誉有所损坏。另外，扮演约瑟夫 [①] 的角色以及冷漠地

---

① 《圣经》里圣母玛丽亚的丈夫，约瑟夫和玛丽亚虽是夫妻，但没有过夫妻生活。

拒绝一位年轻美丽的女子的示爱，对热情奔放又年纪太轻的费森来说谈何容易。这位好小伙子在这种尴尬的处境下做了可能做得到的事，这个时刻他做了最崇高的决策：他决定远远地离开声誉受到威胁的王后，他报名参加开赴美洲的部队，当上拉法叶特的副官。他在线还没有缠绕到解不开时就把它剪断，他不愿意看到一场爱情悲剧的发生。

有关这对情人的离别，我们手头有一份不容怀疑的文件，是瑞典大使写给古斯塔夫国王的那封公函，这是一份王后向费森表示爱慕的历史见证。大使是这样写的："我必须禀告陛下，年轻的费森受到王后的倾爱，这引起了一些人的嫌疑。我不得不承认，我本人也确信，王后对费森有爱意，因为我察觉到种种明显的迹象。年轻的费森伯爵在这个时候表现得十分出色，他谦虚矜持，尤其能当机立断，在关键时刻做出了到美洲去的决定。他的离去排除了一切危险，而他能不为这种诱惑所动毅然做出这种决定，说明他有坚强的意志，这样做远远超出了他的年龄范围，实在难能可贵。在最后的日子里，王后的眼睛一直离不开他，当她看到他时，他们的眼睛里都充满了泪水。我恳请陛下，除了你和费森议员外，要千万保守这个秘密。当宫廷里那些受宠的臣仆听说伯爵要离开的消息时，都十分高兴。费兹·雅姆公爵夫人曾对他说：'什么，我的先生，您就这样丢下被您征服的人于不顾吗？'费森回答说：'如果我真的征服了一个女人，我是不会抛弃她的。我现在走得心安理得，没有一点儿遗憾。'我相信，陛下会承认，这是一个超越一个人的年龄范围之外的回答，既明智又冷静。顺便提一下，如今王后比以前明智多了，也更能克制自己。"

维护玛丽·安托内特"贞洁"的人不断地挥舞这份文件，把它作为旗帜来证明她是清白无辜的。这些辩护者们宣称：费森在差点犯私通罪的一刹那退了下来，这对情人强压住心中眷恋之情，的确令人钦佩，他们强烈的情欲终于保持了"纯洁"。但这份文件只能暂时证明一七七九年玛丽·安托内特和费森还没有过分亲昵的交往这一事实，它并不能说明最终会有一个什么样的结局。其实，以后几年才是他们的爱情关系发展到非常危险的时期。我们现在只不过看完第二幕，离他们进入错综复杂的爱情纠葛中还差得远呢。

第三幕：费森再次回到巴黎。经过四年的自愿流放，一七八三年六月，他同援美部队一起回来，在布勒斯特上岸后便直奔凡尔赛宫。在美洲期间，他一直和王后保持通信联系，但爱情总渴望两人相聚在一起："但愿不必再分离！终于能够在一起了！最好离得近些，无须在遥远的地方相望。"很明显，费森是根据王后的愿望立即申请法国部队军官的职位的。原因何在？费森那老练而节俭的父亲，瑞典上议员对这个谜一直没有解开。为什么阿克赛尔一定要留在法国？他是一名有经验的军人，一个古老的名门贵族的继承人，此外又是古斯塔夫国王的宠儿，在家乡有各种各样的职位任他挑选。这位失望的议员生气地再三问道："为什么一定要留在法国？"儿子只好急忙地制造谎言来应付半信半疑的父亲，说他是为了要娶腰缠万贯的继承人瑞士小姐奈克。实际上，他根本就没有考虑过结婚这个问题。在同一个时间内，他写了一封私人信件给他姐姐，将心里话告诉她："我已做出决定，永不结婚，这好像有点不合情理……我唯一想和她结婚的女子很爱我，可是，我却不能娶她。既然如此，我下决心终生不娶了。"

这还不够清楚吗？还要去问那个"唯一"的女子，那个爱他但却不能和她结婚的人，还有那个他在日夜中称之为"她"的人是谁吗？费森和王后之间一定发生了什么重要的事情，否则他不会对姐姐这么肯定，这么坦白地承认玛丽·安托内特对他有情意。尽管他给父亲摆出上千条难以写在纸上的个人理由来解释为什么要留在法国，其实，真正的理由只有一条：玛丽·安托内特希望、也可能是命令这位精选的情人长期留在自己的身边。这点他当然不愿告诉父亲。费森一申请军职，谁马上就"开恩"地关心和插手此事呢（玛丽·安托内特从来不参与军队任命的事务）？又是谁很快地（违背一切常规）将费森的军职任命通知瑞典国王呢？不是唯一负责此项任务的最高作战总指挥国王，而是通过一封由他妻子，即王后亲笔写的信件。

在这几年或者以后的几年里，玛丽·安托内特和费森之间那种亲昵关系很可能发展到最密切的程度。作为副官费森不得不（很不情愿）陪同国王古斯塔夫出外旅行访问两年。但到一七八五年，费森终于在法国待下来了。这些年来，在玛丽·安托内特身上发生了决定性的变化。那次项链事件令这位太容易轻信别人的王后开始变得孤独起来，并学会看事物要看本质。她退出令她头昏脑涨的圈子，这些人虽然聪明过人，但不可信赖；虽然表面风趣，但实际阴险奸诈，他们彬彬有礼献殷勤，其实是闹着玩的。她对这些毫无价值的人感到心灰意冷，大失所望。现在她终于找到一位真正的朋友。在这种到处充满仇恨的气氛下，她越来越需要温柔、信赖和爱。她现在已经成熟，不会再由于虚荣和愚蠢而浪费时间去听那些阿谀奉承的话并自我陶醉，而是把自己的一切托付给一个坦率、果敢的人。再说费森，他天生侠义，自从知道王后被中伤、诽谤、受到监视和威胁后，才全心全意地去爱她。当王后到处受人宠爱，被捧为女神，被拍马屁的人包围时，费森不愿接受她的爱。但在她孤独无援，急需帮助时，他才敢大胆地去爱她。他在信中告诉姐姐："她很不幸，她那最值得钦佩的勇气令她更加富有魅力。唯一令我感到内疚的是不能替她解除痛苦，使她得到她本应得到的幸福。"她越是不幸，越是孤独和心烦意乱，就越激发他那男子汉的意志，决心通过爱为她弥补一切。"她常常同我一起流泪，你想我是否应当爱她。"灾难越逼近，两人爱得就越深，也就更加迅速地紧靠在一起。对她来说，是希望在极度失望之中能从他身上得到最后的一点幸福。而对他来说，是希望能通过他那豪侠的爱和彻底的自我牺牲来代替他失去的王国。

当初只不过是肤浅的爱，如今已发展成心灵的相爱，谈情说爱发展成为真正的爱情。两人于是想尽一切办法来掩人耳目，把他们之间的关系隐藏起来。为了分散人们的注意力，免得引起怀疑，玛丽·安托内特没有把这个年轻军官派到巴黎的卫戍区去，而是到边界附近的瓦伦谢讷。当"有人"（在日记中，谨慎的费森是这样写的）召他进宫时，他在朋友面前会尽量采用各种方法来掩盖他出门的真正目的。这样，人们就不知道他是去了特里亚农宫，也就没有人能说三道四了。他在凡尔赛宫给他姐姐寄去的信中提醒道："千万别告诉任何人我是从这儿给你写信的，因为其他信件都是注明从巴黎寄出的。再会，我该到王后那儿去了。"

费森从来不参加波莉涅克夫人的社交聚会，在特里亚农宫，他不在王后的至亲好友之间露面，也从不参与滑雪、舞会和各种游戏活动。在这些场合中，尽量让那些表面看上去是王后的宠儿们耀武扬威、表现自己吧，因为这些人在献殷勤时就不知不觉地替王后掩盖了秘密，转移了宫廷方面的注意力。他们控制了白天，但晚上是费森的天地。他们对王后表示敬意，和王后聊天，而真正被王后深深爱着的费森却默不作声。圣·普里斯特深知内情，他当然什么都很清楚，只有一件事他不知道，那就是他自己的妻子也在痴迷地爱着费森，并写了多封灼热的情信给他。圣·普里斯特肯定自己的说法比任何人都可靠，他是这样说的："费森每个星期都到特里亚农宫三至四次，王后也是这样做，并且从不带任何随从，尽管受宠的费森谦逊又谨慎，从不吹嘘自己，是王后所有朋友中最不引人注目的一位，但这些幽会引起公众的流言蜚语。"当然，在这五年中，这对情人的单独相会只能偷偷摸摸地进行，时间短暂，来去匆匆，因为虽然他们有勇气，宫女也十分可靠，但玛丽·安托内特还是不敢过于放肆。直到一七九〇年，在他们离别前不久，沉湎于幸福爱情之中的费森说道，他终于能"和她"度过整整的一天。王后和她的天使情人的约会只能在晚上和早晨之间进行，在花园里隐蔽的地方，或者是分散在特里亚农宫的某间很偏僻、不易望见的哈米奥乡村小屋里，这就像《费加罗》中花园的一幕，伴随着轻柔浪漫的曲调神秘地在凡尔赛宫的灌木丛间和特里亚农宫弯弯曲曲的小道上演至剧终。此刻已响起《唐·璜》前奏曲里隆隆的鼓声，骑士团首领跨着沉重的步伐冷酷地来到门前：第三幕的格调逐渐起变化，从洛可可式的柔和转到革命悲剧的壮观场面，乐声也慢慢地加强。直到最后一幕，恐怖的场面充满血腥和暴力，使剧情达到高潮。此时出现离别时的绝望和毁灭前的极度兴奋的场面。

在最危急的时刻，所有其他人都逃之夭夭，但这位在享有幸福时不愿在公众面前表现自己的唯一真正的朋友却挺身而出，他准备着与她共生死，为她而牺牲。在暴风雨来临时，灰暗的天空下出现了他那一直隐蔽着的堂堂男子汉的威武身影。他所爱的人受到的威胁越大，他的决心就越坚定。他们俩已不顾一切地冲出在哈布斯堡公主、法国王后和外来的瑞典贵族青年之间设置的传统习俗的界限。费森每日都来到王宫，一切信件都是经过他的手。王后每次做出决定都和他商量，最艰巨的任务和最危险的机密都托付给他，只有他才了解玛丽·安托内特的想法和意图、忧虑和希望，也只有他才察觉到她的泪水、沮丧和悲愤。所有人都已离她而去，王后已一无所有，在这关键时刻，她终于找到了她一生中寻觅已久的知己：这位忠实、正直、刚烈、果敢的朋友。

现在我们已经知道，在玛丽·安托内特的感情生活中，汉斯·阿克赛尔·冯·费森是一位举足轻重的人物。而不是像人们在相当长的一段日子里所臆测的那样，只是一个次要的角色而已。这已是无可争辩的事实。我们知道，他与王后的关系绝不只是一场风流韵事，也不是什么浪漫的打情骂俏或是行吟诗人式的艳遇。他们的爱情在二十年漫长的岁月里经受过千锤百炼，显示了无比的力量，有着如火如荼般狂热的激情、藐视一切的气概以及宽宏大度的感情色彩。困惑着我们的只是拿不准他们相爱的形式而已，当男女双方热切相爱，而女方出于道德方面的考虑拒绝委身于对方时，有人就卑鄙地称这种爱情为"纯洁"的爱情。这种说法在上一个世纪的文学作品中备受青睐。果真是那种爱情吗？而我们所理解的那种彻底自由地、勇敢而不顾一切地把自己所有的一切都慷慨奉献给对方的爱情则被认为是"有罪的"，是"不可饶恕"的。那么汉斯·阿克赛尔·冯·费森终其一生仅仅只是浪漫地崇拜着玛丽·安托内特的一名骑士式的佣人吗？抑或是她不折不扣的真实的有肉体关系的情人？他到底是不是这样的一个人？

"不！绝对不是！"某些忠君保皇的反动传记作家立刻歇斯底里地叫喊起来。他们愿意付出一切代价维护"他们的王后"的"纯"，免她遭受任何一种"侮辱"。维尔纳·冯·海登斯腾就以斩钉截铁地语气声称：

　　"费森对王后的爱就像行吟诗人与圆桌骑士们的爱情一样庄严而尊贵，从未被任何肉欲的念头玷污过。玛丽·安托内特亦深爱着费森，但她同样从未有一刻忘记过她作为妻子的责任和作为王后的尊严。"

　　也就是说，费森与玛丽·安托内特是一对恋人的说法，对于玛丽·安托内特那些令人肃然起敬的狂热的崇拜者来说是不可思议的，是无法忍受的。他们抗议竟然有人认为法兰西最后一位王后会背叛我们历代先王的母亲们代代相传的美德。

　　请看在上帝的分上，不要再对这种"令人发指的诬蔑"（龚古尔语），作什么研究和探讨了吧。谁哪怕只是想去碰一碰这个题目，那些"王后贞操"的盲目的卫士们便会神经质地跳起来发出警告并叫嚷：决不能让所谓揭示真相的"阴险、可耻的用心"得逞！

　　那么我们果真得屈从于这些命令？对于费森终生是否只用超然脱俗，有如"额前围着一轮光环"般圣洁的眼光去看待玛丽·安托内特，抑或也用一个男性的、常人的目光对待这个问题，他们真的必须三缄其口？不！恰恰相反！如果我们因为感到羞涩，对这种问题难以启齿而因此回避它，那岂不是就让一个有实质性的问题就此滑走了？因为对于一个人，如果我们不清楚他最后的内心隐秘，就不能说我们已经了解他。尤其对于一个女人更是如此，如果我们不了解一个女人爱情的实质，也就不了解她的本性。有史以来，凡是长年受到压抑的情欲一般都必然不会在一个人的一生中轻轻地擦过，它一定会占据这个人的感情世界，并把它填塞满满的。这在我们现在的这一对情人身上就反映出来。我们要弄清王后与费森之间的爱情实际上达到了什么程度，这并不是多余的事，也不是要恶意挖苦。我们只是觉得这样做对了解一个女人的内心世界有决定性的意义。为了能画好一幅画，我们必须睁大我们的双眼。也就是说，让我们去面对事情本身！去审情度势！去翻阅文献！去作调查研究！也许这个问题是有答案的！

第一个问题：假设玛丽·安托内特毫无保留地完全委身于费森，按照小市民的道德观念来看，这是一种犯罪的行为。那么，是谁指控她犯了这种罪行呢？在她的同时代的人中，指控她犯了这种罪行的仅有三个人。当然，这三个人位极登峰，绝不是躲在阴暗角落里窃听别人秘密的市民无赖，而是值得信赖的知情者。他们是拿破仑、塔列朗和路易十六的大臣圣·普里斯特。其中圣·普里斯特还是日常发生一切事件的目击证人。所有这三位全都毫不迟疑地而且直言不讳地一致认为玛丽·安托内特是费森的情妇。最了解内情的圣·普里斯特所提供的细节也最为详尽。他以完全客观的、对王后毫无恶意的语气叙述了费森夜间秘密拜访特里亚农宫、圣·克洛德宫和土伊勒里宫的情况。并说费森是拉法叶特特准的唯一可以秘密进入这些宫殿的人。他还谈到波莉涅克夫人是知情的。她似乎还十分赞成这种说法，即王后的相好是一位上等人，因为她认为一个外国人不会从一个受宠人的地位中捞到任何好处。老实说，那些暴跳如雷的贞操捍卫者们也把这三个人的证词撇在一边，并称拿破仑、塔列朗为造谣中伤者，他们可谓大胆至极，实在比去作公正的研究要大胆得多。而第二个问题就是：在同时代的人以及所有见证人中有谁站了出来，宣称对费森是玛丽·安托内特的情夫的指控是造谣中伤，空穴来风或无中生有呢？没有！一个也没有！值得注意的倒是：恰恰是那些和王后有密切关系的人全都奇怪地一律避而不提费森的名字。梅尔西，这位对于发生在王后身边的事，无分巨细均十二万分认真仔细予以严密关注的人，居然在他所有正式公函里从未提及过费森的名字。每当有信件转交费森时，宫中王后忠实的追随者们一律只写："信已交给某人"，绝口不提他的姓名。此种默契整整延续了一个世纪之久，连早期第一批正式的传记也有意对他避而不谈。这实在大有蹊跷，给人的印象就是：事后肯定有人发出过"训示"，要让这个破坏王后贞操的浪漫传奇的家伙尽可能彻底地被遗忘掉。

这样一来，这一具有历史意义的研究工作长久以来就面临着一个困难局面：重大的疑点俯拾皆是，然而证据呢？所有有决定性意义的、有文献资料作为根据的证明材料全被一些热心人变戏法似的变没了，这包括原始罪证在内。因此，要在现存材料的基础上查明真相是办不到的了。在缺乏有说服力的证明材料的情况下，研究费森问题的历史学界人士只能模棱两可地说："也许是，也许不是。"他仍只好合上案卷叹息：既然得不到写的或者刻印下来的只字片言，亦没有任何在我们所需范畴内有用的证明材料！

但是，在受实物证据严格制约的研究工作无法进展之时，却还是心理分析施展其自由联想本领的好时刻。古文字学不起作用了，心理答辩该登场发挥才能了。根据心理学的逻辑推理出来的东西，往往会比案卷中赤裸裸地陈列出来的事实还要真实得多。假如我们除了依靠历史文献之作便别无他法，束手以待，那么这种研究该是多么的狭窄！同时又是多么的贫乏和不完整啊！要得出公正无误、可以公开揭示的结论就得进行研究，这属于科学的范畴，而对一些复杂的、意义模糊、先要经过一番解释澄清之后方能见其端倪的事物进行研究，则是心理分析大显身手的领域。即使在书面证明材料不充分的情况下，心理学仍可大有作为。对一个人的了解，凭感觉总比凭文件要强得多，丰富得多。这是不言而喻的。

　　不过，还是让我审查一下文献资料吧！汉斯·阿克赛尔·冯·费森尽管为人倜傥不羁，但却是一个十分有条理的人。他写的日记不漏掉任何细节，并且总是写得极其认真准确。每天他都细心工整地记下当天的大气、气压，然后记下政治上的大事和个人的私事。一丝不苟的他另外还设了一个邮件登记本，详细记下每封信的收发日期。除此之外，他还对他的这些记载做了说明并妥善地保管了所有的信件。对于历史学家来说，他显然是一个理想的人物。因为当他在一八一〇年去世之后，他给后人留下了关于他一生的完整无缺、条理清晰的档案资料，一份无疑的珍贵财富。

　　然而这份财富的机遇又如何呢？有没有受到人们的重视？没有！没有人去研究过它！光凭这一点就足以令人感到离奇了。他的一生小心地——或者我们不如说是担惊受怕地——严守着这份存于世上的秘密财富。没有人知道世上有这样的一份文献资料存在，更加没有人能窥视这些资料的内容。最后，在费森去世后半个世纪，他的一个后裔，一个名叫克林斯持罗姆的男爵终于把他的信件以及他日记的一部分整理出版了。但是值得注意的是，发表出来的东西并不完整。邮件登记本上以"约瑟芬"为代号的玛丽·安托内特的一批信件并没有发表出来。同样，费森在关键年代里所写的日记也没有登出。而最为引人注目的则是：已发表的信件中竟有多处地方整行整行的文字被打上的虚点取而代之了。很明显，是有人在他的遗物中强行做了手脚。是后人篡改或者销毁前人留下的原先是完整无缺的书信材料，我们都会怀疑他的目的在于美化前辈或者意欲掩盖某些事件的真相。不过，我们还是要慎防偏见！让我们保持冷静、公正的心态吧！

　　书信中某几行字被虚点取代了。为什么会这样呢？克林斯特罗姆声称这是因为原件已被人涂改得无法辨认所致。那么是谁把原件给涂改了呢？也许是费森本人。"有可能！"可是他为什么要涂改呢？对此，克林斯特罗姆（在一封回信中）十分尴尬地作了答复：有关部分也涉及政治机密或者玛丽·安托内特对瑞典国王古斯塔夫的不敬之词。而这些信件费森全部（真的是全部？）都要拿去给瑞典国王看的。因此，他可能（有这个可能！）就把有关的部分给涂掉了。这就怪了！要知道这些信件大部分都是用密码书写的，费森只需把手抄本呈给国王看就行了，何必还要把原件涂改得让人无法辨读呢？仅此一点又已使人疑窦丛生了。不过，前面我们已说过，还是先不要有偏见！

让我们来检查一下，仔细地辨认一下被涂改得无法辨读和以虚点来代替的这些和那些异于寻常之处吧！首先，这些大有蹊跷、令人生疑的虚点大都出现在信的开头或末尾部分就是出现在称呼语的前后或者在"就写到这里，再见！"这样的问候语之后。譬如在一封信中玛丽·安托内特写："我要写的公事就到这儿。现在来谈谈……"在被删改后出版的版本里，在"现在来谈谈"之后的地方，除了虚点仍然是虚点再没有别的了。如果删改的地方出现在信件的中间部分，那它又奇怪地总是偏偏出现在那些与政治毫不相干的段落里。比如在另一封信里，玛丽·安托内特写道："你身体如何？我敢打赌，你对于身体是很不注意的。请你不要这样……至于我，我很注意自己的身体，我所做的比应该做的还要做得好。"任何一个思想正派的人会不会在这种地方编造出一段有关政治的文字来呢？在另外一封信里，王后提到了她的孩子们。她写道："……同他们在一起是我唯一的快乐。每逢心情不好，我就去抱抱小儿子。"如果请一千个人来填空，我们相信其中九百九十九个人都必然会在这里的用虚点取代的空格上填上"自你走后"的词语，而绝不会填上一段对瑞典国王的不敬之词。因此，其实我们无须认真去理会克林斯特罗姆那些不知所措的搪塞之言。信中被删改的部分所涉及的绝对是一些与政治风马牛不相及的东西。那么，会是什么呢？是一些私人的秘密！幸亏现在已有人可以揭开其庐山真面目了。利用显微照相技术我们能够轻而易举地使这些被涂改的部分变得清晰可辨。请把原件拿来吧！

可是，出乎意料！原件已不复存在！在一九〇〇年前一百多年中，这些信件还好好地、分门别类整理得整整齐齐地保存在费森家族的城堡之中，忽然之间不见了，被销毁了。为什么？因为利用先进技术已经可以修复被涂改掉的部分，这对德高望重的克林斯特罗姆男爵来说无疑是一场噩梦！所以在临终之前他毫不手软，断然把玛丽·安托内特写给费森的信件付之一炬。这真是一件无以复加的、不择手段以求保存名利的荒唐行为。而且，如同我们将要看到的那样，这也是一种毫无意义的不智之举。然而，克林斯特罗姆男爵宁可让费森案件令人猜不透、摸不清，宁愿逸闻传说满天飞也不肯让明明白白的真相诏示于天下，为此他甚至可以不惜付出一切代价。现在他认为他可以安息了，因为他已将书信证明材料毁掉了，费森和王后的"名声"因而得救了。

其实，借一句古老的话来说，焚书是一种极大的罪过，是一种愚蠢的行为，所谓此地无银三百两。首先，毁灭证据本身已构成默认罪的证明。其次，犯罪学上一条令人恐惧的规律，即凡是在仓促之间销毁证明材料的，总无法做到完全彻底，一定会有某些证据出于疏忽而留存下来的。杰出的研究员阿尔马·斯约德尔黑尔姆就是这样在审阅之后幸存的文件时找到了由费森亲笔誊抄的一封玛丽·安托内特的来信。正因为这是一封由费森誊抄的信（原件可能已被不知名的"某人"销毁了），所以，当时选编出版书信的人忽视了它。多亏找到了这封誊抄的信件，我们才第一次有了一张完整无缺的有全文的王后私人便条，并由此获得了揭示秘密的锁匙。或者更确切地说，由于有了这张便条，我们就可以从在我们手中的其余所有信件弄清他们的爱情基调了。现在我们已可以猜到，那位小心谨慎的出版者在其余的信件中用虚点所代替的那些部分原先是些什么内容了。因为在这张便条里，结尾写"再见"的告别语之后没有涂改过的痕迹，也没有虚点，而是："再见！我最亲爱的情人！"

这些字同其他的一样对我们十分重要。

现在我总算弄明白，为什么只要一有人想要不抱任何偏见地调查一下费森的情况，那些克林斯特罗姆们、海登斯膝们以及所有对王后的"纯洁性"发过誓的人们就会变得神经过敏、惊慌失措了。这是因为他们害怕后代有朝一日会得知内情，因而他们的手中或许早已有了多份这种类型的后世不会知晓的书信。当一个王后如此大胆，如此超越常规地称呼一个男人时，那她肯定早已把自己的一切全都交付给这位男士了。这对任何一个稍懂男女私情的人来说，已是不言而喻的了。这一行字足可弥补其余被销毁了的部分。如果说销毁本身已是一种证据，那么，有了这一行字，我们就连这种证据的具体内容也就明白了。

然而事情并未就此了结。除了这封偶然逃脱被删改的命运的信件之外，费森本人还经历过一个事件。从性格学上去分析这个事件也很能说明问题。这件事发生在王后死后的第六年。费森奉命代表瑞典政府参加在拉施塔特举行的一次国际性会议。这时拿破仑忽然向艾德尔斯海姆男爵宣布他不与费森谈判。因为他深知费森的保皇观点，而且，费森同王后睡过觉。他不是说"同王后关系密切"，而是挑衅性地直接讲出"同王后睡过觉"这种近乎污秽的不堪入耳的话语。而艾德尔斯海姆男爵压根儿没想过替费森辩护。这显然是因为连他也觉得事实确是如此。因此，他只是笑着回答，他认为这些发生在旧时代的事情已成过去了，人们早已不再提它了，况且此与政治无关。然后，他就掉头离开去找费森，把这番谈话原原本本地告诉了费森。费森的反应如何呢？或者说，如果拿破仑说的与事实不符，费森应做出怎样的反应呢？对于这样的指控，如果它是毫无根据的诬蔑，难道费森不应立即拍案而起，为死去的王后辩护，正言厉色地指出这是造谣中伤吗？难道他不应马上要求同这位初出茅庐来自科西嘉岛的矮个子将军、这个敢于如此粗鲁地指控他和王后的家伙进行决斗吗？假如一个女人被说是他的情妇，而事实并非如此，难道像他这种把名誉看得很重的、性格又很坚强的男子汉会任由他人诬蔑而无动于衷吗？要么他现在就抓住这个机会，负起他的责任，用出鞘的刀剑去粉碎这长久以来就在暗中传播的言论，一劳永逸地驱散这些流言蜚语；要么将失去这次机会，永无翻身之日。

费森究竟怎么做了呢？啊，非常遗憾！他一言不发！他拿起了笔，把拿破仑同艾德尔斯海姆的谈话，包括那句"他和王后睡过觉"的指控一字不漏地工工整整地记在他的日记本子上。按他的传记作家的说法，这些指控是"卑鄙无耻"的，是"蓄意中伤"。可是，在他本人内心深处他对这种指控实在是无言以对。他垂下了头，等于是默认了。几天之后，当美国各报对此事件大肆张扬，"对他以及不幸的王后议论纷纷"时，他只说了一句："这使我十分恼怒。"这就是费森对此事的全部抗议之词，或者更确切地说这根本算不上什么抗议。这又再次看出，沉默比所有言词更能说明问题。

可见，胆小怕事的后辈所极力加以掩饰的，即费森是玛丽·安托内特的情夫的这个问题，费森本人从来就没有否认过。从大量的事实和文献资料中还可以继续举出许多能说明问题的事例来。比如，有一次他在布鲁塞尔与他的另一位情妇公开露面时，他姐姐一再嘱咐他要小心，别让"她"知道，免得伤了她的心（我们不禁要问，倘若她不是他的情妇，又何必伤心）。

又如，费森日记中写到，他在土伊勒里宫王后的房间里过夜的一段被人抹掉了。还有，一位宫廷侍女在革命法庭作证时曾说过，常常有一个男人夜间悄悄地离开王后的房间。诚然，这只不过是些细节罢了，其重要性当然只在于：这些细节所反映的问题何其一致，几乎同出一辙。如果说由这些零星分散的细节得出的证据还不足以令人折服的话，那原因只是因为我们未把它们同当事人的性格联系起来进行分析面已。只有从人的个性的整体出发去分析问题才有可能解释清楚这个人的一言一行，因为每个人的一举一动都是受其本人的意识和本性支配的。因此，费森同玛丽·安托内特到底是一对感情强烈、亲密无间的情人呢，还是他们之间只存在柏拉图式的爱情？这个问题归根结底要由王后整个内在的性格来决定。我们面对所有可提供做罪证的细节，而首先必须弄清楚的是：从逻辑学和心理学分析角度去看，到底哪一种表现更符合王后的性格呢？是敞开心扉、坦率地委身于费森，还是胆怯地拒绝他？只有用这种观点去看问题，才不至于长时间地举棋不定。因为尽管在玛丽·安托内特的身上有着许许多多的弱点，但她也有许多优点：她是坚强无比的。她做事从来都是狂放不羁，不受约束且毫不迟疑，十分果断。她有着天不怕地不怕的勇气。她的内心坦率诚实，从不虚伪奸诈。在很多不太重要的场合她总把社会习俗的限制撇在一边不予理睬，也从不把流言蜚语放在心上。虽然她真正高尚的品德是在她命运最关键的时刻才表现出来，不过在平常的日子里她也从来不是一个胸襟狭窄、胆小怕事、把荣誉和道德（社会道德和宫廷道德）看得比自己的意愿还要高的人。这个勇敢的女人与路易十六的婚姻纯粹是一场以国家利益至上的政治婚姻，毫无爱情可言。她怎么可能恰恰在一个她唯一真正爱上的男人面前突然扮演起一个一本正经、拘泥谨慎、不敢跨越雷池半步的贤妻角色来了呢？她处在这个好像世界末日要来临的恐怖的年代里，社会上一切道德礼仪和秩序规矩的约束都正在分崩离析，人人醉生梦死，眼巴巴地望着世界在覆没。在这种情况下，她会为了社交的利益而牺牲自己的情欲吗？一向我行我素、无人能够阻挡、无人能够制服的她，难道会为了这么一场徒具虚名、荒谬透顶的婚姻，会为了那个她从未把他当作男人的丈夫，会为了那被她热爱自由的天性和冲动的性格终身憎恶的社会道德而强令自己畏缩不前，放弃能最自然地体现女性温柔感情的表达方式吗？有谁非要相信这种难以置信的事不可，别人也拿他没办法。但是，充分肯定玛丽·安托内特在她一生中唯一的爱情经历里表现了她非凡的胆量，这并不会有损她的形象。相反，硬把这个无所畏惧的女人说成是一个柔弱胆怯、整天顾虑重重、做事不敢坚持到底、宁愿扼杀自己天性的人物，那才是损坏她形象的做法。当我们全面理解玛丽·安托内特的性格之后，就会毫不犹豫地肯定：她就是汉斯·阿克赛尔·冯·费森的情妇！她把她那完全绝望的心和长期受糟蹋的得不到满足的身体都一齐交给了费森。

那么国王呢？通常在通奸中扮演被欺骗的第三者的，都是十分尴尬难堪和可笑的角色。大概正是因为这个缘故，为了维护路易十六，事后就有相当的一部分人要极力掩盖他们的三角关系了。事实上，路易十六绝不是什么愚蠢的王八。费森和他妻子之间的亲密关系他是知道得一清二楚的。圣·普里斯特就曾明确地说过："她终于找到了办法，促使他认可了她同伯爵的关系。"

这种解释同事实应是吻合的。玛丽·安托内特是最不会虚伪做作的。诡计多端、刻意瞒骗丈夫的做法与她为人处世的态度毫不相称。就其性情而言，她亦绝无可能同时既与情夫偷情幽会，又继续同丈夫过正常的夫妻生活。这种常见的、肮脏下流的混交做法是玛丽·安托内特所不齿的。所以，毫无疑问，当她与费森的关系终于开始（开始得较迟，大概是在婚后第十五到二十个年头之间）变得密切起来时，玛丽·安托内特便断绝了同丈夫的房事生活。这一纯粹从心理学分析角度推测出来的结论竟意外地在她哥哥写的一封信中得到了证实。这位在维也纳当皇帝的哥哥不知怎么居然知道他妹妹在生了第四个孩子之后就打算和路易十六断绝过房事生活了。而这个时间与她同费森关系开始密切的时间恰好一致。对于愿意弄清问题的人来说，至此真相已大白于天下。玛丽·安托内特由于政治上的原因在同一个自己完全不爱且毫无魅力的男人结了婚之后，迫于婚姻的约束，多年以来一直压抑着自己对于性爱的追求。但是，当她生了两个儿子，就是说有了两个有真正波旁血统的王位继承人之后，她深信她在道义上对于国家、对于法律乃至对于家庭的职责都已完成了。她终于获得了解脱。在为政治作了二十年牺牲之后，在大动荡时代惊心动魄的最后一刻，这位备受磨难的女人当然完全有理由不再拒绝她长期以来就一直深爱着的心上人了。因为他既是她的朋友和情人，也是她信赖的伴侣，和她一样无所畏惧，并且随时准备着以其牺牲精神报答她的挚爱。那些一厢情愿地认为她是一位循规蹈矩、贤良甜美的王后的假设，在她诚实的品格面前显得多么苍白无力啊！实际上，正是那些不顾一切地非要死死地维护这个女人的"王后名声"不可的人大大地贬低了她那通达人性的勇气，挫伤了她内心的尊严！因为从来没有一个女人能像她那么诚实、那么高贵，好像她所做的一切只是彻底自由地顺应一段早已为时间所考验过的真实情感似的；也从来没有一个王后能像她那样可以用最富人道的精神去处世行事。

尘封二十载的王后遗书

法兰西王后玛丽·安托内特夜里向看守要了纸、笔和墨水。当第一缕晨光从铁窗透进来时，玛丽·安托内特用最后的力气写了最后一封信。

歌德在临终前曾说出他那光辉的遗言：

"在生命的最后时刻，人的头脑中会出现一些从来不敢想象的东西，就如快乐的妖魔鬼怪耀武扬威地在过去的顶峰上安顿下来。"

这种告别时刻的神秘光芒也照射到这位死囚最后写的信上。在给她丈夫的妹妹，如今是她孩子的监护人伊丽莎白夫人写这封诀别信时，玛丽·安托内特的思想从未像现在那样振奋和清醒。这封在简陋的狱桌上写的信比以往那些在特里亚农宫的镀金书桌上所写的信都更有劲，更充满自信。信的内容几乎带有男性的豪迈气概，语言本身干净利落，感情充分发挥出来，就好像被死亡压着的狂风暴雨把动荡的黑云层撕裂似的，而这层黑云长时间地把这个女囚向深处瞭望的视线都挡住了。玛丽·安托内特写道：

亲爱的妹妹：

　　这是我最后一次给你写信，我刚刚被判处死刑，我觉得我这样死并不像罪犯那样可耻而是为了与你哥哥重逢。我和他同样都是无辜的，所以我希望，我也能像他在生命最后时刻的那种表现。我很平静，问心无愧。我是迫于无奈，不得不离开我可怜的孩子们，对此我深感遗憾。你知道，我只是为了他们，还有你，我最能体贴人的妹妹而活下来的。你为了情谊而牺牲一切，你继续留在我们身旁，我却给你带来一种多么艰难的处境，从审讯的辩护词中我了解到，他们把我的女儿和你分隔开了。天哪！可怜的孩子，我不敢给她写信，她也不会收到我的信的，我不知道这封信是否能到达你的手中，替我为他们俩祝福吧！我希望他们长大之后总有一天能与你团聚，并得到你温柔体贴的照顾，希望他们俩能牢记我一直以来对他们的教诲，懂得什么是做人的原则和如何完成自己的职责是人生主要的基础，建立友情和相互信任会使他们幸福。希望我的女儿，身为老大，能懂得应该永远站在她弟弟一边，根据自己的经验充满爱心地帮他出主意。至于我的儿子，希望他也会充满爱心地关怀和照顾他姐姐。

　　希望他们俩会明白，在他们的一生中，不管出现什么情况，都必须和睦相处，只有这样，他们才会真正感到幸福，但愿他们能以我们为榜样！我们的友情使我们在多少痛苦中得到安慰，与朋友分享幸福，这种幸福等于双倍。除了在自己的家庭里，谁还能找到更体贴，更亲密的朋友？希望我儿子不会忘记他父亲最后的遗言。经过慎重考虑后，我把遗言向他重复一遍：但愿他不会千方百计为我们的死复仇！

　　我有一件非常痛心的事要对你说，我知道，这孩子使你蒙受了多么大的苦楚，你就厚谅他吧，亲爱的妹妹。你想象，对一个年幼无知的孩子来说，大人要他按照他们的意图说些他一点都不懂的话，那真是件太容易的事了。我希望有一天孩子会明白，你对他们的爱和无微不至的关怀是多么的珍贵啊！

我还必须把我最后的想法向你倾吐，我本来想在审讯之前就把它写下来，但人们不允许我这样做，况且，审讯进展得那么快，我也确实没有时间。

我准备作为罗马天主教的信徒去死，这是我祖祖辈辈的宗教信仰，我就是在这种信仰中接受教育并入了教的。我不知道他们这儿有没有我们教的神甫，如果让我们自己的神甫到我这儿来，恐怕会给他们带来很大危险。因此，我不指望会有神甫来给我做最后的祈祷和慰问了。我现在衷心地请求上帝饶恕我的一生所犯下的罪恶，希望仁慈的上帝会同以往一样倾听我最后的祷告，使我的灵魂能享受到他的宽容和仁慈。

我请求我所认识的人，特别是你，亲爱的妹妹，宽恕我在不知不觉中给你们带来的每一个痛苦。我会宽恕所有给我造成不幸的敌人。在此，我向姑妈、姨妈和我的兄弟姐妹道声"永别了"！我曾经有过朋友，想到同他们永别，想到他们的痛苦，这些都是会令我感到莫大的悲伤，这种悲伤将伴随着我一起离开人世。希望他们至少能明白，我到最后时刻都惦记着他们。

永别了，我温柔的好妹妹！愿此信能到达你手中，别忘记我！紧紧地拥抱你和可怜的孩子们！上帝啊，和你们永别是多么令人心碎的事情！永别了！永别了！此时此刻，我只能尽一个教徒临死前应尽的义务了，我在行动上完全失去自由，他们也许会给我派来一位神甫，但我在此室布，我不会对他讲任何一句话，只会把他当成

　　陌生人看待。

　　信到此处突然中断。没有结束语，没有署名，也许写信的人太累了。桌上的两支烛光仍然闪动着，说不定在王后离开人世时，它们还没有熄灭。

　　这封在黑暗里写的信始终没有到达该看它的人手中。玛丽·安托内特在刽子手进来之前不久，把它交给监狱长鲍特保存，请他转交给她的小姑子。看守曾经发扬了人道精神，给王后拿来纸和笔写信，现在却没有足够的胆量，未经许可就转交这封遗书（人们看到越多的人头落地，对自己就越感到担忧）。所以，看守按规定把王后的信上交给福克维尔·坦维勒预审法官，法官在信上签了名，但没有立即就转交给别人。两年以后，当福克维尔·坦维勒自己也走上他曾经叫来押送许多死囚的囚车时，这封信就去向不明了。后来，除了一个无足轻重、名叫库托的人以外，谁也不知道它的下落。在罗伯斯庇尔被捕后，这个平庸的委员接到国民议会的命令要他整理所有留下来的文件，然后上交。这个昔日的木鞋制鞋匠通过这次整理文件的机会才明白过来：一个掌握有关国家机密文件的人手里的权力是多么的大啊！所有那些过去对他不屑一顾的议员现在都丢人现眼、低声下气地使劲拍这个小人物库托的马屁。他们许诺，如果交还他们写给罗伯斯庇尔的信件，他们一定重金酬谢。这个生意场上的老手发现，如果把很多信件扣下来，他准可以发一笔大财。因此，他决定利用这次机会，浑水摸鱼，把革命法庭所有档案材料洗劫一空，以便进行一场交易，只有那封借此机会落入他手中的王后遗书单独地被这诡计多端的家伙保存起来。在这个年代里，谁敢说在风向起变化时，像这样一封珍贵的秘密信件会不会大派用场呢？这件赃物被他藏了二十年。风向果真变了，波旁王族的成员路易十八再次登上法国的王位。那些曾经赞同处死他哥哥路易十六的"弑君派"感到灾难临头。为了获取利益，库托给路易十八写了一封虚伪的信，信中提到要把被他"抢救出来"的王后遗书作为礼物奉献给皇上（偷了文件的确好处不少）。可惜这个诡计也改变不了他的命运。库托和其他人一样都被流放。但这封信终于赢得了最后的胜利，王后把它送出后的整整二十一个年头，这封令人惊叹不已的诀别书终于重见天日，可惜太迟了。玛丽·安托内特临终时想要问候的人大多数都已随她而去，伊丽莎白夫人上了断头台，她儿子要么已死在汤普尔官，要么改名换姓，没有被认出来，就这样默默无闻地奔走四方（人们迄今为止仍然没有弄清楚孩子的真实情况）。费森也同样没有看到那充满爱的问候。虽然王后在信中没有提到他，但谁能说那些动人的话不是对他而说的呢？那就是："我曾经有过朋友，想到和他们永别，想到他们的痛苦，这些都令我感到莫大的悲伤，这种悲伤将伴随着我一起离开人世。"责任感驱使玛丽·安托内特没有提到她的至爱的名字，但她希望他有朝一日能看到这些话，并能从字里行间悟出其中含义来。她对他的爱坚贞不渝，临死前仍然相信着他（这就是高深莫测的心灵感应吧）。费森似乎感觉到，王后在最后时刻渴望能在他身旁。他在日记里写道："最悲惨的是，她在最后时刻只能孤身一人，连一个同她谈话的人也没有。"在最孤独的时刻她想念他，同一时刻他也在怀念她。尽管相隔千里，高墙阻挡，相互间见不着，够不着，但两人在同一时间道出同一愿望：但愿人长久，千里共婵娟。

　　玛丽·安托内特放下笔，最艰难的任务已经完成，同大家的告别已经结束，剩下的时间可躺下来休息一会了，使身上的力量能集中起来。这一生她再也没有其他事情可以做了，唯一的一件事就是：死，勇敢地去死。

忠诚的情人

在法国这样的国家，王后安托内特的死刑没有引起太大的反响，对此，人们早已料及。科布里格公爵只在军队里动情地宣布，要为王后报仇，但此人当时却因胆小怕事而未能及时救王后。普罗旺斯伯爵表面装出副很悲痛的样子，并为死者做了弥撒，暗地里却在庆幸王后被判死刑，因为这为他登上路易十八的王位铺平了道路，只是现在必须把汤普尔宫那个小男孩匿藏起来或铲除掉。在维也纳宫廷里，弗兰茨国王下令为王后举行最隆重的丧礼仪式。但在最紧要的关头，他却连一封希望能拯救王后的信也懒得写。他现在要求女士们一律穿上黑衣服，他陛下本人几个星期之内不看戏。报纸遵照他的指示发表文章，对巴黎的雅各宾党人表示极大的愤慨。他当时假作好心地收下玛丽·安托内特托梅尔西带来的钻石，并准备过些时候用被俘的共和国将领交换王后的女儿，但当人们要他归还那笔用于拯救行动的款项，以便赎回王后的欠条时，维也纳宫廷突然对此不予理睬。总而言之，人们不愿再提起王后的死刑，也许在全世界面前背弃自己的近亲令王室的良心感到不安。许多年以后，拿破仑写下他对此事的看法："在奥地利王室中，人们必须遵循一个原则，即对法国王后要保持绝对沉默。一听到'玛丽·安托内特'这个名字，他们便将自己的目光垂下，赶紧转换话题，好像不愿重提这件不合时宜、令人伤心的往事似的。整个王室家族遵守这个原则，就连他们那些驻外使节也都得照章办事。"

当听到王后被判死刑的消息后感到悲痛欲绝的只有一个人，这就是王后最忠实的朋友费森。他每天都担忧着这可怕的事可能会发生："长期以来，我已尽量作好思想准备，这样，一旦传来消息，自己总不会感到过于震惊。"但当布鲁塞尔报纸刊登这条消息时，他的心几乎要碎了，他在给他姐姐的信中写道："这个女人是我生命的开始，我对她的爱从未停止过，永远也不会停止，我会为她做出一切牺牲。我现在深深感到她对我是那么重要，我愿意为她赴汤蹈火，万死不辞。可是她已经不在人世了，我的上帝啊！您为什么要这样惩罚我？我究竟做错了什么事令您如此愤怒？她已经不在世上了，我悲痛到极点，我不明白自己为什么还活着，我不知道我为何还能承受如此巨大、永世不能磨灭的痛苦。我会永远想念她，为她哀号。我最亲爱的人啊！六月二十日那天，我为什么不为她而死呢？与其终身感到痛苦，倒不如与她共死，这样会幸福得多。今生今世，她那可爱的容貌将不会从我的脑海中消失。"他感到，只有靠对她的哀思和怀念他才能继续活下去。他这样想："她是唯一使我感到充实的人，她是我的一切，但如今她已离开了。我现在才明白我是多么的爱她，她的容貌一直停留在我的脑海中，一刻也不会消失。我心中只有她，所以我只能沉浸于对美好往事的回忆。我已托人到巴黎收购一切能使我回忆起她的物品，她的一切都是神圣的，我会永远珍惜她这些遗物。"的确，任何东西都无法弥补失去她的这种损失。几个月后，他又在他的日记中写道："啊，我每天都感觉到我失去的是那么多！她在各方面都是那么完美无缺，世上从未有过也不会有像她这样的女人了。"年复一年，他的悲痛依然一点也没有减轻，任何事物都能使他怀念被夺走的挚爱。一七九六年他来到维也纳，当他在宫廷里第一次见到王后女儿时，感触之深使他热泪盈眶："当我下楼梯时，我的双膝一直在颤抖，我悲喜交杂，感奋无比。"

每次见到王后女儿时，他便想起她的母亲，眼眶里含着泪水。他很想亲近王后的亲骨肉和她讲话，但人们连一次机会都不给他。也许是宫廷暗地里下了命令，要人们忘掉这桩往事，也许是那位帮助王后忏悔的神甫严格禁止女孩与他接触，因为他知道费森和王后的一段"罪恶关系"。反正费森的来访不受维也纳宫廷的欢迎，他们希望他马上离开。这位王后最忠诚的朋友在哈布斯堡王室中从未听过一句感谢的话。

玛丽·安托内特死后，费森变得情绪恶劣，脾气暴戾。世界对他太冷酷，太不公平了。生命已毫无意义，他在政治和外交上的野心已完全冷却。战争年代里，他以使者的身份在欧洲到处游荡，不时在维也纳、卡尔游鲁厄、拉施塔特、意大利和瑞典出现。他与一些女人交往，但没有一个能打动他的心或令他平静下来。从他的日记中，人们可以清楚地感觉到，他一直都活在他挚爱的影子中。多年后的十月十六日，即她的忌辰日，他写道："这一天对我来说是庄严神圣的，我永远也不会忘记我所失去的一切，我将一辈子感到遗憾。"还有另外一个日子，费森一直把它看成是决定他自己命运的一天，那就是六月二十日，这一天，他听从路易十六的命令逃往瓦伦而让玛丽·安托内特单独处于危险的境地。为此，他永远不能宽恕自己，他总觉得自己在这一天犯下了滔天罪行。如果当时让民众把他碎户万段，那情况会比现在好得多，尽管现在他能比她活得长久一些，但内心是那么痛苦，这样活着又有什么意思呢？"六月二十日那天我为什么不为她而死？"这句充满自责的话不断在他的日记中出现。但命运往往喜欢意想不到的事，它是玩弄神秘数字的把戏。几年后，他这浪漫的愿望终于成为现实。刚好是在六月二十日这天，费森如愿以偿地死去了。事情是这样的：费森虽然已不再追求名利，但由于他的知名度而成为本国有权势的人物，他当上了内廷大臣和国王最有影响力的顾问。他大权在握，但严厉无比，冷酷无情。在上一个世纪可称得上是个唯我独尊的人物，自从有了瓦伦那一天的经历，他对民众恨之入骨，因为他们夺去他的王后。他认为，他们简直是一群可耻的流氓，一群乌合之众。民众对这个残酷无情的贵族当然也是仇恨万分，他们要以牙还牙，给予报复。他的敌人暗中散布谣言，说这个残暴的封建贵族为了要对法国进行报复，想当瑞典国王，把民族推向战争。一八一〇年，瑞典王位继承人突然死亡，在斯德哥尔摩立即流言四起，人们传说内廷大臣为了夺取王位和清除障碍而把他毒死。从这一刻起，由于民愤极大，他的性命如同法国大革命时的王后一样受到很大威胁。在为王位继承人举行葬礼那天，一些好心的朋友劝他躲在家里，不要去参加葬礼。当天是六月二十日，是决定费森命运的神秘日子，一种难以说清楚的意志驱使他去完成他那梦寐以求的使命。不出所料，在六月二十日这一天，斯德哥尔摩发生了十八年前就可能已经发生的事，如果民众看见费森在车上陪着玛丽·安托内特的话。他的马车刚离开王宫，一伙暴徒拥了过来，冲破军队的警戒圈，用拳头猛打白发苍苍的费森并把他拉下马车，继续用棍棒和石头猛击这个毫无抵抗能力的老人，费森梦想的情景终于成为现实了。英俊的费森，王后的最后一位随从遍体伤痕，沾满血污的尸体躺在斯德哥尔摩市政厅前面的街道上。虽然生前他们不能结合，但起码他能同她一样在六月二十日这天死去。费森终于带着对玛丽·安托内特充满爱的回忆离开人世。一个人在世上如果失去真正的爱，那就生不如死了。费森的哀号是对王后无限忠诚的最后表白，此后就再也听不到这种挽歌了，不久，其他对王后忠诚的人也都相继死去。特里亚农宫日久坍塌，秀丽的花园野草丛生。从前那些搭配得十分协调并衬托王后优美体态的画像和家具都被拍卖和贱价抛售了。这样一来，她曾经在这儿生活过的痕迹完全消失了。岁月流逝，朝代变换，革命党被执政党取代，波拿巴出现了，后来成为拿破仑皇帝并娶了哈布斯堡王室的另一位公主，从而铸成又一次灾难性的婚姻。但尽管玛丽·路易丝与玛丽·安托内特血缘相同，她从未想去了解前王后在土伊勒里宫里居住过的房间和备受痛苦的地方。从我们的感觉来说，这是完全不可理喻的，一位前不久在这儿住过的王后竟被她最亲近的家族成员和后继者无情地忘记得一干二净，这的确是史无前例的。情况终于有了转折，人们感到问心有愧而开始对历史有所回忆。普罗旺斯伯爵踏着三百万具尸体登上了法国王位，成为路易十八，他终于达到自己的目的。那些阻碍他实现野心的人如路易十六、玛丽·安托内特和他们不幸的孩子路易十七都一一被铲除掉。既然死者不能复生，不能进行控诉，替他们补建一座金碧辉煌的陵墓又何妨呢？于是他下令寻找他们的葬身之地（路易十八在此之前从未关心过他哥哥究竟埋在何方）。二十二年过去了，又一直无人过问，要完成这项工作绝非易事。在那恐怖时代，掩埋工作非常仓促，掘墓人根本无法将尸体分别埋葬。在那座臭名昭著的玛德雷恩修道院的花园里掩埋着上千具尸体。那时，人们必须迅速地将尸体运来，然后放进坑里，因为喂不饱的断头台每天都在不地进食。埋葬尸体的地方既没有十字架，也没有王冠状物，人们只知道国民议会曾吩咐在皇室成员尸体上撒些石灰。于是，人们只好不停地挖掘，直到铁锹碰到硬层而发出响声。人们根据一条腐烂了一半的袜带认出那一小堆从湿泥中分离出来的灰白色粉末就是慢慢化掉的人体的最后踪迹。这属于当年一位容貌俊丽、品味高尚的女神，但后来却成为一位历尽沧桑、受尽折磨的王后。